万物有灵

贾平凹

著

长江出版传媒 | 长江文艺出版社

图书在版编目（CIP）数据

万物有灵 / 贾平凹著 . — 武汉：长江文艺出版社，2020.1（2025.7 重印）
ISBN 978-7-5702-1255-2

Ⅰ . ①万… Ⅱ . ①贾… Ⅲ . ①散文集—中国—当代 Ⅳ . ① I267

中国版本图书馆 CIP 数据核字（2019）第 214011 号

万物有灵
WANWU YOULING

责任编辑：栾　喜　　　　责任校对：刘文平
封面设计：时代华语设计部　　　　责任印制：张　涛

出版：长江出版传媒 | 长江文艺出版社
地址：武汉市雄楚大街 268 号　　　　邮编：430070
发行：长江文艺出版社
北京时代华语国际传媒股份有限公司　（电话：010-83670231）
http：//www.cjlap.com
印刷：北京盛通印刷股份有限公司

开本：880毫米 ×1230 毫米　1/32　　　　印张：9.25
版次：2020 年1月第1版　　　　2025年7月第20次印刷
字数：200千字

定价：48.00 元

目录

贾平凹给我们的生命思索必修课

万物有灵且美

用文学的方式思索生命本真

一棵小桃树

我常常想要给我的小桃树写点文章，但却终没有写就一个字来。是我太爱怜它吗？是我爱怜得无所谓了吗？我也不知道是什么怪缘故，只是常常自个儿忏悔，自个儿安慰，说：我是该给它写点什么了呢。

今天的黄昏，雨下得这般儿地大，使我也有些吃惊了。早晨起来，就淅淅沥沥的，我还高兴地说：春雨贵如油，今年来得这么早！一边让雨湿着我的头发，一边吟些杜甫的“随风潜入夜，润物细无声”，甚至想去田野悠悠地踏青呢。那雨却下得大了，全不是春的温柔，一直下了一个整天。我深深闭了柴门，临窗坐下，看我的小桃树儿在风雨里哆嗦。纤纤的生灵儿，枝条已经慌乱，桃花一片一片地落了，大半陷在泥里，三点两点地在黄水里打着旋儿。啊，它已经老了许多呢，瘦了许多呢，昨日楚楚的容颜全然褪尽了。可怜它年纪太小了，可怜它才开了第一次花儿！我再也不忍看了，我千般儿万般儿地无奈何。唉，往日多么傲慢的我，多么矜持的我，原来也是个孱头儿。

好多年前的秋天了，我们还是孩子。奶奶从集市上回来，带给了我们一人一颗桃子，她说：都吃下去吧，这是一颗“仙桃”；含着桃核儿做一个梦，谁梦见桃花开了，就会幸福一生呢。我们都认真起来，全含了桃核爬上床去。我却无论如何不能安睡，想这甜甜的梦是做不成了，又不肯甘心不做，就爬起来，将桃核儿埋在院子角落的土里，想让它在那儿蓄着我的梦。

秋天过去了，又过了一个冬天，孩子自有孩子的快活，我竟将它忘却了。一个春天的早晨，奶奶打扫院子，突然发现角落的地方，拱出一个嫩绿儿，便叫道：这是什么呀？我才恍然记起了是它：它竟从土里长出来了！它长得很委屈，是弯了头，紧抱着身子的。第二天才舒开身来，瘦瘦儿的，黄黄儿的，似乎一碰，便立即会断了去。大家都笑话它，奶奶也说：“这种桃树是没出息的，多好的种子，长出来，却都是野的，结些毛果子，须得嫁接才成。”我却不大相信，执着地偏要它将来开花结果哩。因为它长得太不是地方，谁也不再理会，惹人费神的倒是那些盆景儿了。爷爷是喜欢服侍花的，在我们的屋里、院里、门道里，摆满了各种各样的花草。春天花事一盛，远近的人都来赞赏，爷爷便每天一早喊我们从屋里一盆一盆端出来，一晚又一盆一盆端进去；却从来不想到我的小桃树，它却默默地长上来了。

它长得很慢，一个春天，才长上二尺来高，样子也极猥琐。但我却十分地高兴了：它是我的，它是我的梦种儿长的。我想我的姐姐弟弟，他们那含着桃核做下的梦，或许已经早忘却了，但我的桃树却使我每天能看见它。我说，我的梦儿是绿色的，将来开了花，我会幸福呢。

也就在这年里，我到城里上学去了。走出了山，来到城里，我才知道我的渺小：山外的天地这般儿大，城里的好景这般儿多。我从此也有了血气方刚的魂魄，学习呀，奋斗呀，一毕业就走上了社会，要轰轰烈烈地干一番我的事业了；那家乡的土院，那土院里的小桃树儿便再没有去思想了。

但是，我慢慢发现我的幼稚、我的天真了，人世原来有人世的大书，我却连第一行文字还读不懂呢。我渐渐地大了，脾性儿也一天一天地坏了，常常一个人坐着发呆，心境似乎是垂垂暮老了。这时候，奶奶也去世了，真是祸不单行。我连夜从城里回到老家去，家里人等我不及，奶奶已经下葬了。看着满屋的混乱，想着奶奶往日的容颜，不觉眼泪流了下来，对着灵堂哭了一场。天黑的时候，在窗下坐着，一抬头，却看见我的小桃树了：它竟然还在长着，弯弯的身子，努力撑着的枝条，已经有院墙高了。这些年来，它是怎么长上来的呢？爷爷的花事早不弄了，一垒一垒的花盆堆在墙根，它却长着！弟弟说："那桃树被猪拱折过一次，要不早就开了花了。"他们曾嫌长得不是地方，又不好看，想砍掉它，奶奶却不同意，常常护着给它浇水。啊，小桃树儿，我怎么将你遗在这里，而身漂异乡，又漠漠忘却了呢？看着桃树，想起没能再见一面的奶奶，我深深懊丧对不起我的奶奶，对不起我的小桃树了。

如今，它开了花了，虽然长得弱小，骨朵儿也不见繁，一夜之间，花竟全开了呢。我曾去看过终南山下的夹竹桃花，也去领略过马嵬坡前的水蜜桃花，那花儿开得火灼灼的，可我的小桃树儿，一颗“仙桃”的种子，却开得太白了、太淡了，那瓣片儿单薄得似纸做的，没有肉的感觉，没有粉的感觉，像是患了重病的少女，苍白白的脸儿，又偏苦涩涩地笑着。我忍不住几分忧伤，泪珠儿又要下来了。

花幸好并没有立即谢去，就那么一树，孤孤地开在墙角。我每每看着它，却发现从未有一只蜜蜂去恋过它，一只蝴蝶去飞过它。可怜的小桃树儿！

我不禁有些颤抖了：这花儿莫不就是我当年要做的梦的精灵儿吗？！

雨却这么大地下着，花瓣儿纷纷零落去。我只说有了这场春雨，花儿会开得更艳，香味会蓄得更浓，谁知它却这么命薄，受不得这么大的福分，受不得这么多的洗礼，片片付给风了、雨了！我心里喊着我的奶奶。

雨还在下着，我的小桃树千百次地俯下身去，又千百次地挣扎起来，一树的桃花，一片，一片，湿得深重，像一只天鹅，眼睁睁地羽毛剥脱，变得赤裸的了，黑枯的了。然而，就在那俯地的刹那，我突然看见那树儿的顶端，高高的一枝儿上，竟还保留着一个欲绽的花苞，嫩黄的，嫩红的，在风中摇着，抖着满身的雨水，几次要掉下来了，但却没有掉下去，像风浪里航道上的指示灯，闪着时隐时现的嫩黄的光、嫩红的光。

我心里稍稍有了些安慰。啊，小桃树啊！我该怎么感激你，你到底还有一朵花呢，明日一早，你会开吗？你开的是灼灼的吗？香香的吗？我亲爱的，你那花是会开得美的，而且会孕出一个桃儿来的；我还叫你是我的梦的精灵儿，对吗？

天上的星星

大人们快活了，对我们就亲近，虽然那是为了使他们更快活，我们也乐意呢；但是，他们烦恼了，却要随意骂我们讨厌，似乎一切烦恼都要我们负担，这便是我们做孩子的，千思儿万想儿，也不曾明白。天擦黑儿，我们才在家捉起迷藏，他们又来烦了，大声呵斥，只好蹑蹑地出来，在门前树下的竹席上，躺下去，纳凉是了。

闲得实在无聊极了。四周的房呀，墙呀，树的，本来就不新奇，现在又模糊了，看上去黝黝的似鬼影。天上月亮还没有出来，星星也不见，昏亮亮的一个大大的天空。我们伤心了，垂下脑袋，不知道这夜该如何过去，痴呆呆儿守着瞌睡虫爬上眼皮。

“星星！”妹妹突然叫了一声。

我们都抬起头来，原本是无聊得没事可做，随便看看罢了。但是，就在我们头顶，出现了一颗星星，小小的，却极亮极亮，分明看出是有无数个光角儿的。我们就好奇起来，数着那是四个光角儿呢，还是五个光角儿，但就在这个时候，那星的周围里，又出现了儿颗星星，这是那么一瞬间，几乎不容觉察，就明亮亮地出现了。啊，两颗，三颗……不对，十颗，十五颗……奇迹是这般迅速地出现，愈数愈多，再数亦不可数，一时间，漫天满空，一片闪亮，像陡然打开了百宝箱，灿灿的，灼灼的，目不暇接了呢。我们只知道夜夜天上要有星星，但从没注意到这么出现，那是雨天的池塘，霎时浮了万千水泡？又是无数沉睡的孩子，蓦地睁开了光彩的眼睛？它们真是一群孩子呢，一出现就要玩一个调皮的谜儿啊！这些鬼精灵儿，从哪儿来的，是一个家族的兄妹？还是从天涯海角集合起来，要开什么盛会了呢？

夜空再也不是荒凉的了，星星们都在那里热闹，有装熊的，有学狗的，有操勺的，有挑担的，也有的高兴极了，提了灯笼一阵风似的跑……

我们都快活起来了，一起站在树下，扬着小手。星星们似乎很得意了，向我们挤弄着眉眼，鬼鬼地笑。

过了一会儿，月亮从村东口的那个榆树桠子里升上来了。它总是从那儿出来，冷不丁地，常要惊飞了树上的鸟儿。先是玫瑰色的红，像是喝醉了酒，刚刚睡了起来，蹒跚地走。接着，就黄了脸，才要看那黄中的青紫颜色，它就又白了，白极白极的，夜空里就笼上了一层淡淡的乳白色气。我们都不知道这月亮是怎么啦，却发现那些星怎么就少了许多，留下的也淡了许多，原是灿灿的亮，变成了弱弱的光。这竟使我们大吃了一惊。

“这是怎么啦？”妹妹慌慌地说。

“月亮出来了么。”我说。

“月亮出来了为什么星星就少了呢？”

我们面面相觑，闷闷不得其解。坐了一会儿，似乎就明白了：这漠漠的夜空，恐怕是属于月亮的，它之所以由红变黄，由黄变白，一定是生气星星们的不安分，在吓唬着它们哩。

“哦，月亮是天上的大人了。”妹妹说。

我们都没有了话说。我们深深懂得做大人们的威严，又深深可怜起这些星星了：月亮不在的时候，它们是多么有精光灵气，月亮出现了，就变得这般猥琐了。

我们突然又回想起了一切：原来天上并不甚好。月亮睡着了的时候，它才让星星出来，它出来了，就要星星退去。那纷纷扬扬的雪片，五个角的，七个角的，全是薄亮亮的，不就是星星的尸骸吗？或许，就燃起晚霞的大火来烧它们，要不，星星为什么从来就没有叶，也没有根，只是那么赤裸裸的星颗呢？

我们再也不忍心看那些星星了，低了头走到门前的小溪边，要去洗洗手脸。谁也不言语，默默想着我们做孩子的不幸：是我们太小了，太多了吗？

溪水浅浅地流着，我们探手下去，才要掬起一杯来，但是，我们差不多全看见了，就在那水底里，有着无数的星星。

“啊，它们藏在这儿了。”妹妹大声地说。

我们赶忙下溪去捞，但无论如何也捞不上来，看那哗哗的水流，也依然冲不了它们。我们明白了，那一定是星星不能在天上，偷偷躲藏在那里了。我们就再不声张，不让大人们知道，让它们静静地躲在那里好了。

于是，我们都走回屋里，上床睡了。却总是睡不稳，害怕那躲藏在水底的星星会被天上的月亮发现吗？可惜藏在水底的星星太少了，那无数的还在天上闪着光亮。它们虽然很小，但天上如果没有它们，那会是多么寂寞啊！

大人们骂我们不安生睡觉了。骂过一通，就打起鼾声，我们赶忙爬起来，悄悄溜到门外，将脸盆儿、碗盘儿、碟缸儿都拿了出去；盛了水，让更多更多的星星都藏在里边吧。

云雀

小小的时候，我眼见过一个奇妙的现象，便不敢忘去；一直到现在，我已是垂垂暮年了，但仍还百思不得其解呢。

我们的隔壁，是住着一位老头的。他极能养鸟，门前的木架上，吊下各式各样的鸟笼，里边住着云雀、绿嘴、画眉、黄鹂儿……尽是些可怜可爱的生灵儿。整天整天里，我们就守在那鸟笼下，听着它们鸣叫。叫声很是好听，尤其那只云雀，像唱歌一样，打老远就能听见，使人禁不住要打一个麻酥酥的战儿了。

时间一长，那云雀声就不比以前那么脆了，老头便给它吃最好的谷，喝最清的水，稍不鸣叫，就万般逗弄；于是它就又叫起来了。但它叫起来的时候，总是在笼里不能安宁，左一撞，右一碰的，常常把黄黄的小嘴从笼格里挤出来，盯着高高的云天，叫得越发哑了。

“它唱得太疲劳了。”我们都这么说，便去给老头建议，不要逗弄它了吧。

但是，每每黎明的时候，它就又叫起来了，而且每个黎明都叫。

我们爬起来，从窗口里看去，天刚刚发亮，云升得很高很高，老头并没有起床呢。于此才明白别人不逗弄它，它还是每天要叫的；依然嘴挤在笼格外边，翅膀扑闪着，竟有几根茸茸的羽毛掉了下来。

“它在练嗓子吗？”妹妹说。

“不，它那嗓子已经哑了。”我说。

“那它为什么还要唱呢？”

“谁知道呢？你听，它是在唱一支忧郁的歌吗？”

细细听起来，果然那叫声充满了忧郁；那往日里悠悠然的叫声原来是痛苦的呼喊呢？！

“是它肚子饥了，渴了吧？”妹妹又说。

我们跑过去，要给它添些食儿，却看见笼里，满满地放着一盘黄谷，一盘清水：这便又使我们迷糊了。

“一定是向往着云天吧。”

我们这么不经意地说过，立即便觉得是很正确的了。想，它未被老头捉住之前，它是飞在天上的，天那么空阔，天便全然是它的；黎明的时候，它一定是飞得像云一样地高，向黑暗宣告着光明。如今，黎明来了，它却飞不出去，才这么发疯似的抗议了！我们在笼下捡起那抖落下的羽毛，深深地感到它的可怜了。

我们把这想法告诉给老头，老头笑我们可爱，却终没有放了它去。它每天还是这么叫着，唱那一支忧郁的歌。

我们终于不忍了，在一个黎明，悄悄起来，拆开了笼的门，放它出去了。它一下子飞到了柳树梢上，和柳梢一起激动，有些站不稳，几乎就要掉下来了。但立即就抖抖身子，对着我们响亮地叫了一声，倏忽消失在云天里不见了。

老头发觉走失了云雀，捶胸顿足了一个早上，接着就疑心被人放走的，大声叫骂。我们听了，心里却充满欢乐，觉得干了一件伟大的事情。

云雀飞走了，我们却时时恋念着它，当看着那笼里的绿嘴、黄鹂、画眉，就想它这个时候，是在天的哪一角呢？在云的哪一层呢？它该是多么快活，那唱的，再也不是忧郁的歌了，而是凌云之歌，自由之歌，生命之歌了啊！

一天过去了，两天过去了，突然，我们在那棵柳树上，却发现了它。它样子很单薄，似乎比以前消瘦多了，也疲倦多了；在风里，斜了翅膀，上下怯怯地飞。我们惊喜地呼唤它，但立即就赶走了它，怕那老头发现了，又要捉它回去。

但是，就在第四天的早上，我们刚刚醒来，突然就又听到了云雀的叫声。赶忙跑出门，看那柳树，柳树上没有它。老头却在大声地喊叫我们了：

"啊，云雀，还是我的那个云雀！"

我们看时，老头正提着那个鸟笼。笼门已经重新封了，云雀果然就在里边，一声一声地叫。这使我们大惊失色，责问他怎么又捉了它，老头说：

"哪里！是它飞回来的；这鸟笼一直在那里空着，它就飞回来了呢。"

“这怎么可能呢？”我们说。

“怎么不可能呢？”老头说，笑得更得意了，“我已经喂它两年了，这笼里多舒服啊！”

我们走近去，云雀待在那里，急急地吃着那谷子，喝着那清水，好像它一直在饿着，在渴着，末了，就静静地卧下来，闭上了眼睛，做着一种疲乏后的休息。

我们默默地看着它，这只美丽的云雀，再没有说出话来。

落叶

窗外，有一棵法桐，样子并不大的，春天的日子里，它长满了叶子。枝根的，绿得深，枝梢的，绿得浅；虽然对列相间而生，一片和一片不相同，姿态也各有别。没风的时候，显得很丰满，娇嫩而端庄的模样。一早一晚的斜风里，叶子就活动起来，在天幕的衬托下，看得见那叶背上寥寥的绿的脉络，像无数的彩蝴蝶落在那里，翩翩起舞，又像一位少妇，丰姿绰约的，做一个妩媚的笑。

我常常坐在窗前看它，感到温柔和美好。我甚至十分忌妒那住在枝间的鸟夫妻，它们停在叶下欢唱，是它们给法桐带来了绿的欢乐呢，还是绿的欢乐使它们产生了歌声的清妙？

法桐的欢乐，一直要延长一个夏天。我总想那鼓满着憧憬的叶子，一定要长大如蒲扇的，但到了深秋，叶子并不再长，反要一片一片落去。法桐就消瘦起来，寒碜起来，变得赤裸裸的，唯有些嶙峋的骨。而且亦都僵硬，不再柔软婀娜，用手一折，就一截一截地断了下来。

我觉得这很残酷，特意要去树下捡一片落叶，保留起来，以作往昔的回忆。想：可怜的法桐，是谁给了你生命，让你这般长在土地上？既然给了你这一身的绿的欢乐，为什么偏偏又要一片一片收去呢？！

来年的春上，法桐又长满了叶子，依然是浅绿的好，深绿的也好。我将历年收留的落叶拿出来，和这新叶比较，叶的轮廓是一样的。噢，叶子，你们认识吗，知道这一片是那一片的代替吗？或许就从一个叶柄眼里长上来，凋落的曾经那么悠悠地欢乐过，欢乐的也将要寂寂地凋落去。

然而，它们并不悲伤，欢乐时须尽欢乐；如此而已，法桐竟一年大出一年，长过了窗台，与屋檐齐平了！

我忽然醒悟了，觉得我往日的哀叹大可不必，而且有十分的幼稚呢。原来法桐的生长，不仅是绿的生命的运动，还是一道哲学的命题在验证：欢乐到来，欢乐又归去，这正是天地间欢乐的内容；世间万物，正是寻求着这个内容，而各自完成着它的存在。

我于是很敬仰起法桐来，祝福于它：它年年凋落旧叶，而以此渴望着来年的新生，它才没有停滞，没有老化，而目标在天地空间里长成材了。

燕子

不见了燕子，已是七八年的光景；我常常在城里觅寻，但每每却都失望了。商场的大厅里它自然不肯去的，那高达十几层的楼顶上，我爬上去了，也不曾见它的窠儿筑着，我也专意到公园过了一次，那水光山色里，也没它的足迹。啊，可亲的燕子，难道你是在地球上灭绝了吗，还是不肯到这大城市里来；这么苦着我，使我夜夜梦着你的倩影和呢喃的低吟，而哀愁儿不能自已！

记得在乡里的时候，天一暖和，它就来了，住在我家低低的草屋的梁上，一直到天气变冷的深秋了，才要离去。它是穿着一件黑外衣的，总是把头裹得严严，似乎是一个寡妇，整日呢呢喃喃，一副懦弱而固执的模样。我刚刚会爬，光着屁股在土窝里滚，尿下了，又用手去和泥玩。后来，稍稍大点，就去放牛；我摘过草莓子吃，也趴在河里喝水，也坐在阳坡上捉虱，甚至跟着奶奶，一块去山坡上的庙中烧香磕头呢。可走到哪里，燕子总陪伴了我，当我念叨着“虱多钱多”“眼不见为净”的话时，燕子就不住地细语，别人听不懂那是说些什么，我是听明白了：它是懂得我们的，常常只要学着一声呢喃的叫声，它就会飞到我们手掌上来呢。

在我的童年幼年里，饲养过猫儿狗儿，但猫儿容易背叛，狗儿又多恶事，唯有燕子是最好的了。在这四山之间的地方，它给了我乐趣，也给了我得意。我年年盼着它来，它果然也就来了。一直过了好多年，它还是它的老样儿，年年还记着这么个草屋呢。

我长成大人了，从乡里到大城市里求学，我却深深地羞愧起儿时的愚昧，时常想起来，就感到脸红。然而，燕子，它还住在我家的木梁上吗？它还在说着那些永不改音的古老的话吗？我想把这一切的变化，一切的见识，诉说给它，但却再也寻不着它了。

终有一日，市里开会，会址是一座七层楼的大会议室，摆设十分讲究。我靠近那面一人多高的玻璃窗前，正听着报告，突然有了一片呢呢喃喃的叫声；神经立即触动了。举头看时，那窗外的半空，灰白色里，翻动着无数的黑点。啊，燕子，是我可亲的燕子！它竟到城市里来了，来的又是那么的多！在这个世界上，它是无处不去的；往日我怨恨它的不来，原来是我的少见多怪了！

燕子越来越多了，组成了一个燕子阵，使夕阳晚照的天，也不明朗起来。但是，却没有一只是冲着这座七层楼来的。我探出头看去，四面都是高楼大厦，燕子盘旋成一团，全是绕着右侧的一座并不高大的鼓楼飞的，在那鼓楼的顶上，檐下，栏里，阶内，出出进进，鸣叫不已。

这竟使我疑惑不解了。会议刚一休息，我就走到凉台上，想：

鼓楼并不高大，也不艳丽，因年久失修，梁上已没了雕，栋上也没了画，连那临风叮当的挂铃也没有了，那有什么可吸引的呢？

“它为什么不到四周的高楼大厦上来？”

“高楼大厦是现代化的。”旁边有人说。

“现代化的为什么它就不来？”

“它是留恋古老的。”

我不大理会，便噘起嘴来，作弄出儿时学会的燕鸣声，但它们纷纷从我身边飞过，却没有一只落下来，尽趋着鼓楼而去了。

“咳，”我长叹了一口气，“它们把我也忘了。”

“是你忘了你。”

是的，是我忘了我了，我再不是那么个流着黄涕的孩子了，我长成大人，我有了知识，它认得的只是过去的我！但我自豪，我得意，我终究不是往日的我了。可它，我的燕子，面对这现代化的建筑，无动于衷，疯狂儿恋着鼓楼，是因为只有这一处鼓楼，才是它们有情物，它们呢呢喃喃，只有将这永世不变的语言说给鼓楼，控诉、抗议这么大个城市里，再没有了它们的去处吗？！

啊，燕子，我不禁悲伤起来了：时至今日，还这么固执，这么偏见，不肯落脚在新的建筑，硬要向腐朽欲倾的鼓楼飞去，那么，城市将永远不会是你的天地了，现代建筑愈来愈多，你不是便要真的消亡了吗？咳，我该怎么说呢，我可怜的燕子，我可悲的燕子！

观沙砾记

正是中午，我在岸边的柳荫下乘凉，一抬头，看见河滩的沙地里，腾腾的有着一层雾气，一丝一缕的，曲线儿的模样。看得久了，又似若有若无，灿灿的却在那雾气之中，有了什么在闪光，有的如火苗，那么一小朵，里圈是红的，外圈是白的，飘忽不可捉摸；有的如珍珠，跳跃着无数光环，目不能细辨，似乎其中有红、黄、绿、紫的色彩；有的如星星，三角形的，五角形的，光芒乍长乍短。我一时不知这是什么东西，叫小女儿去寻看，只是一片河滩，满地沙砾，漠漠视而不识，而升腾的雾气灼灼，使人不能久站。回到柳荫下又看，那光亮又在那里闪耀。女儿照着一点光走去，双手捡起，捂在掌内走过来，看时，乃是一块小小的沙石片儿。

石片极平凡，三角形状，边角已成光滑，上边隐隐有几道石纹，并不算美；放在手中，不见有彩，拿近眼前，黯然无光。女儿很是纳闷儿，问：它在沙滩灿烂，在这里失色，这是怎么回事？

是怎么回事，我也不得其解。反复揣摩石片，想起“橘生淮南则为橘，生于淮北则为枳”的古语，猜这是地方不同所致，这石片或是从山上来的，风吹雨打，裂成碎片，随水走川过峡，万里浪淘，停在这河滩里了；这水，这气，这日，才使其显了本色，互相辉映，有了灿灿之光。如今拿在手中，没了那些就得不到其天然色泽了。由此看来，天上的星星，也是这样：它在天上，便有光亮，成其为星，落在地上了，纯乎一块陨石，有人幻想上天摘星，以此炫耀，恐怕摘下来，也是一块冰冷顽石吧！再去推想，我们居住的地球，我们看来，是土，是石，可从别的星球看去，也一定会有光有色。那么，鱼在水里，游动有神，来来去去，可谓悠然，若坠上岸来，便会翅不如毛，尾亦无力了。鸟在云际，有容有声，高高低低，可谓自若，若坠入水去，便要有翅不能飞，有爪不能划了。世上什么东西生存，只有到了它生存的自然之中，才见其活力，见其本色，见其生命，见其价值。人往往有其好心，忽视自然规律，欲以己之意，加于他物，结果往往适得其反。

沙砾本是无情，也有如此属性，而万千世界，人为第一，百人百貌，百貌百性，不能定然，不可固一。应是让其在充分发挥自己的条件下，不拘一格，各逞其才。那么，人便更是活的，就有生气，就有创造，这个人世就有了最伟大的、最光辉的色彩。

女儿还在哀叹沙砾，说是死了，是不是还能再活？我让女儿把那石片儿抛到河滩去，站在柳荫下静观，便见又灿灿然，烁烁然了。女儿笑之，我亦笑之，沙砾似乎也在笑，一闪一闪的，绽闪着金色的微笑。

池塘

那时候，我很幼小，正是天真烂漫的孩子，父亲在一次运动中死了，母亲却撇下我，出门走了别家。孤零零的我，就被祖母接到了乡下的老家。祖母已经年迈，眼花得不能挑针，终日忙着为人洗衣，小棒槌就在捶布石上咣当咣当地捶打。我先是守在一旁，那声响太是单调，再不能忍，就一个人到门前的池塘寻乐去了。

池塘里有着生命，也有着颜色，那红莲，那白鹅，那绿荷……它们生活它们的，各有各的乐趣；我却不能下水去，只是看那露水，在荷叶上滚成碎珠，又滚成大颗，末了，阳光下一丝一缕地净了，那鱼群，散开一片，又聚起一堆，倏然全然逝去，只有一个空白了。它们认不得我，我却牢牢记住了它们，摇着岸边的一株梧桐，落一片叶儿到它们身边，我觉得那便是我了，在它们之中了，千声万声地唤它们是朋友呢。

到了冬天，这是我很悲伤的事，塘里结了冰，白花花的，我的朋友再不见了。我沿池塘沿儿去找，却只有几根枯苇，在风里飘着芦絮，捉到一朵了，托在手心，倏忽却又飞了，又去捉回，又再飞去……祖母知道我的烦恼，一边捶着棒槌，一边抹泪，村里人却都说我是怪孩子，在寻找什么呢？

时间一天天过去，池塘里起了风，冰一块块融了。终有一日，我正看着，就在那远远的地方，似乎有了一个嫩黄黄的卷儿，蓦地，在好多地方，也都有了那样的卷儿。那是什么呢？我一直守了半晌，卷儿终未展开。祖母说："啊，荷叶要出来了！"我听了，却悲伤了起来，想池水这么绿，绿得发了墨，却染不了荷叶的嫩黄，它是患了什么病吗？一个冬天里是在水里病着吗？我只知道草儿从石板下长上来，是这般颜色，这般委屈，这水也有石板一样的压迫吗？

但它终于慢慢舒展开了，一个圆圆的，平和的模样，平浮在水面就不动了。三日，五日，那圆就多起来，先头的呈出深绿，新生的还是浅绿，排列得似铺成的石板路呢。池塘里开始热闹，我的朋友又都出现，融融的，又该是一个乐园了。

没想这晚，起了风雨，哗哗啦啦喧嚣了一夜，天未亮，雨还未住，我便急忙去塘边了。果然池水比往日满了，荷叶狼藉着，有的已破碎，有的浸沉水里，我不禁呜呜啼哭起来了。

就在这时候，有一声尖叫，是那么的凄楚，我抬头看去，是一只什么鸟儿，肥胖胖的，羽毛并未丰满，却一缕一缕湿贴在身上，正站在一片荷叶上鸣叫。那荷叶负不起它的重量，慢慢沉下水去，它惊恐着，扑闪着翅膀，又飞跳上另一片荷叶，那荷叶动荡不安，它几乎要跌倒了，就又跳上一片荷叶，但立即就沉下水去，没了它的腹部。它一声惊叫，溅起一团水花，又落在另一片荷叶，斜了身子，酥酥地抖动……

我不觉可怜起来了，它是从树上的窠里不慎掉下来的呢，还是贪了好奇，忘了妈妈的叮嘱，来欣赏这大千世界了？可怜的小鸟！这个世界怎么容得你去？这风儿雨儿，使你如何受得了呢？我纵然在岸上万般同情，又如何救得你啊？！

突然，池的那边游来了一只白鹅，那样的白，似乎使池塘骤然明亮起来，极快地向小鸟游去了。它是要趁难加害吗？我害怕起来，正要捡一块石子打它，白鹅却游近了小鸟，一动不动地停下了。小鸟立即飞落在它的背上，缩作一团，伏在上面，白鹅叫了一声，像只小船，悠悠地向岸边游去，终于停在岸边一块石头边，小鸟扑棱着翅膀，跳下来，钻进一丛毛柳里不见了。

我深深地呼出了一口气，感觉到了雄壮和伟大，立即又内疚起来，惭愧冤枉白鹅了，就不顾一切地奔跑过去，抱起了它，大声呼唤着，奔跑在这风中雨中……

鸟窠

在我小的时候，村里有了一所磨坊，矮矮的一间草屋，挨着场畔的白杨树儿，孤零零地待着；娘是那里的磨倌，我跟着娘，在那里也泡过了我的童年。

过去了一个冬天，又过去了一个冬天，我们只是待在这磨坊里。娘是经管箩面的，坐在箧篮边上，将箩儿来回筛着，面粉扬起来，雾蒙蒙的，她不说不笑，也不大变换姿势，眉儿眼儿就像个雪人儿一般的。我是专赶着那毛驴：它的眼睛被布蒙住了，套着磨杆，走着一圈，又一圈；我跟着毛驴的屁股，也走着一圈，又一圈。石磨“呼呼噜噜”地响着，像在打雷，先还觉得有趣，慢慢就烦腻了：毛驴耷拉下耳朵，一圈比一圈走得慢了，我也走得慢了下来，歪过头去，无精打采地看那窗外的世界。

窗外五十米的地方，有着一棵白杨，是四周最高的白杨了，端端地往上长，几乎没有什么枝股，通身灰白灰白的，尤其在傍晚的时分，暮色里就白得越发显眼，像是从地里射上去的一道光柱。就在那稀稀的几根细枝的顶端，竟有了一个鸟窠，横七竖八的柴枝儿，筑个笼筐儿形似的；一对鸟夫妻住在那里，叫不上名字，是白的脑门、长的尾巴那一类的。它们一早就起飞走了，晚上才飞回来，常常落到磨坊门口，双脚跳跃着觅食；我撒一把麦粒过去，它们却“忽”地飞去了。

我觉得这些小生命可爱了，想它们一定也很寂寞，那么，来和我待在一起，它们唱歌就有我听，我说话也有它们听了，它们可以一直飞到我的磨盘上，我一定会让它们把麦粒儿吃饱呢。我便从光溜溜的树身爬上去，一直爬到树顶，那里风真大，左右摇晃，使我更觉得这里不安全，就小心翼翼地抱下那个窠来了。用绳儿系着，棍儿架着，我把鸟窠安放在磨坊的门口，想晚上鸟儿回来了，就会歇在里边，赶明日我一到磨坊，就看得见它们了。

但是，第二天我来的时候，那鸟窠里却空落落的；从窗口看那白杨树，鸟夫妻在叽叽喳喳叫着，焦躁地飞上飞下。它们是在哭啼呢，还是在咒骂？我大声地说：窠在这儿，窠在这儿！它们却并不理会。飞过一阵了，双双落在一枝树股上，母的偎着头，欲睡未睡，公的却静静地盯着远方，叽叽喳喳了一阵，便又都飞开去；很快，它们分别衔着一根柴枝儿，又在那梢端儿上，筑起新窠了。

我真有些不明白：它们为什么要那么傻呢，它们飞过磨坊，难道没有看见窠在门口吗？但它们还是不停地衔柴枝儿筑窠，一根，两根，横竖交错，慢慢看出有个窠形了。我想，它们一定会疲倦的，疲倦了就会飞进这门口的窠里来的。我再也不去看它们，只是赶我的毛驴，毛驴蒙着眼，走着一圈，又一圈，我跟着毛驴屁股，也走着一圈，又一圈。

一天过去了，那窠编好了底。一天又过去了，那窠编好了顶。鸟夫妻已经十分疲劳了，衔一根柴枝儿，要歇几次，才能衔上梢端；但放好一根柴枝儿，就喳喳地叫着，你一声，它一声的。

我很嫉妒它们，但终于内心惭愧了，觉得我不该移了它们的窠，苦得它们又去创业，便将那门口的鸟窠放到白杨树下，让它们不必远路去寻材料；一放下鸟窠，就立即飞跑回磨坊。害怕它们看见造孽的是我。

新窠又筑起来了，筑得比原先那个更好看呢。它们又在上边过它们的日子了，早晨依然是吵吵闹闹一阵，就双双飞了去。天总是晴朗的，有着微微的风，它们一前一后，斜着翅膀，一会儿飞得很高很高，一会儿又飞得很低很低，末了，就又一呼一应，倏尔在云天里消失了。

似乎又过了十天吧，母的再不去飞行了，它终日静静地躺在窠里，偶尔对着磨坊叫那么一声，公的时常飞回来，嘴里叼着小虫儿。我真有些奇怪，不知道这是为什么。有一次，我正赶着毛驴走，就听见那白杨树上一片儿喧嚣，扭头看时，那只公鸟正扑拉着翅膀，在窠边飞来飞去，挨着那窠沿儿，有了四个红红的小嘴儿。啊，它们是有了儿女了呢。

那儿女是什么模样儿，我看不清楚，我几次要爬上白杨树去捉一只下来，又觉得不忍，就这么天天看着它们：它们快活，我也快活；它们鸣叫，我也呼喊。终于又过了一段时间，我看见那小鸟儿们了，它们和它们的父母一样漂亮，而且全能起飞，啪啪啪地飞到云里去了。

它们飞走了，差不多的白天里，磨坊里外再没有什么好听的了，只是那无止无休的呼呼噜噜的石磨声。毛驴拽着磨杆，走着一圈，又一圈。我跟着毛驴的屁股，也走着一圈，又一圈，我不知道这个时候，鸟儿飞到什么地方去了……毛驴渐渐耷拉下耳朵，慢下来了，我并不去用树条儿打它，只是问娘：

“娘，鸟儿为什么不住到地上来呢？”

“它们喜欢住得高高的。”

“那么高的，经常有风，它们不害怕吗？”

“不怕，它们很快活；能飞呢。”

噢，我想，它们是不是以为住在这磨坊门口了，担心被我捉住呢？它们住在那高高的树梢上，是愿意到什么地方就到什么地方去，想看什么就看什么吧？哎呀，那天空全是它们的了，它们是够快活呢！

“娘，”我又问道，“鸟儿为什么就能飞呢？”

“它们有羽毛的翅膀。”

“那人为什么没有呢？”

“人是要安分的。”

人为什么要安分呢？娘的话，我却听不懂了，想地上有山呀房呀湖呀河呀的阻挡，所以鸟不住在地上吗？天上没有阻挡，空空旷旷的，但人要安分，所以才不能长出羽毛的翅膀吧？！我真想再一次上那白杨树去，住在那窠里，叫那小鸟儿做哥哥、姐姐，叫那老鸟儿做爸爸、娘娘，长一对羽毛的翅膀儿。

娘却骂我说疯话，直催我快赶驴，说再不赶紧，限天黑就不能磨完这些麦子了。我打起毛驴来，毛驴就又一阵紧跑，我也撵着毛驴屁股小不丢溜地跑。但是，毛驴又渐渐耷拉下耳朵，一步一步地慢了，我也收下步来，又去看那窗外的白杨树了。鸟儿一家又飞回来，在那里吵吵叫叫地热闹，很快就又飞去了，有两根羽毛悠悠地飘下来，落在树下。

我终不能忍了，再不听娘的斥责，跑出去，在那白杨树下捡起了那两根羽毛，拿回来，一根别在我的头上，一根别在毛驴的臁脖子上……

一只贝

一只贝，和别的贝一样，长年生活在海里。海水是咸的，又有着风浪的压力；嫩嫩的身子就藏在壳里。壳的样子很体面，涨潮的时候，总是高高地浮在潮的上头。有一次，它们被送到海岸，当海水又哗哗地落潮去了，却被永远地留在沙滩，再没有回去。蚂蚁、虫子立即围拢来，将它们的软肉啮掉，空剩着两个硬硬的壳。这壳上都曾经投影过太阳、月亮、星星，还有海上长虹的颜色，也都曾经显示过浪花、旋涡和潮峰起伏的形状；现在它们生命结束了！这光洁的壳上还留着这色彩和线条。

孩子们在沙滩上玩耍，发现了好看的壳，捡起来，拿花丝线串着，系在脖颈上。人都在说：这孩子多么漂亮！这漂亮的贝壳！

但是，这只贝没有被孩子们捡起。它不漂亮，它在海里的时候，就是一只丑陋的贝。因为有一颗石子钻进了它的壳内，那是个十分硬的石子，无论如何不能挤碎它；又带着棱角；它只好受着内在的折磨。它的壳上越来越没有了颜色，没有了图案，它失去了做贝的荣誉；但它默默地，它说不出来。

它被埋在沙里。海水又涨潮了；潮又退了。它还在沙滩上，壳已经破烂，很不完全了。

孩子们又来到沙滩上玩耍。他们玩腻了那些贝壳，又来寻找更漂亮的呢。又发现了这一只贝的两片瓦砾似的壳，用脚踢飞了。但是，同时在踢开的地方，发现了一颗闪光的东西，他们拿着去见大人。

“这是什么东西？”

“这是珍珠！嗨，多稀罕一颗大珍珠！”

“珍珠？这是哪儿来的呢？”

“这是石子钻进贝里，贝用血和肉磨制成的。啊，那贝壳呢？这是一只可怜的贝，也是一只可敬的贝。”

孩子们重新去沙滩寻找它，但没有找到。

木耳

堂兄年前来，给我说：

南山，有一个密密的大森林，长着赤松、白桦、黑柏、杉、栎、杨、椿；我们修路进去，有计划地采伐；成批成批的栋梁之材就运出了山外。为了全面地普查这个古老的森林，一日，我们三人出发，一直往南山的深处去，于是到了一个神秘的地方。

这是个阴沉的谷沟，时而闪得开阔，时而狭窄得要豁唧唧碰在一起；山山峁峁，似乎全没有了脉势走向，横七竖八地乱了规律。就在最远最高的那个山梁，天幕衬托之下，分明看出两边尖尖地翘起，中间缓缓地落下，活脱脱一个上弦的月亮。我们便叫它月亮坳。到坳里去的路十分难走，一山的松动石，常常就有几块滚落下来，满山满谷响着爆裂的隆鸣。爬上去，那里却长满了清一色的栲树，盆粗的，桶粗的，一搂粗两搂粗的，从那月亮的底部齐楚楚地长得和月亮的两边一样高低了。这里几乎从未有过人的足迹和气息，鸟儿也很少；死寂寂的，一说话，就有了扩音，嗡嗡地回韵不绝。但嗡声太大了，说话反倒又不容易听清。我们惊喜发现了这个奇妙的山坳，惊喜这个山坳里有这么多上好的栲树，这是一批难得的大梁、立柱用材啊！

但是，这里的地势太险恶了，木材无法运出，我们就决定将公路修进来。

一个月过去了，又一个月过去了，山路却无法开出来。那里三天两头就是一场恶风暴雨，可怕的雷电竟是一个火球一个火球击打在那巨大的黑石上，好多人因此便丧生了；而艰艰难难修出的那一截路面，哗啦啦一声，松动石涌下，什么也就不复存在了。路无法再修了，我们只有天晴的日子，站在沟底看去，那密密的栲树将月亮坳填满，像一个倒放的梳子，常要猜想：是月藏在林中呢，还是树长在月中？只好无可奈何地议论：

“那是一批好树啊！”

“那真是好树。”

“为什么就要生长在那个地方呢？”

“那地方太不是地方。”

就在夏天的一个月初，南山里又遭到了一次百年不遇的风雨雷电，月亮坳受到了残酷的劫洗，栲树全然地毁掉了。从此，那个地方又没有人再去，空留一个月亮坳，一个冰冷的坳的月亮。

栲树自生自灭了；这无光无热的坳的月亮，使它们长成了材，却又使它们遭到了毁灭！

“多么可惜的栲树！”

“多么可惜。”

一年后，我们偶然又赶到了那里，一片倒木，狼藉不堪，像一处古战场一样令人惨不忍睹。但是，出奇地却发现一群一群数不胜数的黑色蝴蝶，一齐落在那开始腐朽的倒木上，似乎都在扇着翅膀做极快的已经用肉眼无法分辨速度的闪颤呢。

“啊，蝴蝶！”

“啊，蝴蝶！”

我们惊呼着，跑近去，却立即傻眼了，原来那并不是黑色的蝴蝶，而是每一根腐朽木上，都密密麻麻地生长着小拳般大的木耳。

面对着木耳，我们再没有喊出声来，默默地做着长久的思想：这是怎么回事？这是向我们做着一种生命的显示呢，还是做着一种严肃的提问？古时的梁山伯和祝英台，生不能美满于世，死而化蝶双飞人间。这木耳，难道就是这栲树不死的精气而凝，生不能成材出坳，死也要物质不灭，化蝶飞出这个远僻的可怕的地方吗？这可怜可尊的木耳，腐朽的躯体里竟有了如此神奇的精灵！

我们面面相觑着，深深地感到了森林开发者的羞愧；小心翼翼地一片一片将木耳摘下，背下山去；下定了从未有过的决心：路再难修，也一定要修，让采伐队开进来，让机器开进来，让这闭塞的地方同外边的世界大同；天地自然有了栋梁的生长，就要让栋梁有其价值的用场啊！

路便重新修起来，一尺，一尺，千回百转，爬高伏低，一直向深山老林里延伸而去了。

堂兄留给了我一包木耳，看时，果然肉厚体大，形如黑色的蝴蝶。我舍不得食用，虽然那是明目健脑、补精提神之仙物；时时看着它，说不清对它的感情，是一种崇敬还是伤悲，是一种慰藉还是寄托，恍恍惚惚之际，写出这段文字，录下我此时此刻的心境。

龙柏树

龙是柏树，树长堰塘，塘在成都西的一个山坳里。我去看它的时候已经中午，天小晴不雨，滟滟的小船在长溪摇了一小时，人上岸，溪里的一群鸭子也上岸，竟一直导游到塘边。

塘实在的小，像一口游泳池，塘边的土峁上去就是人家，孤孤的一家，那个红袄绿裤的姑娘站在一堆柴火前望着我，红肥绿瘦般的鲜艳。龙树螺旋形地横卧在塘的上空，让人担心要倒塌下去，亏得这土峁，以及土峁上的孤屋和姑娘压住了树根。我想，龙是从这一家农户出来的，或是龙从天上来，幻变了农人在这里潜藏。

天气已在三月，树梢有了嫩叶，稀稀落落不易见，而由根至梢，凤尾蕨附生茂盛。尾随从溪岸而来的一个汉子，热情解说这凤尾蕨只能在岸畔长的，谁也弄不清怎么就长在树上，长得这般密。“这是龙衣，一年一换的。”四川的口音，第一声特别的用力。“龙换衣不是冬季，而是盛夏！”龙之所以是龙，毕竟有它的神奇。

这棵树原是一对的，左右把持在塘上，塘面就被罩住，养鸭养鱼，放水灌溉坳里的几十亩稻田。那一年屋里的老头死了，夜里一棵树就“嘎啦啦”塌倒。将塌倒的树锯开来，颜色红得像血。剩下的这棵树，从此每到天要下雨，整个树就一团水雾，坳下边的农民一见到树一团雾气了，就知道天要下雨了。周围的农民吃水到塘里担，水清冽甘甜，最能泡茶，每年到土峁的孤屋里去看望那一位鹤首鸡皮的老太太，害怕老太太过世了，这一棵龙树也就要塌倒吗？老太太依然健在，爱说趣话，能咬蚕豆。

树长为龙形的，可能很多，我是到安徽见过龙柘树，在平地扭着往空中冲，那里出了陈胜、吴广；也到陕西灞河源头见过龙松树，沿一山坡逶迤几十米，那里李先念曾住过三年，后来李先念担任了国家主席。龙形的树都附着伟人的传说，这柏树却躲在山坳中，土峁上的人家都是农民，这龙该是布衣龙。

但龙就是龙，它是潜龙。

解说的汉子喋喋不休地解说龙柏树的奇妙，末了让我站在一个方位看树根部是不是像个牛头，又让我站在另一方位看树干上的疙瘩像不像个狗，又让我站……说像马像鸡。说毕了，他伸手向我讨解说费，他原来是要挣钱的，我付了他一张纸币，却批评他解说不好：大方处不拘小节，龙就是龙，哪里又有这么多鸡零狗碎的东西呢？龙潜是为了起飞，而不是为猪狗所欺啊？！

我爬上土峁去拜望那位老太太，红袄绿裤的姑娘却谢绝了，说：“我奶午睡哩！”终未能见。

对月

月，夜愈黑，你愈亮，烟火熏不脏你，灰尘也不能污染你，你是浩浩天地间的一面高悬的镜子吗?

你夜夜出来，夜夜却不尽相同：过几天圆了，过几天亏了；圆的那么丰满，亏的又如此缺陷！我明白了，月，大千世界，有了得意有了悲哀，你就全然会照了出来的。你照出来了，悲哀地盼着你丰满，双眼欲穿；你丰满了，却使得意的大为遗憾，因为你立即又要缺陷去了。你就是如此千年万年，陪伴了多少人啊，不管是帝王，不管是布衣，还是学士，还是村儒，得意者得意，悲哀者悲哀；先得意后悲哀，悲哀了而又得意……于是，便在这无穷无尽的变化之中统统消失了，而你却依然如此，得到了永恒！

你对于人就是那砍不断的桂树，人对于你就是那不能歇息的吴刚？而吴刚是仙，可以长久，而人却要以短暂的生命付之于这种工作吗？！

这是一个多么奇妙的谜语！从古至今，多少人万般思想，却如何不得其解，或是执迷，将便为战而死，相便为谏而亡，悲、欢、离、合，归结于天命；或是自以为觉悟，求仙问道，放纵山水，遁入空门；或是勃然而起，将你骂杀起来，说是徒为亮月，虚有朗光，只是得意时锦上添花，悲哀时火上加油，是一个面慈心狠的阴婆，是一泊平平静静而溺死人命的渊潭。

月，我知道这是冤枉了你，是曲解了你。你出现在世界，明明白白，光光亮亮。你的存在，你的本身就是说明着这个世界，就是在向世人做着启示：万事万物，就是你的形状，一个圆一个圆地完成啊！

试想，绕太阳而运行的地球是圆的，运行的轨道也是圆的；在小孩手中玩弄的弹球是圆的，弹动起来也是圆的旋转。圆就是运动，所以车轮能跑，浪涡能旋。人何尝不是这样呢？人再小，要长老；人老了，却有和小孩一般的特性。老和少是圆的接榫。冬过去了是春，春种秋收后又是冬。老虎可以吃鸡，鸡可以吃虫，虫可以蚀杠子，杠子又可以打老虎。就是这么不断地否定之否定，周而复始，一次不尽然一次，一次又一次地归复着一个新的圆。

所以，我再不被失败所惑了，再不被成功所狂了，再不为老死而悲了，再不为生儿而喜了。我能知道我前生是何物所托吗？能知道我死后变成何物吗？活着就是一切，活着就有乐，活着也有苦，苦里却也有乐；犹如一片树叶，我该生的时候，我生气勃勃地来，长我的绿，现我的形，到该落的时候了，我痛痛快快地去，让别的叶子又从我的落疤里新生。我不求生命长寿，我却要深深祝福我美丽的工作，踏踏实实地走完我的半圆，而为完成这个天地万物运动规律的大圆尽我的力量。

月，对着你，我还能说些什么呢！你真是一面浩浩天地间高悬的明镜，让我看见了这个世界，看见了我自己，但愿你在天地间长久，但愿我的事业永存。

泉

我老家的门前，有棵老槐树，在一个风雨夜里，被雷电击折了。家里来信说：它死得很惨，是拦腰断的，又都裂开四块，只有锯下来，什么也不能做，劈成木柴烧罢了。我听了，很是伤感，想那夜的风雨，是恶，是暴，还是方向不定，竟挟带了如此的雷电？可怜老槐无力抵御外界的侵凌，却怎么忍受得了这重重的摧残和侮辱呢？

后来，我回乡去，不能不去看它了。

这棵老槐，打我记事起，它就在门前站着，似乎一直没见长，便是那么的粗，那么的高。我们做孩子的，是日日夜夜恋着它，在那里荡秋千，抓石头，踢毽子，快活得要死。与我们同乐的便是那鸟儿了，一到天黑，漫空的黑点，陡然间就全落了进去，神妙般地不见了。我们觉得十分有趣，猜想它一定是鸟儿的家，它们惊惧那夜的黑暗，去得到家的安全，去享受家的温暖了呢。或者，它竟是一块站在天地之间的磁石，无所不括地将空中的生灵都吸去了，要留给黑暗的，只是那个漠漠的，天的空白？冬天，世上什么都光秃秃的了，老槐也变得赤裸，鸟儿却来报答了它，落得满枝满梢。立时，一个鸟儿，是一片树叶；一片树叶，是一个鸣叫的音符：寂寞的冬天里，老槐就是竖起的一首歌子了。于是，它们飞来了，我们就听着这冬天的歌，喜欢得跑出屋来，在严寒里大呼大叫；它们飞走了，我们就捡着那树下抖落的几片羽毛，幻想着也要变一只鸟儿，去住在树上，去飞到树顶的上空，看那七斗星座，究竟是谁夜夜把勺儿放在那里，又要舀些什么呢？

如今我回来了，离开了老槐十多年的游子回来了。一站在村口，就急切切看那老槐，果然不见了它。进了院门，家里人很吃惊，又都脸色灰黑，勉强和我打着招呼，我立即就看见那老槐了，劈成碎片，乱七八糟地散堆在那里，白花花的刺眼，心里不禁抽搐起来。我大声责问家里人，说它那么高的身架，那么大的气魄，骤然之间，怎么就在这天地空间里消失了呢？！如今，我的幼年过去了，以老槐慰藉的回忆也不能再做了，留给我的，就是那一个刺眼痛心的树桩吗？！我再也硬不起心肠看这一场沧桑的残酷，蕴藏着一腔对老槐的柔情，全然化作泪水流下来了。

夜里，家里人都没有多少话说，悲痛封住了他们的嘴；闷坐了一会儿，就踽踽进屋去睡了。我无论如何不能睡得，走了出来，又不知身要走到何处，就呆呆地坐在了树桩上。树桩筛筐般大，磨盘样圆，在月下泛着白光。可怜它没有被刨了根去，那桩四边的皮层里，又抽出了一圈儿细细的小小的嫩枝，极端地长上来，高的已经盈尺，矮的也有半寸了。我想起当年的夏夜，槐荫铺满院落，我们做孩子的手拉手围着树转的情景，不觉又泪流满面。世界是这般残忍，竟不放过这么一棵老槐，是它长得太高了，目标要向着天上呢，还是它长得太大了，挡住了风雨的肆行？

小儿从屋里出来，摇摇摆摆地，终伏在我的腿上，看着我的眼，说：

“爸爸，树没有了。”

“没有了。”

“爸爸也想槐树吗？”

我突然感到孩子的可怜了。我同情老槐，是它给过我幸福，给过我快乐；我的小儿更是悲伤了，他出生后一直留在老家，在这槐树下爬大，可他的幸福、快乐并没有尽然就霎时消失了。我再不忍心看他，催他去睡，他却说他喜欢每天晚上坐在这里，已经成习惯了。

“爸爸，”小儿突然说，“我好像又听到那树叶在响，是水一样的声音呢。”

唉，这孩子，为什么偏偏要这样说呢？是水一样的声音，这我是听过的。可是如今，水在哪儿呢？古人说，抽刀断水水更流，可这叶动而响的水，怎么就被雷电斩断了呢？难道天上可以有银河，地上可以有长江，却不容得这天地之间的绿的水流吗？

“爸爸，水还在呢！”小儿又惊呼起来，“你瞧，这树桩不是一口泉吗？”

我转过身来，向那树桩看去，一下子使我惊异不已了：啊，真是一口泉呢！那白白的木质，分明是月光下的水影，一圈儿一圈儿的年轮，不正是泉水绽出的涟漪吗？我的小儿，多么可爱的小儿，他竟发现了泉。我要感谢他，世界要感谢他，他真有发现了新大陆的哥伦布一样的伟大啊！

“泉！生命的泉！”我激动起来了，紧紧抱住了我的小儿，想这大千世界，竟有这么多出奇，原来一棵树便是一条竖起的河，雷电可以击折河身，却毁不了它的泉眼，它日日夜夜生动，永不枯竭，那纵横蔓延在地下的每一根每一行，该是那一条一道的水源了！

我有些不能自已了。月光下，一眼一眼看着那树桩皮层里抽上来的嫩枝，是那么的精神，一片片的小叶绽了开来，绿得鲜鲜的，深深的：这绿的结晶，生命的精灵，莫非就是从泉里溅起的一道道水柱吗？那锯齿一般的叶峰上的露珠，莫非是水溅起时的泡沫吗？哦，一个泡沫里都有了一个小小的月亮，灿灿地，在这夜里摇曳开光辉了。

小儿见我高兴起来，他显得也快活了，从怀里掏出了一撮往日捡起的鸟的羽毛，万般逗弄，问着我：

“爸爸，这嫩枝儿能长大吗？”

“能的。”我肯定地说。

“鸟儿还会来吗？”

“会的。”

“那还会有雷电击吗？”

小儿突然说出的这句话，却使我惶恐了，怎样回答他呢？说不会有了，可在这茫茫世界里，我仅仅是一个小小的分子，我能说出那话，欺骗孩子，欺骗自己吗?

“或许还会吧，”我看着小儿的眼睛，鼓足了劲说，“但是，泉水不会枯竭的，它永远会有树长上来，因为这泉水是活的！”

我说完了，我们就再没有言语，静止地坐在树桩的泉边。在袅袅起动的风里，在万籁沉沉的夜里，尽力地平静心绪，屏住呼吸，谛听着那从地下涌上来的，在泉里翻腾的，在空中溅起的生命的水声。

黄陵柏

从铜川往北数百里，全是赤裸裸的荒山秃岭，到了桥山，出奇地却长满了柏树。一棵树一个绿的波浪，层层叠叠卷上去，像一个立体的湖泊。天放着晴的时候，湖泊纹丝不动，绿得隐隐透蓝；逢着刮风下雨了，满山就温柔地拂动，绿深起来，碧碧的，青青的，末了，似乎欲晶莹了，在这黄褐褐的世界里，像一颗偌大的绿宝石，灿灿地要映照出一切。

山上有一条小路，曲曲折折爬上去，山顶就有丘土堆，活脱是一个山上的山：这便是黄帝陵了。站在陵墓往下看，才知满山没有一眼流泉，也不见飞禽走兽，柏籽在倏忽落地，簌簌地如洒起细雨，满鼻满口都是柏的茎香了。最有趣的，那柏全都枝叶瑟瑟缩缩，如一根一根桩的模样，肉肉的，依山而微微趋身，似乎是向陵墓肃然静默，立即使游客失去了轻狂和浮华，刹那间入了庄重、虔诚的境界，再不敢有了言辞，只提了脚步在厚厚的落针上悄悄起落。

我三次上过桥山，每次都在这寒窣和柏林里静观，一待半日，于是看出柏的好多妙事。回来用笔记下，归类十多余种，竟成了一册柏谱。

柏谱这么记载：

山下柏：阴面少枝无叶，阳面枝叶却繁极密极，腰身弓弓的，如负重载。顶端是一丛柏朵的三角形状，似乎是拉长了脖子，向山上仰望着什么；下边的柏枝便垂垂下来，又像在做着无可奈何的手势。它奋命地向上长着，但终没有山上的一棵草高，于是，寄希望于后代，枝头累累的，都是些柏籽。

伞柏：这柏如伞一样，光光的身子上，突然顶一蓬枝叶，圆圆坨坨的。从上看不见干，从下望不着天；树下从不见雨，亦不见光，数丈之地，不长出一棵小草。一早一晚，山风拂来，伞顶嘎嘎作响，如雷电爆裂。

坡坎柏：它处在险恶之中。似乎永远没有安全感，但却正如此十分的安全。根从坎壁上横出，然后突然崛上，形成一个直角，每一条枝，每一根节，都表现着十分的努力，以致全扭歪了。柏叶却很丰腴。临风袅袅浮动。如悠悠的云，日光下泻，倩影便款款落地；如动画一般，显出如狮、如虎、如隼的万般形象。

平地柏：因为得天独厚，身一出地，便肆意横生，杆少而叶多，不为高大，但求雍容，风很少刮过来，雨水却得到满足，每一弱枝，必结柏籽，籽小花大，瓣裂四片五片，但却不能发芽：大半被松鼠拉去，小半被麻雀叼走。

风头柏：分明是一座塔的形象，经营着庄严，建筑着气势。枝叶全相对展开，一朵一朵，呈薄扇状；在四面来风之中，执着八方盾牌，步步为营地向空间进军。

屈柏：如弓一样俯在地上，背上暴露着一个接一个的疙瘩，似人的脊骨，身下却裂开来，是蚂蚁的天国。似仅几朵枝叶，落地时却平面伸来，做求拜状，游客便以其身为椅，男者，女者，全骑上去，一压一摇，做晃板的快乐。

桩柏：枝叶于它是多余的，全然一个赤身，数十丈高，纹沟从上到下，不弯不屈，头顶三丝四丝柏朵，宣布着自己并未死去，安详得却如停驻的云。

朽柏：只剩下半个身子，其实仅仅是半圈空空的皮壳，被护林人用石头砌起，补了缺，毛老鼠便拉来了大量的柏籽，在那石头的穴孔里做起一个仓库。

挤柏：它们存心是来拥挤的，目标就在天空，比试谁第一个到达，狭窄的面积，刺激着它们生存的竞争；生存的竞争，使它们一起成为山上最高最直的代表。

孤柏：太富裕了，使它养成东拐西歪的懒散习气；太自在了，左顾右盼地尽长了岔枝。

石缝柏：实在没地方了，就到石崖上去，只要有一条细根伸进去，便要石崖挤出缝来，再抱住它，把根织成了密网。用力太过度了，根如瘀了血的手指，青而黑，黑如铁。虽然比别人长得慢，浑身却成了油心，摸摸粘手，敲之叮叮，投一块石子砸去，立即反弹过来，身上不留一点儿痕迹。

柏中柏：一棵小柏长在一棵老柏的空心里。老者已断上身，小者一身浅绿，风里便做媚态。

夹石柏：也许是一块石头突然从山上滚下，将它砸断了，石头就永远坐在疤坑里，宣告着它的死亡。但疤沿一愈合起来，就又从四周一起往上长，竟抽出新枝，死死将石头夹住了。从此，再不能取下，或许夹成碎末，或许就成了它身体里的一部分。

山顶柏：以为是最高的了，其实不过三尺，又都秃了顶。

芽柏：一个什么动物的头骨，用什么力量也不能使其分开，被遗弃在这里了。一颗小小的柏籽落下来，静静地躺在头骨里，一场雨后，它发芽了。那么一小点儿绿，但它迅速地从骨缝里长起来，头骨竟神奇地分裂了。它似乎是与生命开个玩笑，以暂短的生存证明了它的无比的力。

默默地从这无数的柏中走过，我总要站在黄帝陵前肃立片刻，做我的幼稚而荒唐的遐想。最后那次上山，是在夜晚，月亮就在天上，林中远影幢幢，近处迷离，陡然间，产生异样的感觉：我站在这里，也是一棵柏吗？面对着我民族的始祖，我会是一棵什么样的柏呢？

月迹

我们这些孩子，什么都觉得新鲜，常常又什么都不觉满足；中秋的夜里，我们在院子里盼着月亮，好久却不见出来，便坐回中堂里，放了竹窗帘儿闷着，缠奶奶说故事。奶奶是会说故事的，说了一个，还要再说一个……奶奶突然说：“月亮进来了！”我们看时，那竹窗帘儿里，果然有了月亮，款款地，悄没声儿地溜进来，出现在窗前的穿衣镜上了：原来月亮是长了腿的，爬着那竹帘格儿，先是一个白道儿，再是半圆，渐渐地爬得高了，穿衣镜上的圆便满盈了。我们都高兴起来，又都屏气儿不出，生怕那是个尘影儿变的，会一口气吹跑呢。月亮还在竹帘儿上爬，那满圆却慢慢儿又亏了，缺了；末了，便全没了踪迹，只留下一个空镜，一个失望。奶奶说：“它走了，它是匆匆的；你们快出去寻月吧。”

我们就都跑出门去，它果然就在院子里，但再也不是那么一个满满的圆了，尽院子的白光，是玉玉的，银银的，灯光也没有这般儿亮的。院子的中央处，是那棵粗粗的桂树，疏疏的枝，疏疏的叶，桂花还没有开，却有了累累的骨朵儿了。我们都走近去，不知道那个满圆儿去哪儿了，却疑心这骨朵儿是繁星儿变的；抬头看着天空，星儿似乎就比平日少了许多。月亮正在头顶，明显大多了，也圆多了，清清晰晰看见里边有了什么东西。

“奶奶，那月上是什么呢？”我问。

“是树，孩子。”奶奶说。

“什么树呢？”

“桂树。”

我们都面面相觑了，倏忽间，哪儿好像有了一种气息，就在我们身后袅袅，到了头发梢儿上，添了一种淡淡的痒痒的感觉；似乎我们已在了月里，那月桂分明就是我们身后的这一棵了。

奶奶瞧着我们，就笑了：

“傻孩子，那里边已经有人了呢。”

“谁？”我们都吃惊了。

“嫦娥。”奶奶说。

“嫦娥是谁？”

“一个女子。”

哦，一个女子。我想。月亮里，地该是银铺的，墙该是玉砌的：那么好个地方，配住的一定是十分漂亮的女子了。“有三妹漂亮吗？”“和三妹一样漂亮的。”三妹就乐了：“啊啊，月亮是属于我的了！”三妹是我们中最漂亮的，我们都羡慕起来，看着她的狂样儿，心里却有了一股儿的嫉妒。我们便争执了起来，每个人都说月亮是属于自己的。奶奶从屋里端了一壶甜酒出来，给我们每人倒了一小杯儿，说：

“孩子们，你们瞧瞧你们的酒杯，你们都有一个月亮哩！”

我们都看着那杯酒，果真里边就浮起一个小小的月亮的满圆。捧着，一动不动的，手刚一动，它便酥酥地颤，使人可怜儿的样子。大家都喝下肚去，月亮就在每一个人的心里了。

奶奶说：

“月亮是每个人的，它并没有走，你们再去找吧。”

我们越发觉得奇了，便在院里找起来。妙极了，它真没有走去，我们很快就在葡萄叶儿上，瓷花盆儿上，爷爷的锨刃儿上发现了。我们来了兴趣，竟寻出了院门。

院门外，便是一条小河。河水细细的，却漫着一大片的净沙；全没白日那么的粗糙，灿灿地闪着银光，柔柔和和得像水面了。我们从沙滩上跑过去，弟弟刚站到河的上湾，就大呼小叫了：

“月亮在这儿！”

妹妹几乎同时在下湾喊道：

“月亮在这儿！”

我两处去看了，两处的水里都有月亮，沿着河沿跑，而且哪一处的水里都有月亮了。我们都看起天上，我突然又在弟弟妹妹的眼睛里看见了小小的月亮。我想，我的眼睛里也一定是会有的。噢，月亮竟是这么多的：只要你愿意，它就有了哩。

我们就坐在沙滩上，掬着沙儿，瞧那光辉，我说：

“你们说，月亮是个什么呢？”

“月亮是我所要的。”弟弟说。

“月亮是个好。”妹妹说。

我同意他们的话，正像奶奶说的那样：它是属于我们的，每个人的。我们就又仰起头来看那天上的月亮，月亮白光光的，在天空上。我突然觉得，我们有了月亮，那无边无际的天空也是我们的了：那月亮不是我们按在天空上的印章吗？

大家都觉得满足了，身子也来了困意，就坐在沙滩上，相依相偎地甜甜地睡了一会儿。

静虚村记

如今，找热闹的地方容易，寻清静的地方难；找繁华的地方容易，寻拙朴的地方难，尤其在大城市的附近，就更其为难的了。

前年初，租赁了农家民房借以栖身。

村子南九里是城北门楼，西五里是火车西站，东七里是火车东站，北去二十里地，又是一片工厂，素称城外之郭。奇怪台风中心反倒平静一样，现代建筑之间，偏就空出这块乡里农舍来。

常有友人来家吃茶，一来就要住下，一住下就要发一通议论，或者说这里是一首古老的民歌，或者说这里是一口出了鲜水的枯井，或者说这里是一件出土的文物，如宋代的青瓷，质朴、浑拙、典雅。

村子并不大，屋舍仄仄斜斜，也不规矩，像一个公园，又比公园来得自然，只是没花，被高高低低绿树、庄稼包围。在城里，高楼大厦看得多了，也便腻了，陡然到了这里，便活泼泼地觉得新鲜。先是那树，差不多没了独立形象，枝叶交错，像一层浓重的绿云，被无数的树桩撑着。走近去，绿里才见村子，又尽被一道土墙围了，土有立身，并不苫瓦，却完好无缺，生了一层厚厚的绿苔，像是庄稼人剃头以后新生的青发。

拢共两条巷道，其实连在一起，是个“U”形。屋舍相对，门对着门，窗对着窗；一家鸡叫，家家鸡都叫，单声儿持续半个时辰；巷头家养一条狗，巷尾家养一条狗，贼便不能进来。几乎都是茅屋。并不是人家寒酸，茅屋是他们的讲究：冬天暖，夏天凉，又不怕被地震震了去。从东往西，从西往东，茅屋撑得最高的，人字形搭得最起的，要算是我的家了。

村人十分厚诚，几乎近于傻昧，过路行人，问起事来，有问必答，比比画画了一通，还要领到村口指点一番。接人待客，吃饭总要吃得剩下，喝酒总要喝得昏醉，才觉得惬意。衣着朴素，都是农民打扮，眉眼却极清楚。当然改变了吃浆水酸菜，顿顿油锅煎炒，但没有坐在桌前用餐的习惯，一律集在巷中，就地而蹲。端了碗出来，却蹲不下，站着吃的，只有我一家，其实也只有我一人。

我家里不栽花，村里也很少有花。曾经栽过多次，总是枯死，或是萎缩。一老汉笑着说：村里女儿们多啊，瞧你也带来两个！这话说得有理。是花忌妒她们的颜色，还是她们羞得它们无容？但女儿们果然多，个个有桃花水色。巷道里，总见她们三五成群，一溜儿排开，横着往前走，一句什么没盐没醋的话，也会惹得她们笑上半天。我家来后，又都到我家来，这个帮妻剪个窗花，那个为小女染染指甲。什么花都不长，偏偏就长这种染指甲的花。

啥树都有，最多的，要数槐树。从巷东到巷西，三搂粗的十七棵，盆口粗的家家都有，皮已发皱，有的如绳索匝缠，有的如渠沟排列，有的扭了几扭，根却委屈得隆出地面。槐花开时，一片嫩白，家家都做槐花蒸饭。没有一棵树是属于我家的，但我要吃槐花，可以到每一棵树上去采。虽然不敢说我的槐树上有三个喜鹊窠、四个喜鹊窠，但我的茅屋梁上燕子窝却出奇地有了三个。春天一暖和燕子就来，初冬逼近才去，从不撒下粪来，也不见在屋里落一根羽毛，从此倒少了蚊子。

最妙的是巷中一眼井，水是甜的，生喝比熟喝味长。水抽上来，聚成一个池，一抖一抖地，随巷流向村外，凉气就沁了全村。村人最爱干净，见天天有人洗衣。巷道的上空，即茅屋顶与顶间，拉起一道一道铁丝，挂满了花衣彩布。最艳的，最小的，要数我家：艳者是妻子衣，小者是女儿裙。吃水也是在那井里的，须天天去担。但宁可天天去担这水，不愿去拧那自来水。吃了半年，妻子小女头发愈是发黑，肤色愈是白皙，我也自觉心脾清爽，看书作文有了精神、灵性了。

当年眼羡城里楼房，如今想来，大可不必了。那么高的楼，人住进去，如鸟悬窠，上不着天，下不踏地，可怜怜掬得一抔黄土，插几株花草，自以为风光宜人了。殊不知农夫有农夫得天独厚之处，我不是农夫，却也有一庭土院，闲时开垦耕耘，种些白菜青葱。菜收获了，鲜者自吃，败者喂鸡，鸡有来杭、花豹、翻毛、疙瘩，每日里收蛋三个五个。夜里看书，常常有蝴蝶从窗缝钻入，大如小女手掌，五彩斑斓。一家人喜爱不已，又都不愿伤生，捉出去放了。

那蛐蛐儿就在台阶之下，彻夜鸣叫，脚一跺，噤声了，隔一会儿，声又起。心想若是有个儿子，儿子玩蛐蛐儿就不用跑蛐蛐儿市掏高价购买了。

门前的那棵槐树，唯独向横里发展，树冠半圆，如裁剪过一般。整日看不见鸟飞，却鸟鸣声不绝，尤其黎明，犹如仙乐，从天上飘了下来似的。槐下有横躺竖蹲的十几个碌碡，早年碾场用的，如今有了脱粒机，便集在这里，让人骑了，坐了。每天这里人群不散，谈北京城里的政策，也谈家里婆娘的针线，谈笑风生，乐而忘归。直到夜里十二点，家家喊人回去。回去者，扳倒头便睡的，是村人；回来捻灯正坐，记下一段文字的，是我呢。

来求我的人越来越多了，先是代写书信，我知道了每一家的状况，鸡多鸭少，连老小的小名也都清楚。后来，更多的是携儿来拜老师，一到高考前夕，人来得最多，提了点心，拿了酒水。我收了学生，退了礼品，孩子多起来，就组成一个组，在院子里辅导作文。村人见得喜欢，越发器重起我。每次辅导，门外必有家长坐听，若有孩子不安生了，就进来张口就骂，举手便打。果然两年之间，村里就考中了大学生五名，中专生十名。

天旱了，村人焦虑，我也焦虑，抬头看一朵黑云飘来了，又飘去了，就咒天骂地一通，什么粗话野话也骂了出来。下雨了，村人在雨地里跑，我也在雨地跑，疯了一般，有两次滑倒在地，磕掉了一颗门牙。收了庄稼，满巷竖了玉米架，柴火更是塞满了过道，我骑车回来，常是扭转不及，车子跌倒在柴堆里，吓一大跳，却并不疼。最香的是鲜玉米棒子，煮能吃，烤能吃，剥下颗粒熬稀饭，粒粒如栗，其汤有油汁。在城里只道粗粮难吃，但鲜玉米面做成的漏鱼儿、搅团儿，却入味开胃，再吃不厌。

小女来时刚会翻身，如今行走如飞，咿呀学语，行动可爱，成了村人一大玩物，常在人掌上旋转，吃过百家饭菜。妻也最好人缘，一应大小应酬，人人称赞，以至村里红白喜事，必邀她去，成了人面前走动的人物。而我，是世上最呆的人，喜欢静静地坐着，静静地思想，静静地作文。村人知我脾性，有了新鲜事，跑来对我叙说，说毕了，就退出让我写，写出了，嚷着要我念。我念得忘我，村人听得忘归；看着村人忘归，我一时忘乎所以，邀听者到月下树影，盘腿而坐，取清茶淡酒，饮而醉之。一醉半天不醒，村人已沉睡入梦，风止月暝，露珠闪闪，一片蛐蛐鸣叫。我称我们村是静虚村。

鸡年八月，我在此村为此村记下此文，复写两份，一份加进我正在修订的村史前边，作为序，一份则附在我的文集之后，却算是跋了。

冬景

早晨起来，匆匆到河边去；一个人也没有，那些成了固定歇身的石凳儿，空落着，连烫烟锅磕烟留下的残热也不曾存，手一摸，冷得像烙铁一样地生疼。

有人从河堤上走来，手一直捂着耳朵，四周的白光刺着眼睛，眯眯地睁不开。天把石头当真冻硬了，瞅着一个小石块踢一脚，石块没有远去，脚被弹了回来，痛得“哎哟”一声，俯下身去。

堤下的渡口，小船儿依然系在柳树上，却不再悠悠晃动，横了身子，被冻固在河里。船夫没有出舱，弄他的箫管吹着，若续若断，似乎不时就被冻滞了。或者嘴唇不再软和，不能再吹下去，在船下的冰上燃一堆柴火。烟长上来，细而端。什么时候，火堆不见了，冰面上出现一个黑色的窟窿，水咕嘟嘟冒上来。

一只狗，白茸茸的毛团儿，从冰层上跑过对岸，又跑过来，它在冰面上不再是白的，是灰黄的。后来就站在河边被砸开了的一块冰前，冰里封冻了一条小鱼，一个生命的标本。狗便惊奇得汪汪大叫。

田野的小路上，驶过来一辆拉车。套辕的是头毛驴，样子很调皮，公羊般大的身子，耳朵上、身肚上长长的一层毛。主人坐在车上，脖子深深地缩在衣领，不动也不响，一任毛驴跑着。落着厚霜的路上，驴蹄叩着，干而脆地响，鼻孔里喷出的热气，向后飘去，立即化成水珠，亮晶晶地挂在长毛上。

有拾粪的人在路上踽踽地走，用铲子捡驴粪，驴粪却冻住了。他立在那里，无声地笑笑，做出长久的沉默。有人在沙地里扫树叶，一个沙窝一堆叶子，全都涂着霜，很容易抓起来。扫叶人手已经僵硬，偶尔被树枝碰了，就伸着手指在嘴边，笑不出来，哭不出来，一副不能言传的表情，原地吸溜打转儿。

最安静的，是天上的一朵云，和云下的那棵老树。

吃过早饭，雪又下起来了。没有风，雪落得很轻，很匀，很自由。在地上也不消融，虚虚地积起来，什么都掩盖了本质，连现象都模糊了。天和地之间，已经没有了空间。

只有村口的井没有被埋住，远远看见往上喷着蒸汽。小媳妇们都喜欢来井边洗萝卜，手泡在水里，不忍提出来。

这家老婆婆，穿得臃臃肿肿，手背上也戴了蹄形手套，在炕上摇纺车。猫儿不再去恋爱了，蜷在身边，头尾相接，赶也赶不走。孩子们却醒得早，趴在玻璃窗上往外看。玻璃上一层水汽，擦开一块，看见院里的电线，差不多指头粗了：

“奶奶，电线肿了。”“那是落了雪。”奶奶说。“那你在纺雪吗？线穗子也肿了。”他们就跑到屋外去，张着嘴，让雪花落进去，但那雪还未到嘴里，就总是化了。他们不怕冷，尤其是那两颗眼睛。互相抓着雪，丢在脖子里，大呼大叫。

一声枪响，四野一个重重的惊悸，阴崖上的冰锥震掉了几个，哗啦啦地在沟底碎了，一只金黄色的狐狸倒在雪地里，殷红的血溅出一个扇形。冬天的狐皮毛质最好，正是村里年轻人捕猎的时候。

麦苗在厚厚的雪下，叶子没有长大来，也没有死了去，根须随着地气往下掘进。几个老态龙钟的农民站在地边，用手抓着雪，吱吱地捏个团子，说：

“好雪，好雪。冬不冷，夏不热，五谷就不结了。”

他们笑着，叫嚷着回去煨烧酒喝了。

雪还在下着，好大的雪。

一个人在雪地里默默地走着，观赏着冬景。前脚踏出一个脚印，后脚离起。脚印又被雪抹去。前无去者，后无来人，他觉得有些超尘，想起了一首诗，又道不出来。

“你在干什么？”一个声音。

他回过头来，一棵树下靠着一个雪桩。他吓了一跳，那雪桩动起来，雪从身上落下去，像脱落掉的锈斑，是一个人。“我在作诗。”他说。“你就是一首诗。”那个人说。“你在干什么？”“看绿。”

“绿在哪儿？”

“绿在树枝上。”

树上早没有了叶子，一群小鸟栖在枝上，一动不动，是一树会唱的绿叶。

“还看到什么吗？”

“太阳，太阳的红光。”

“下雪天没有太阳的。”

“太阳难道会封冻吗？瞧你的脸，多红；太阳的光看不见了，却晒红了你的脸。”

他叫起来了：“你这么喜欢冬天？！”

“冬天是庄严的，静穆的，使每个人去沉思，而不再轻浮。”

“噢，冬天是四季中的一个句号。”

“不，是分号。”

“可惜冬天的白色那么单调……”

“哪里！白是一切色的最丰富的底色。”

“可是，冬天里，生命毕竟是强弩之末了。”

“正是起跑前的后退。”

“啊，冬天是个卫生日子啊！”

“是的，是在做分娩前准备的伟大的孕妇。”

“孕妇？！”

“不是孕育着春天吗？”

说完，两个人默默地笑了。

两个陌生人，在天地一色的雪地上观赏冬景，却也成为冬景里的奇景。

灵山寺

我是坐在灵山寺的银杏树下，仰望着寺后的凤岭，想起了你。自从认识了你，又听捏骨师说你身上有九块凤骨，我一见到凤这个词就敏感。凤当然是虚幻的动物，人的身上怎么能有着凤骨呢，但我却觉得捏骨师说得好，花红天染，荧光自照，你的高傲引动着众多的追逐，你的冷艳却又使一切邪念止步，你应该是凤的托变。寺是小寺，寺后的岭也是小岭，而岭形绝对是一只飞来的凤，那长翅正在欲收未收之时，尤其凤头突出的直指着大雄宝殿的檐角，一丛枫燃得像一团焰。我刚才在寺里转遍了每一座殿堂，脚起脚落都带了空洞的回响，有一股细风，是从那个小偏门洞溜进来的，它吹拂了香案上的烟缕，烟缕就活活地动，弯着到了那一棵丁香树下，纠缠在丁香枝条上了。你叫系凤，我还笑过怎么起这么个名呢，风会系得住吗？但那时烟缕让风显形，给我看到了。也就踏了石板地，从那偏门洞出去，你知道我发现什么了，门外有一个很大的水池，水清得几近墨色，原本平静如镜，但池底下有拳大的喷泉，池面上泛着涟漪，像始终浮着的一朵大的莲花。我太兴奋呀，称这是醴泉，因为凤是非练实不食非醴泉不饮的，如果凤岭是飞来的凤，一定为这醴泉来的。我就趴在池边，盛满了一陶瓶，发愿要带回给你的。

小心翼翼地提着水瓶坐到银杏树下，一直蹲在那一块小菜圃里拔草的尼姑开始看我，说："你要带回去烹茶吗？"

"不，"我说，"我要送给一个人。"

"路途远吗？"

"路途很远。"

她站起来了，长得多么干净的尼姑，阳光下却对我瘪了一下嘴。

"就用这么个瓶？"

"这是只陶瓶。"

"半老了。"

我哦了一声，脸似乎有些烧。陶瓶是我在县城买的，它确实是丑陋了点，也正是丑陋的缘故，它在商店的货橱上长久地无人理会，上面积落了厚厚的灰尘，我买它却图的是人间的奇丑，旷世的孤独。任何的器皿一制造出来就有了自己的灵魂和命运，陶瓶是活该要遇见我，也活该要来盛装醴泉的。尼姑的话分明是猜到了水是要送一位美丽的女子的，而她嘲笑陶瓶也正是嘲笑着我。我是半老了吗？我的确已半老了。半老之人还惦记着一位女子，千里迢迢为其送水，是一种浪漫呢，还是一种荒唐？

但我立即觉得"半老"二字的好处，它可以做我以后的别名罢了。

我再一次望着寺后的凤岭，岭上空就悠然有着一朵云，那云像是挂在那里，不停地变化着形态，有些如你或立或坐的身影。来灵山寺的时候，经过了洛河，《洛神赋》的诗句便涌上心头，一时便想：甄妃是像你那么个模样吗？现在又想起了你，你是否也是想到了我而以云来昭示呢？如果真是这样，我将水带回去，你会高兴吗？

我这么想着，心里就生了怯意，你知道我是很卑怯的，有多少人在歌颂你，送你奇珍异宝，你都是淡漠地一笑，咱们在一起吃饭，你吃得那么少，而我见什么都吃，你说过什么都能吃的人一定是平庸之辈，当一个平庸人给你送去了水，你能相信这是凤岭下的醴泉吗？“怎么，是给我带的吗？”你或许这么说，笑纳了，却将水倒进盆里，把陶瓶退还了我。

我用陶瓶盛水，当然想的是把陶瓶一并送你，你不肯将陶瓶留下，我是多么的伤感。银杏树下，我茫然地站着，太阳将树荫从我的右肩移过了左肩，我自已觉得我颓废的样子有些可怜。

我就是这样情绪复杂着走出了灵山寺，但手里依然提着陶瓶，陶瓶里是随瓶形而圆的醴泉。

寺外的慢坡下去有一条小河，河面上石桥拱得很高，上去下来都有台阶。我是准备着过了桥去那边的乡间小集市要找饭馆，才过了桥，一家饭馆里轰出来了一男一女两个乞丐。乞丐的年纪已经大了，蓬头垢面地站在那里，先是无奈地咧咧嘴，然后男的却一下子把女的背了起来，从桥的这边上去，从桥的那边下来，自转了一下，又从那边上去，从这边下来，被背着的女的就咯咯地笑，她笑得有些傻，饭馆门口就出来许多人看着，看着也笑了。

“这乞丐疯了！”有人在说。

“我们没疯！”男乞丐听见了，立即反驳，“今日是我老婆生日哩！”

“是我的生日，”女乞丐也郑重地说，“他要给我过生日的！”

我一下子震在了那里，人间还有这样的一对乞丐啊，欢乐并不拒绝着贫贱！我羡慕着他们的俗气，羡慕着俗气中的融融情意。在那一刻里，请你原谅我，我是突然决定了把这一陶瓶的醴泉送给了他们。

但他们没有接受。

“能给一碗饭吗？”

“这可是醴泉！”

“明明是水么，水不是用河用井装着吗？”

这话让我明白了，他们原是不配享用醴泉的。

我提着水瓶尴尬地站在太阳底下，踅脚向小集市上走，奇迹就在这时发生了，我无意地拐过一个墙角，那里堆放了一大堆根雕，卖主因无人过问，斜躺在那里开始打盹了。根雕里什么飞禽走兽的造型都有，竟然有了一只惟妙惟肖的凤，它没有任何雕琢痕迹，完全是一块古松，松的纹路将凤的骨骼和羽毛表现得十分传神。我立即将它买下。我是为你而买的，我兴奋得有些晕眩，为什么这个时候又让我获得这只凤呢，是天之赐予，还是我真有这缘分？我说，我是没有梧桐树的，但我现在有了醴泉，我有醴泉啊，饮醴泉你会更高洁的。

我明日就赶回去，你等着一个送醴泉的人吧，我已做好心理准备，如果你肯连陶瓶一并接受，那将是我的幸福，如果你接受了醴泉退还了陶瓶，我并不会沮丧，盛过了醴泉的陶瓶不再寂寞而变得从此高古，它将永远悬挂在我的书房，蓄满的是对你的爱恋和对那一对乞丐的记忆，以及发生在灵山寺的一系列故事。

通渭人家

通渭是甘肃的一个县。我去的时候正是五月，途经关中平原，到处是麦浪滚滚，成批成批的麦客蝗虫一般从东往西撵场子，他们背着铺盖，拿着镰刀，拥聚在车站、镇街的屋檐下和地头，与雇主谈条件，讲价钱，争吵，咒骂，甚或就大打出手。环境的污杂，交通的混乱，让人急迫而烦躁，却也感到收获的紧张和兴奋。一进入陇东高原，渐渐就清寂了，尤其过了会宁，车沿着苦丁河在千万个峁塬沟岭间弯来拐去，路上没有麦客，田里也没有麦子，甚至连一点绿的颜色都没有，看来，这个地区又是一个大旱年，颗粒无收了。太阳还是红堂堂地照着，风也像刚从火炉里喷出来，透过车窗玻璃，满世界里摇曳的是丝丝缕缕的白雾，搞不清是太阳下注的光线，还是从地上蒸腾的气焰，一切都变形了，开始是山，是路，是路边卷了叶子的树，再后是蹴在路边崖塄上发痴的人和人正看着不远处铁道上疾驶而过的火车。火车一吼长笛，然后是轰然的哐哐声。司机说：你听你听，火车都在说，甘肃——穷，穷，穷，穷……

我就是这样到了通渭。

通渭缺水，这在我来之前就听说的，来到通渭，其缺水的严重程度令我瞠目结舌。我住的宾馆里没有水，服务员关照了，提了一桶水放在房间供我洗脸和冲马桶，而别的住客则跑下楼去上旱厕。小小的县城正改造着一条老街，干燥的浮土像面粉一样，脚踩下去噗噗地就钻一鞋壳。小巷里一群人拥挤着在一个水龙头下接水，似乎是有人插队，引起众怒，铝盆被踢出来咣啷啷在路道上滚。一间私人诊所里，一老头趴在桌沿上接受肌肉注射，擦了一个棉球，又擦一个棉球。大夫训道：五个棉球都擦不净？！老头说：河里没水了嘛。城外河里是没水了，衣服洗不成，擦澡也不能。一只鸭子从已是一片糨糊的滩上往过走，看见了盆子大的一个水潭，潭里还聚着一团蝌蚪，中间的尾巴在极快地摆动，四边的却越摆越慢，最后就不动了，鸭子伸脖子去啄，泥粘得跌倒，白鸭子变成了黄鸭子。城里城外溜达了一圈，我踅近街房屋檐下的货摊上买矿泉水喝。摊边卧着的一条狗吐了舌头呼哧呼哧不停地喘，摊主骂道：你呼哧得烦不烦！然后就望着天问我那一疙瘩云能不能落下雨来？天上是有一疙瘩乌云，但飘着飘着，还没有飘过街的上空就散了。

我懦懦地回宾馆去，后悔着不该接受朋友的邀请，在这个时候来到了通渭。但是，我又一次驻脚在那个丁字路口了，因为斜对面的院门里，一个老太太正在为一个姑娘用线绞拔额上的汗毛，我知道这是在“开脸”，出嫁前必须做的工作。在这么热的天气里，她即将要做新娘了吗？姑娘开罢了脸，就站在那里梳头，那是多么长的一头黑发呀，她立在那里无法梳，便站在了凳子上，梳着梳着，一扭头，望见了我正在看她，赶忙过来把院门关了。院门的门环在晃荡着，安装门环的包铁突出饱圆，使我联想到了女人成熟的双乳。“往这儿看！”一个声音在说，我脸唰地红起来，扭过脖子，才发现这声音并不是在说我。一个剃着光头的男人脖子上架了小儿就在我前面走。光头是一边走一边让小儿认街两边店铺门上的字，认得一个了，小儿用指头就在光头顶上写，写了一个又一个。大人问怎么不写了？小儿说：后边有人看着我哩。我是笑着，一直跟他们走过了西街。

这天晚上，我见到了通渭县的县长，他的后脖是酱红颜色，有着几道褶纹，脖子伸长了，褶纹就成白的。县长是天黑才从乡下检查蓄水灌溉工程回来，听说我来了就又赶到宾馆。我们一见如故，自然就聊起今年的旱情，聊起通渭的状况。他几乎一直在说通渭的好话，比如通渭人的生存史就是抗旱的历史，为了保住一瓢水，他们可以花万千力气，而一旦有了一瓢水，却又能干出万千的事来。比如，干旱和交通的不便使通渭成为整个甘肃最贫困的县，但通渭的民风却质朴淳厚，使你能想到陶潜的《桃花源记》。

“是吗？”我有些不以为然地冲着他笑，“孟子可是说过：衣食足，知礼仪。”

“孟子是不知道通渭的！”

“我也是到过许多农村，如果哪个地方民风淳厚，那个地方往往是和愚昧落后连在一起的……”“可通渭恰恰是甘肃文化普及程度最高的县！”县长几乎有些生气了，他说明日他还要去乡下的，让我跟着他去亲眼看看，就不会说这样的话了。

我真的跟着县长去乡下了，转了一天，又转了一天。在走过的沟沟岔岔里，没有一块不是梯田的，且都是外高内低，挖着蓄水的塘，进入大的小的村庄，场畔有引水渠，巷道里有引水渠，分别通往人家门口的水窖。可以想象，天上如果下雨，雨水是不能浪费的，全然会流进地里和窖里。农民的一生，最大的业绩是在自己手里盖一院房子，而盖房子很重要的一项工程就是修水窖，于是便产生了窖工的职业。小的水窖可以盛几十立方水，大的则容量达到数千立方，能管待一村的人与畜的全年饮用。一户人家富裕不富裕，不仅看其家里有着多少大缸装着苞谷和麦子，有多少羊和农具衣物，还要看蓄有多少水。当然，他们的生活是非常简单的，待客最豪华的仪式是杀鸡，有公鸡杀公鸡，没公鸡就杀还在下蛋的母鸡，然后烙油饼。但是，无论什么人到了门口，首先会问道：你喝了没？不管你回答是渴着或是不渴，主人已经在为你熬茶了。通渭不产茶叶，窖水也不甘甜，虽然熬茶的火盆和茶具极其精致，熬出的茶都是黑红色，糊状的，能吊出线，而且就那么半杯。这种茶立即能止渴和提起神来，既节约了水又维系了人与人之间的亲情。

我出身于乡下，这几十年里也不知走过了多少村庄，但我从未见过像通渭人的农舍收拾得这么整洁，他们的房子有砖墙瓦顶的，更多的还是泥抹的土屋，但农具放的是地方，柴草放的是地方，连楔在墙上的木橛也似乎经过了精心的设计。厨房里大都有三个瓮按程序地沉淀着水，所有的碗碟涮洗干净了，碗口朝下错落地垒起来，灶火口也扫得干干净净。越是缺水，越是喜欢着花草树木，广大的山上即便无能力植被，自家的院子里却一定要种几棵树，栽几朵花，天天省着水去浇，一枝一叶精心得像照看自己的儿女。我经过一个卧在半山窝的小村庄时，一抬头，一堵土院墙内高高地长着一株牡丹，虽不是花开的季节，枝叶隆起却如一个笸篮那么大。山沟人家能栽牡丹，牡丹竟长得这般高大，我惊得大呼小叫，说：这家肯定生养了漂亮女人！敲门进去，果然女主人长得明眸皓齿，正翻来覆去在一些盆里倒换着水。我不明白这是干啥，她笑着说穷折腾哩，指着这个盆里是洗过脸洗过手的水，那个盆里是涮过锅净过碗的水，这么过滤着，把清亮的水喂牲口和洗衣服，洗过衣服了再浇牡丹的。水要这么合理利用，使我感慨不已，对着县长说：瞧呀，鞋都摆得这么整齐！台阶上是有着七八双鞋，差不多都破得有了补丁，却大小分开摆成一溜儿。女主人倒有些不好意思了，说：图个心里干净嘛！

正是心里干净，通渭人处处表现着他们精神的高贵。你可以顿顿吃野菜喝稀汤，但家里不能没有一张饭桌；你可以出门了穿的衣裳破旧，但不能不洗不浆；你可以一个大字不识，但中堂上不能不挂字画。有好几次饭时我经过村庄的巷道，两边门口蹲着吃饭的老老少少全站起来招呼，我当然是要吃那么一个蒸熟的洋芋的，蘸着盐巴和他们说几句天气和收成，总能听到说谁家的门风好，出了孝子。我先是不解这话的意思，后来才弄清他们把能考上大学的孩子称作孝子，是说一个孩子若能考上大学就为父母省去好多熬煎；若是这孩子考不上学，父母就遭罪了。重视教育这在中国许多贫困地区是共同的特点，往往最贫穷的地方升学率最高，这可以看作是人们把极力摆脱贫困的希望放在了升学上。通渭也是这样，它的高考升学率一直在甘肃是名列前茅，但通渭除了重视教育外，已经扩而大之到尊重文字，以至于对书法的收藏发展到了一种难以想象的疯狂地步。在过去，各地都有焚纸炉，除了官府衙门焚化作废的公文档案外，民间有专门捡拾废纸的人，捡了废纸就集中焚烧，许多村镇还贴有“敬惜字纸”的警示标语，以为不珍惜字与纸的，便会沦为文盲，即使已经是文人学子也将退化学识。现在全县九万户人家，不敢说百分之百家里收藏书法作品，却可以肯定百分之九十五的人家墙上挂有中堂和条幅。我到过一些家境富裕的农民家，正房里、厦屋里每面墙上都悬挂了装裱得极好的书法作品，也去过那些日子苦焦的人家，什么家当都没有，墙上仍挂着字。仔细看了，有些是明清时一些国内大家的作品，相当有价值，而更多的则是通渭县现当代书家所写。县长说，通渭人爱字成风，写字也成风，仅现在成为全国书法家协会会员的人数，通渭是全省第一，而成为省书协会员的人数，在省内各县中通渭又是第一。书法有市场，书法家就多，书法家多，装饰店就多，小小县城里就有十多家，而且生意都好。我在一个只有十几户人家的小山村里，见到了其中三家挂有于右任和左宗棠的字，而一家的主人并不认字，墙上的对联竟是“玉楼宴罢醉和春，千杯饮后娇伺夜”。在另一家，一幅巨大的中堂，几乎占了半面墙壁，而且纸张发黄变脆，烟熏火燎得字已经模糊不清。我问这是谁的作品，主人说不知道，他爷爷在世时就挂在老宅里，他父亲手里重新裱糊过一次，待他重盖了新屋，又拿来挂的。我仔细地辨了落款是“靖仁”，去讨教村中老者，问靖仁是谁，老者说：靖仁呀，是前沟栓子他爷嘛，老汉活着的时候是小学的教书先生！把一个小学教师的字几代人挂在墙上，这令我吃惊。县长说，通渭有许多大的收藏家，收藏的东西那确实是不得了的宝贝，而一般人家贴挂字是不讲究什么名家不名家的，但一定得要求写字人的德行和长相，德行不高的人家写得再好，那不能挂在正堂，长相丑恶者也只能挂在偏屋，因为正堂的字前常年要摆香火的。

从乡下回到县城，许多人已经知道我来通渭了，便缠着要我为他们写字。可我怎么也想不到，来的有县上领导也有摆杂货摊的小贩，连宾馆看守院门的老头也三番五次地来。我越写来的人越多，邀我来的朋友见我不得安宁，就宣布谁再让写字就得掏钱，便真的有人拿了钱来买，也有人揣一个瓷碗，提一个陶罐，说是文物来换字。还有掏不出钱的，给我说好话，说得甚至要下跪，不给一个两个字就抱住门框不走。我已经写烦了，再不敢待在宾馆，去朋友家玩到半夜回来，房间门口还是站着五六个人。我说我不写字了，他们说他们坚决不向我索字，只是想看看我怎么写字。

在西安城里，书画的市场是很大的，书画却往往作为了贿品，去办升迁、调动、打官司或者贷款，我的情况就是如此，我也曾戏谑自己的字画推波助澜了腐败现象。但是在通渭，字画更多的是普通老百姓自己收藏，他们的喜爱成了风俗，甚至是一种教化和信仰。

在一个村里，县长领我去见一位老者，说老者虽不是村长，但威望很高。六月的天是晒丝绸的，村人没有丝绸，晒的却是字画，这位老者院子里晒的字画最多，惹得好多人都去看，他家老少出来脸面犹如盆子大。我对老者说，你在村里能主持公道，是不是因为藏字画最多？他说：连字画都没有，谁还听你说话呀？县长就来劲了，叫嚷着他也为村人写几幅字，立即笔墨纸砚就摆开了。县长的字写得还真好，他写的是“一等人忠臣孝子，两件事读书耕田”，写毕了，问道：怎么样？我说：好！他说：是字好还是内容好？我说字好内容好通渭好，在别的地方，维系社会或许靠法律和金钱，而通渭崇尚的是耕读道德。县长就让我也写写，讲明是不能收钱的，我提笔写了几张，写得高兴了，竟写了我曾在华山上见到的吉祥联：太华顶上玉井莲，花开十丈藕如船。

这天下午，一场雨就哗哗地降临了。村人欢乐得如过年节，我却躺在一面土炕上睡着了，醒来，县长还在旁边鼾声如雷。

几天后，我离开了通渭，临走时县长拉着我，一边搓着我胳膊上晒得脱下的皮屑，一边说：你来的不是好季节，又拉着你到处跑，让你受热受渴了。我告诉他：我来通渭正是时候！我还要来通渭，带上我那些文朋书友，他们厌恶着城市的颓废和堕落，却又不得不置身于城市里那些充满铜臭与权柄操作的艺术事业中而浮躁痛苦着，我要让他们都来一回通渭！

地下动物园

陇南有一个去处：山有灵气，水有精光，百十亩地面，沟沟岔岔长满了竹；天晴绿得深沉，遇风，则满世界泠泠音韵。自然就大兴土木，筑楼建亭，幽然然地办起了一个疗养所。于是，各界俊才名人，每年就度夏避暑而来，很是热热闹闹的了。

在竹林深处，却有了一条不大不小的浅沟，没有竹子，也没有一棵端端的树；杂乱无章的是些野荆；枸子居多，棠梨次之，更有那些酸枣、鸡骨头木。这些野荆，都长得极慢，叶子稀稀落落地没有颜色，一人来高便显出枯老，疙疙瘩瘩的难看。美丽的竹林地竟有了这条沟，实在是太煞风景了。

疗养所的人就动手改造了，先放火烧了那沟，然后用镢开挖，想方设法植些竹子，或者种些花草。但是这野荆根系却意想不到地发达，在地下错综复杂纠缠在一起，整整好多天过去了，还没有清理出多少地方来，只好作罢；封了沟口，从此绝了外人参观。

挖出的那些树根就堆放在沟口，一时却无法处理：因为山地烧柴到处都是，没人肯费体力用斧子去劈它；也曾用火再烧，但又都燃不起来；只有盼望发一次洪水，将这些树根冲去吧。

但是，几年之间，并没有发生洪水，那树根依然堆在那里，奇怪地竟没有腐朽。那沟自烧后，一片黑秃，鸟儿再不飞来，兔儿再不窜来，虽后来也慢慢又有叶生，又有果结，但叶生叶枯，果结果落：被人遗弃，越发荒寂不堪了。

这年夏日，疗养所来了一位画家，很老很老的年纪。一天到山岔里去写生，已经是黄昏了，转到这条沟，突然就吓倒了：远远的地方，爬着、卧着、立着、仄着一堆飞禽走兽！但那些动物却并未走散，甚至动也未动。他定睛看时，不禁哑然失笑了，原来这竟是那堆树根。但他立即惊喜若狂，背了好多树根回到宿舍，用锯子截截，用凿子刻刻，那些树根顿时真的就成了一只咆哮的虎、一只酣睡的牛，或者是一只栖枝的鸟，或者是一只望月的羊。

这事轰动了陇南地面，说这老画家有化腐木为神奇之巧功。老画家从此也没有走，随后又来了相当多的人，就开始开挖这条浅沟了。开挖得十分仔细，大凡树根，一律视为珍宝，果然几经雕琢便成动物。于是，很快这里就修了厅房，办起了工艺美术厂，那些飞禽走兽摆满了大厅，列为珍品，供人观赏，而且这条不大不小的浅沟也被保护了起来。一时消息传开，声名大振，大批大批的人来参观，疗养所从此没了荣誉，远远近近却都知晓这个“地下动物园”了。

这地下动物园办了一个很可观的展览，那展室前言里，详细记载了这块地方的发现和开发，末了写道：

杂木野荆，它们不像绿竹那样争荣地面；它们正是无争于地上色彩，却用功于地下形体。它们久久地被人遗弃了，但是，荒寂而不自弃，冷落而不无用，它们是一群凝固的生命，它们是天然的艺术。可怜它们却被深深地埋在了地下，只是一天天、一年年在期待着人去开发，去挖掘呢。

入川小记

我的家乡有句俗语：少不入川。少不入者，则四川天府之国，山光、水色、物产、人情，美而诱惑，一去便不复归也。此话流传甚广，我小小的时候就记在心里，虽是警戒之言，但四川究竟如何美，美得如何，却从此暗暗地逗着我的好奇。一九八一年冬日，我们一行五人，从西安出发，沿宝成路乘车去了成都；走时雪下得很紧，都穿得十分暖和。秋天里宝成路遭了水灾，才修复通，车走得很慢，有些时候，竟如骑自行车一般。钻进一个隧洞，黑咕隆咚，满世界的轰轰隆隆，如千个雷霆、万队人马从头顶飞过；好容易出了洞口，见得光明，立即又钻进又一隧洞。借着那刹那间的天日，看见山层层叠叠，疑心天下的山峰全是集中到这里的。山头上积着厚雪，树木玉玉的模样，毛茸茸的像戴了顶白绒帽；山腰一片一片的红叶，不时便被极白的云带断开。……又入隧洞了，一切又归于黑暗。如此两天一夜，实在是寂寞难堪，只好守着那车窗儿，吟起太白《蜀道难》的诗句，想：如今电气化铁路，且这般艰难，唐代时期，那太白骑一头瘦驴，携一卷诗书，冷冷清清，“怎一个愁字了得！”正思想，山便渐渐小了，末了世界抹得一溜平坦，这便是到了成都平原，心境豁然大变，车也驶得飞快，如挣脱了缰绳，一任春风得意似的。一下火车，闹嚷嚷的城市就在眼下，满街红楼绿树，金橘灿灿。在西北，这橘子是不大容易吃到，如今见了，馋得直吐口水，一把分币便买得一大怀，掰开来，粉粉的，肉肉的，用牙一咬，汁水儿便口里溅出，不禁心灵神清，两腋下津津生风。惊喜之间，蓦地悟出一个谜来：这四川，不正是一个金橘吗？一层苦涩涩的橘皮，包裹着一团妙物仙品。外地来客，一到此地，一身征尘，吃到鲜橘，是在告诉着愈是好的愈是不易得到的道理啊！

走近市内，已是黄昏时分，天没有朗晴，夕阳看不到，云也看不到，一尽儿蒙蒙的灰白。我觉得这天恰到了好处，脉脉地如浸入美人的目光里，到处洋溢着情味。树叶全没有动，但却感到有醺醺的风，眼皮、脸颊很柔和，脚下飘飘的，似乎有几分醉后的酥软。立即知道这里不比西北寒冷，穿着这棉衣棉裤，自是不大相宜，有些后悔不迭了。从街头往每一条小巷望去，树木很多，枝叶清新，路面潮潮的，不浮一点灰尘，家家门口，都植有花草，即使在土墙矮垣上，也藓苔缀满；偶尔一条深巷通向墙外，空地上有几畦白菜、萝卜，一青二白，便明白这地方地势极低，似乎用手在街的什么地方掘掘，就会咕涌涌现出一个清泉出来。街上的人多极，却未行色匆匆，男人皆瘦而五官紧凑，女人则多不烫发，随意儿拢一撮披在后背，依脚步袅袅拂动，如一片悠悠的墨云，又如一朵黑色的火焰。

间或那男人女人的背上，用绳儿裹着一小孩，骑上自行车，大人轻松，孩子自得，如做杂技，立即便感觉这个城市的节奏是可爱的缓慢，不同于外地。在这乱糟糟的生活旋涡里，突然走到这里，我满心满身地感到一种安逸、舒静，似乎有些超尘而去了。

在城里住下来，一刻儿也不愿待在房间，整日在街巷去走，街巷并不像天津那么曲折，但常常不辨了归途，我一向得意我的认路本领，但总是迷失方向，我不知这是什么原因，反正一任眼睛儿看去，耳朵儿听去，脚步儿走去。那街巷全是窄窄的，没有上海的高楼，也少于北京的四合院，那二层楼舍，全然木的结构，随便往哪一家门里看去，内房儿竹帘垂着，袅袅燃一炷卫生香烟。客间和内间的窗口，没有西北人贴着的剪纸，却都摆一盘盆景，有苍劲松柏的，有高洁梅兰的，有幽雅竹类的，更有着奇异的石材：砂碛石、钟乳石、岩浆石。那盆儿也讲究，陶质、瓷质、石质。设计起来，或雄浑，或秀丽，或奇伟，或恬静；山石得体，树势有味，以窗框为画框，恰如立体的挂幅。忍不住走进一家茶馆去了，那是多么忘我的境界，偌大的房间里，四面门板打开，仅仅几根木柱撑着屋顶，成十个茶桌，上百个竹椅，一茶一座，买得一角花茶，便有服务员走来，一手拎着热水壶，一条胳膊，从下而上，高高垒起几十个茶碗，哗哗哗散开来；那茶盖儿，茶碗儿，茶盘儿，江西所产，瓷细坯薄，叮叮传韵。正欣赏间，倒水人忽地从身后数尺之远，唰地倒水过来：水注茶碗，冲卷起而不溢出。将那茶盖儿斜盖了，燃起一支烟来，捏那盖儿将茶拨拨，便见满碗白气，条条微痕，久而不散，一朵两朵茉莉小花，冉冉浮开茶面。不需去喝，清香就沁入心胸，品开来，慢慢细品，说不尽的满足。在成都待了几日，我早早晚晚都在茶馆泡着，喝着茶，听着身边的一片清谈，那音调十分中听，这么一杯喝下，清香在口，音乐在耳，一时心胸污浊，一洗而净，乐而不可言状也。

我们五人，皆关中汉子，嗜好辣子，出门远走，少不了有个辣子瓶儿带在身上。入了四川，方知十分可笑。第一次进饭店，见那红油素面，喜得手舞足蹈，下决心天天吃这红油面了，没想各处走走，才知道这里的一切食物，皆有麻辣，那小吃竟一顿一样，连吃十天，还未吃尽。终日里，肚子不甚饥，却遇小吃店便进，进了便吃，真不明白这肚皮有多大的松紧！常常已经半夜了，从茶馆出来，悠悠地往回走，转过巷口，便见两街隔不了三家五家，门窗通明，立即颚下就显出两个小坑儿，喉骨活动，舌下沁出口水。灯光里，分明显着招牌，或是抄手，或是豆花面，或是蒸牛肉，或是豆腐脑；那字号起得奇特，全是食品前加个户主大姓，张鸭子、钟水饺、陈豆腐什么的。拣着一家抄手店进去，店极小，开间门面，中间一堵墙隔了，里边是家室，外边是店堂，锅灶盘在门外台阶，正好窗子下面。丈夫是厨师，妻子做跑堂，三张桌子招呼坐了，问得吃喝，妻子喊："两碗抄手！"丈夫在灶前应："两碗抄手！"妻子又过来问茶问酒，酒有泸州老窖，也有成都小曲，配一碟酱肉、香肠，来一盘胡豆、牛肉，还有那怪味兔块，调上红油、花椒、麻酱香油、芝麻、味精。酒醇而柔，肉嫩味怪；立即面红耳赤，额头冒汗。抄手煮好了，妻子隔窗探身，一笊篱捞起，皮薄如白纸，馅嫩如肉泥，滋润化渣，汤味浑香，麻辣得吸吸溜溜不止，却不肯驻筷。出了门，醉了八成，摇摇晃晃而走，想那神也如此，仙也如此，果然涌来万句诗词，只恨无笔无纸，不能显形，回旅社卧下，彻底不醒，清早起来，想起夜里那诗，却荡然忘却，一句也不能做出了。

我常常捉摸：什么是成都的特点，什么是四川人的特点。在那有名的锦江剧院看了几场川剧，领悟了昆、高、胡、弹、灯五种声腔，尤其那高腔，甚是喜爱，那无丝竹之音，却有肉声之妙，当一人唱而众人和之时，我便也晃头晃脑，随之哼哼不已了。演出休息时，在那场外木栏上坐定，目观那园庭式的建筑，古香古色的场地，回味着上半场那以写意为主，虚实结合、幽默诙谐的戏曲艺术，似乎要悟出了点什么，但又道不出来。出了城郭，去杜甫草堂游了，去望江公园游了，去郊外农家游了，看见了那竹子，便心酥骨软，挪不动步来。那竹子是那么多！紫草竹、花楠竹、鸡爪竹、佛肚竹、凤尾竹、碧玉竹、道筒竹、龙鳞竹……漫步进去，天是绿绿的，地是绿绿的，阳光似乎也染上了绿。信步儿深入，遇亭台便坐，逢楼阁就歇，在那里观棋，在那里品茗。再往农家坐坐，仄身竹椅，半倚竹桌，抬头看竹皮编织的顶棚、内壁，涮湿竹的绿青色，俯身看柜子、箱子漆成干竹的铜黄色，再玩那竹子形状的茶缸、笔筒、烟灰盘，蓦地觉得，竹该是成都的精灵了。最是到了那雨天，天上灰灰白白，街头巷口，人却没有被逼进屋去，依然行走；全不会淋湿衣裳，只有仰脸儿来，才感到雨的凉凉飕飕。石板路是潮潮的了。

落叶浮不起来，近处山脉，一时深、浅、明、暗，层次分明，远峰则愈高愈淡，末了，融化入天之云雾。这个时候，竹林里的叶子光极亮极，海棠却在寒气里绽了，黑铁条的枝上，繁星般孕着小苞，唯有一朵红了，像一只出壳的小鸭，毛茸茸的可爱，十分鲜艳，又十分迷离。更有了一种树，并不高的，枝条一根一根清楚，舒展而微曲地向上伸长，形成一个圆形，给人千种万种的柔情来了。我总是站在这雨的空气里，想我早些日子悟出的道理，越发有了充实的证明。是啊，竹，是这个城的象征，是这个城中人的象征：女子有着竹子的外形，腰身修长，有竹的美姿，皮肤细腻而呈灵光，如竹的肌质，那声调更有竹音的清律，秀中有骨，雄中有韵。男子则有竹的气质，有节有气，性情倔强，如竹笋顶石破土，如竹林拥挤刺天。

我太爱这欲雨非雨、乍湿还干的四川天了，醺醺地从早逛到晚，夜深了，还坐在锦江岸边，看两岸灯光倒落在江面，一闪一闪地不肯安静，走近去，那黑影里的水面如黑绸在抖，抖得满江的情味！街面上走来了一群少女，灯影里，腰身婀娜，秀发飘动，走上一座座木楼去了，只有一串笑声飘来。这黑绸似的水面抖得更情致了，夜在融融地化去，我也不知身在何处，融融地似也要化去了。

游笔架山

岚皋县有座笔架山，山离县城远，路又难走，很少有人去过。笔架山上有一个庙，没庙名的，在山顶南坡的崖窝下，周围树罩严了，上了山的人也不易能寻得到。一九九四年初夏我到那里，为的是山的名字好，没想到山上的月亮出来筐篮大的，红了一片梢林，软和软和得像要流汤水，赶紧拍摄，照片洗出来，月亮却小得可怜，是个白点，至今不明白什么原因。早晨云就堆在庙门口，用脚踢不开，你一走开，它也顺着流走，往远处看，崇山峻岭全没了，云雾平静，只剩些岛屿，知道了描写山可以用海字。崖窝的左边和右边各有一簇石林，发青色，缀满了白的苔，如梅之绽，手脚并用地爬到石林高端，石头上有许多窝儿蓄着水，才用树叶折个斗儿舀着喝干，水又蓄满，知道了水是有根的却不知道石头上怎么能有水根？庙前有一棵老树，树上生五种叶子，有松、柏、栲、皂、枸，死过三次，三次又活过来，知道了人有几重性格，树也有多种灵魂。挖了几株七叶一枝花，采到一枚灵芝，有碟子般大，听着了涧溪中的鲵叫，还遇到了一只朱鹮，长喙白羽，飞着似一片树叶飘，东一下西一下的，担心要掉下来，才一喊，如箭一样斜着射出去了。

在庙里住了一天和一夜，这需要掏钱的，因为没有和尚，一个束发的老女人能打卦，但也不是尼姑，就吃到熏肉，不腻，有松果味，吃了耐嚼的豆腐干，吃了笋丝，老女人说庙侧的泉水能治病，去舀着喝了一碗。夜真是漆黑，又寒得渗骨，得烧柴火取暖。屋角有虫鸣，崖头上有野鸽扑啦，也有什么兽叫，松鼠在咬松果，松果落下来发着绵软的响。

庙里的佛像是木刻的，没有彩绘，无灯无磬无钟，也可以不上香，不磕头，但卦却灵，卦谱是木刻的板，陈年老板，抽出签了，用淡墨水在板上刷，用黄表纸一按，卦辞就出来。庙是小庙，像山里的人一样质朴和简单，原因是那个和尚早在六七十年前就死了，谁来庙里谁就是庙上人。但是，那个和尚死了，和尚的尸体还在，完好无缺地坐在一个土瓮里，土瓮就在庙前的树下。据说“文革”中有信男怕毁了这金刚不坏身，把它背下山藏在家里，十多年前又背回庙来。沙漠有风无雪雨，制作木乃伊，能运到城里让千人万人瞧稀罕，笔架山上雨无序，鸟兽群聚，而和尚六七十年死而不腐，狼不吃，鸟不啄的，可没有多少游人来看，也没有一个科学家来研究。

从庙后攀藤索能上到崖顶，崖顶上树很老，却是侏儒，有一堆白骨，几片已朽的木板，几颗锈坏的钉。陪我的人说，十年前有一个游医，也想自己有功德，尸首也会不腐，就做了一个木箱，自己坐进去，让一个山民把箱盖钉死，结果未出一年木箱腐败，游医成了一堆白骨。那山民呢，犯杀人之罪，判了刑，现在还坐在牢里。

夏河的早晨

这是一九九五年七月二十四日早上七点或者八点，从未有过的巨大的安静，使我醒来感到了一种恐慌。我想制造些声音，但 × 还在睡着，不该惊扰，悄然地去淋室洗脸，水凉得淋不到脸上去，裹了毛毡便立在了窗口的玻璃这边。想，夏河这么个县城，真活该有拉卜楞寺，是佛教密宗圣地之一，空旷的峡谷里人的孤单的灵魂必须有一个可以交谈的神啊！

昨晚竟然下了小雨，什么时候下的，什么时候又住的，一概不知道。玻璃上还未生出白雾，看得见那水泥街石上斑斑驳驳的白色和黑色，如日光下飘过的云影。街店板门都还未开，但已经有稀稀落落的人走过，那是一只脚，大概是右脚，我注意着的时候，鞋尖已走出玻璃，鞋后跟磨损得一边高一边低。

知道是个丁字路口，但现在只是个三角处，路灯杆下蹲着一个妇女。她的衣裤鞋袜一个颜色的黑，却是白帽，身边放着一个矮凳，矮凳上的筐里没有覆盖，是白的蒸馍。已经蹲得很久了，没有买主，她也不吆喝，甚至动也不动。

一辆三轮车从左往右骑，往左可以下坡到河边，这三轮车就蹬得十分费劲。骑车人是拉卜楞寺的喇嘛，或者是拉卜楞寺里的佛学院的学生，光了头，穿着红袍。昨日中午在集市上见到许多这样装束的年轻人，但都是双手藏在肩上披裹着的红衣里。这一个双手持了车把，精赤赤的半个胳膊露出来，胳膊上没毛，也不粗壮。他的胸前始终有一团热气，白乳色的，像一个不即不离的球。

终于对面的杂货铺开门了，铺主蓬头垢面地往台阶上搬瓷罐，搬扫帚，搬一筐红枣，搬卫生纸，搬草绳，草绳捆上有一个用各色玉石装饰了脸面的盘角羊头，挂在了墙上，又进屋去搬……一个长身女人，是铺主的老婆吧，头上插着一柄红塑料梳子，领袖未扣，一边用牙刷在口里搓洗，一边扭了头看搬出的价格牌，想说什么，没有说，过去用脚揩掉了“红糖每斤四元”的“四”字，铺主发了一会儿呆，结果还是进屋取了粉笔，补写下“五”，写得太细，又改写了一遍。

从上往下走来的是三个洋人。洋人短袖短裤，肉色赤红，有醉酒的颜色，蓝眼睛四处张望。一张软不沓沓白塑料袋儿在路沟沿上潮着，那个女洋人弯下腰看袋儿上的什么字，样子很像一匹马。三个洋人站在了杂货铺前往里看，铺主在微笑着，拿一个依然镶着玉石的人头骨做成的碗比画，洋人摆着手。

一个妇女匆匆从卖蒸馍人后边的胡同闪出来，转过三角，走到了洋人身后。妇女是藏族人，穿一件厚墩墩袍，戴银灰呢绒帽，身子很粗，前袍一角撩起，露出红的里子，袍的下摆压有绿布边儿，半个肩头露出来，里边是白衬衣，袍子似乎随时要溜下去。紧跟着是她的孩子，孩子老撵不上，踩了母亲穿着的运动鞋带儿，母子节奏就不协调了。孩子看了母亲一下，继续走，又踩了带儿，步伐又乱了，母亲咕哝着什么，弯腰系带儿，这时身子就出了玻璃，后腰处系着红腰带结就拖拉在地上。

没有更高的楼，屋顶有烟囱，不冒烟，烟囱过去就目光一直到城外的山上。山上长着一棵树，冠成圆状，看不出叶子。有三块田，一块是麦田，一块是菜花田，一块土才翻了，呈铁红色。在铁红色的田边支着两个帐篷，一个帐篷大而白，印有黑色花饰，一个帐篷小，白里透灰。到夏河来的峡谷里和拉卜楞寺过去的草地上，昨天见到这样的帐篷很多，都是成双成对的鸳鸯状，后来进去过一家，大的帐篷是住处，小的帐篷是厨房。这么高的山梁上，撑了帐篷，是游牧民的住家吗？还是供旅游者享用的？可那里太冷，谁去睡的？

“你在看什么？”

“我在看这里的人间。”

“看人间？你是上帝呵？！”

我回答着，自然而然地张了嘴说话，说完了，却终于听到了这个夏河的早晨的声音。我回过头来，× 已经醒，是她支着身与我制造了声音。我离开了窗口的玻璃，对 × 说：这里没有上帝，这里是甘南藏族聚居区，信奉的是佛教。

夜在云观台

三年前，我从学校毕了业，莽莽撞撞入了社会，经了好多世事，人情却未练达，心便恹恹起来。在家读了些摩诘的书，只是一心儿恋那山水；便借着休假日期，自往丹江泛舟而游。到了山阳县，听得有一处胜地，便打问路径，一路寻着逍遥去了。

先是逆着鲁羊河而上，河面很宽，水没过膝盖，两岸杨柳如堵墙一般，间或空出一段，看见岸上人家：一幢竹楼，半匝篱笆，有鸡的几声细吟。走上半天，河水愈来愈浅，人家也见得稀少，末了，绿树围合了河面，只有一道净水从树下石板上流出，旋着轮状，自生自灭。眼见得天色晚下来，心想有胜地必有人家，便信步走去觅宿。

进了绿树林子，在浅水中的石头上跳跃着走了一气，便见有了一条道路，道路两边不再是杨柳，挤满了竹，粗者碗口粗，细者恰有一握，出奇地都是出地一尺，便拐出一个弯来，然后端端往上钻去。时有风吹过来，一声儿瑟瑟价响，犹如音乐从天而降。竹林过去，便见一座石山梁，山梁赤裸，不长一棵树木，也没一片草皮，沿山梁脊背凿着一带石阶。阶宽六寸，刚好放下脚面，阶距却一尺，步蹬一阶有余，跨两阶不足，需是款款慢上，不敢回头下看。这么上不到一半，便气喘吁吁，骇怕得起了一身的鸡皮疙瘩。

好容易登到最后一阶，软坐下来，小腿还在抖抖跳动不已，正感叹天地造物奇特，倏忽听得有什么响动，时而似云外闷雷，时而又觉在身下，四下看时，才见东西山梁两边，各有了两渠水悠悠去了。源头正从山湾后而来，在这山梁下凿分洞而过，水色翻白，山梁后侧刻着斗大的隶书：滚雪。

一时倒忘了疲倦，我踏着源头走去，山势陡然窄得多了，拐过又一弯处，竟是一大潭渊。水青得发黑，幽幽地如一泓石油。潭上有一架大拱桥，弯弯地撑着两边山崖，像是一把张口钳，又像是一张拉紧的弓，似乎稍一松动，那山崖便要合拢。走上桥去，立即看见水里有了黑影，像在上镜中的梯子，愈往上走，那黑影愈拉得长，风动波起，那桥那人就在潭底晃动，自觉脚下的桥面也在动了，再不敢挪步。

我大惊失色，立在桥上，听山鸟在两边林里喧闹，偶尔一条两条鱼跃起，在水面上打得啪啪响，愈觉得静得可怕了。山色更暗起来，山根有了雾，先是一抹，接着繁衍成一个带状，霎时间爬上桥头。我一时不知何处有着人家，忽见潭上边的一块巨石上，端坐了一位老者：盘脚搭手，垂钓静观。我忙叫了几声，那老者竟不应不动。

我慌忙跑过拱桥，随那边一条小路跑去，却见眼前兀然一座大坝，尽是大块青石砌起，两边又是杨柳青竹，只有风声竹声树声。

我站在那里，茫然不知所措。我悔不该一个人竟到了这里，实在是太可怕了！顿时周身冷汗，头发一根根竖了起来，拔腿又往回路跑去，却见林中路分出几条岔道，奔来拐去，自不辨了东南西北。

忽在远处，有了一点光亮，忙跑近一看，才发现是一处院落，门掩着，后屋的台阶上，有人在灯下剖鱼——正是那垂钓的老者呢。

"老伯！"我站在他的面前问，"这是什么地方？"

老者抬头看看，用手指着耳朵，示意耳朵不灵了。我大声又说了一遍，老者叫着：

"这便是云观台啊！"

云观台是风景胜地，如何没有游人，又如何没有什么人家？我大声问一句，老者答一句，好不容易才弄明白：这里是云观台水库，五年前建成的，守库人一共四个，今早到县上办事，去了三人，明日方能返回，就剩下这眼花耳聋的老者了。老者知道我远路而来，就安顿我在东厢房里住下，又沏了一壶茶，说："这是山上产的雀舌茶，煮的是这水库的水，你尝尝，味儿不错呢。"

我打开茶碗盖，果然一层白气，吹了一口，白气散去，水面上显出皱皱的纹痕，那雀舌浮在碗中，不漂也不沉，色并不浓，一股清香钻进鼻来。呷过一口，满嘴醇甘，我连声赞好。老者笑而不语，又剖他的鱼去了。

"喝完，好生睡吧。明日尝尝我们水库里的鱼。"

我独坐在房里品茶。新月初上，院里的竹影就投射在窗纸上，斑斑驳驳，一时错乱，但干的扶疏，叶的迷离，有深，有浅，有明，有暗，逼真一幅天然竹图。我推开窗便见窗外青竹将月摇得琐碎，隔竹远远看见那潭渊，一片空明。心中就又几分庆幸，觉得这山水不负盛名，合该这里没有人家，才是这般花开月下，竹临清风，水绕窗外，没有一点儿俗韵了。

我没了睡意，挑帘儿走了出来，老者还在剖鱼，我便对他夸道这地方绝妙，恨不能长住这里，看雾聚雾散，观花开花落，浪迹山水，乐得悠然。老者先是含笑，再是不语，末了狐疑起来，说："照你这等心绪，这山水也会使你厌烦的哩！"

"哪里，住在这里，就不开会了。"

"还有什么好处？"

"起码不多和人打交道吧。"

老者突然呵呵大笑起来："年轻人，你要知道，人是合群的，是热闹的，是鱼就应该到海里去，是虎就应该到林里去，要不，虎也要成了犬呢！"老者说完，又呵呵大笑不已，我却无言可答。老者端了灯，提着剖好的鱼进房里去了，院子里还留着那笑的余音。老者在房里又说道：

"年轻人，要说这云观台风光，你还没有到那最绝的地方去呢，凭这夜色，你去那大坝上看看吧，那儿更是没个人影，才是清静哩！"

我突然想起了来时的惊恐，猜想那大坝之上，湖水浩渺，万籁俱寂，是何等可怕的境界，心里便怯了许多。

老者又走了出来，站在月光下说："你去看看大坝里的水也好哩，那里边蓄了上百万个立方的水，静得落个树叶也能听见。可水蓄在这里，为的就是流下山去，水都恋着山下的田地庄稼，何况人呢？你要寻什么，又想要摆脱些什么？你走到哪儿，不是脚下都带着影子吗？你走了一路，哪一夜月亮不相随着你呢？”

我蓦然有些醒悟了，刹那间感觉到了我的幼稚、我的浅薄、我的可笑。我真想走过去握住老者的手，叫他一声“老师”，脚下却挪不开来，一股热辣辣的东西涌上脸面，只见那身后的竹帘影儿，静静地垂在新月里，那老者的笑声徐徐地浮动着，悠悠远去了……

丑石

我常常遗憾我家门前的那块丑石呢：它黑黝黝地卧在那里，牛似的模样；谁也不知道是什么时候留在这里的，谁也不去理会它。只是麦收时节，门前摊了麦子，奶奶总是要说：这块丑石，多碍地面哟，多时把它搬走吧。

于是，伯父家盖房，想以它垒山墙，但苦于它极不规则，没棱角儿，也没平面儿；用錾破开吧，又懒得花那么大气力，因为河滩并不甚远，随便去掮一块回来，哪一块也比它强。房盖起来，压铺台阶，伯父也没有看上它。有一年，来了一个石匠，为我家洗一台石磨，奶奶又说：用这块丑石吧，省得从远处搬动。石匠看了看，摇着头，嫌它石质太细，也不采用。

它不像汉白玉那样的细腻，可以凿下刻字雕花；也不像大青石那样的光滑，可以供来浣纱捶布。它静静地卧在那里，院边的槐荫没有庇覆它，花儿也不再在它身边生长。荒草便繁衍出来，枝蔓上下，慢慢地，竟锈上了绿苔、黑斑。我们这些做孩子的，也讨厌起它来，曾合伙要搬走它，但力气又不足；虽时时咒骂它，嫌弃它，也无可奈何，只好任它留在那里去了。

稍稍能安慰我们的，是在那石上有一个不大不小的坑凹儿，雨天就盛满了水。常常雨过三天了，地上已经干燥，那石凹里水儿还有，鸡儿便去那里渴饮。每每到了十五的夜晚，我们盼那满月出来，就爬到其上，翘望天边；奶奶总是要骂的，害怕我们摔下来。果然那一次就摔了下来，磕破了我的膝盖呢。

人都骂它是丑石，它真是丑得不能再丑的丑石了。

终有一日，村子里来了一个天文学家。他在我家门前路过，突然发现了这块石头，眼光立即就拉直了。他再没有走去，就住了下来；以后又来了好些人，说这是一块陨石，从天上落下来已有二三百年了，是一件了不起的东西。不久便来了车，小心翼翼地将它运走了。

这使我们都很惊奇！这又怪又丑的石头，原来是天上的呢！它补过天，在天上发过热、闪过光，我们的先祖或许仰望过它，它给了他们光明，向往，憧憬；而它落下来了，在污土里、荒草里，一躺就是几百年了？！

奶奶说："真看不出！它那么不一般，却怎么连墙也垒不成，台阶也垒不成呢？"

"它是太丑了。"天文学家说。

"真的，是太丑了。"

"可这正是它的美！"天文学家说，"它是以丑为美的。"

"以丑为美？"

“是的，丑到极处，便是美到极处。正因为它不是一般的顽石，当然不能去做墙，做台阶，不能去雕刻，捶布。它不是做这些小玩意儿的，所以常常就遭到一般世俗的讥讽。”

奶奶脸红了，我也脸红了。

我感到自己的可耻，也感到了丑石的伟大；我甚至怨恨它这么多年竟会默默地忍受着这一切？而我又立即深沉地感到它那种不屈于误解、寂寞的生存的伟大。

冬花

七寸宽的、一尺长的一件印刷品，嵌在银箔花边的玻璃框里，挂在西安画册店里出售了。我看见它的时候，它蒙着一层灰尘，已经长久没人问津。我心儿就楚楚地伤感起来：这么一件艺术珍品，在这么大个西安，竟没有多少人去欣赏！但我毕竟又十分的庆幸，立即便掏钱买回来了。

这是一幅日本名画，作者是东山魁夷。我得到它的那天，是一九八〇年九月十三日的黄昏。

我把这幅画挂在房子中央，我认为是上品妙物。那些流行小说，我只是读一遍罢了；那些热闹电影，我只是看一遍就罢了。但这幅画，一个简单的风景小品，我却看不厌腻；深深理解了绘画之所以是绘画，小说不能代替，电影不能代替；它却能表现小说、电影不能表现的东西。

那画儿描绘的是一个冬夜。天上有一轮月亮，满满圆圆的，又在中天，可见是十五夜晚的子时。没有一点杂云，也没有一颗星星，占去了画面的二分之一的空间。月亮却是不亮，淡极，白极，不是小说里常常描写的是一个玉镜儿，或者是一个灯笼；妥妥切切地应该是一个气球；也不实在，或者只是虚幻着的一团白光罢。冬天的夜是童话的世界吗？整个画面的颜色是种昏黄。那二分之一的下面盈盈的是一棵老树，或是核桃树，或是七八十年前植的苦楝，树冠呈着扇形，隆地而起的半圆。树枝一动不动的，没有一片叶子，没有一个小花小果，连一只栖鸟儿也没有；枝条错综复杂，有点儿像中国农民画的“连理枝”。全树一色灰白，虽然不是晶莹般的透明，但比夜色亮多了，不知道是落了银粉，还是挂了微霜？

画面上再没有什么了，朦胧而又安静，虚空而又平和，我只能说出它的物理成分，却道不出它的情调；或许我意会了，苦于用语言不能表达。恐怕最伟大的文学家也说不出来，可任何一个平凡的人却能感觉出这是冬夜。

多么冷的一个夜晚啊，月亮欲明未明，世界在朦胧中虚去了，淡去了，只有树存在。我突然间觉得，这个地方，我是熟悉的，但是什么地方，什么时间，我却又不知道。我已经发冷，瑟瑟价抖动起来，感到衣裳太单太薄了，似乎不可忍耐了。

这是什么缘法呀，画儿，我一见到你，我就想哭呢。

那是几年前的一天，我正烦乱，心绪不收，踽踽到大街上去了。行人是匆匆的，他们像是都寻到了快活；我站在热闹之中，却显得更加孤独和寂寞，就逃进那画册店去。这画是挂在墙上的，我一眼就看见了，停下脚步，痴痴呆呆，像在千里之外突然遇见了知音，像浪迹的灵魂突然寻到了归宿，一时气沉丹田，膝腿发软，双手松松地垂下来了……

这正是我思我想的冬天！我真想就睡在这树下，像树枝儿一样僵硬，让大地就在身下，让霜泛在身上，月光照着，一起蛰去，眠过这整整的一个冬天，直到来春的“惊蛰”的那声响雷。

这幅画儿挂在我的房中，我把它像佛殿的菩萨一样供着，每每心烦意乱，就面画而坐，它似乎是安宁我的神灵，我于是得到了慰藉，得到了解脱；我觉得我是唯一能理解它的了。

有这么一回，我正看着，偶尔间在画的左角，发现了小小的两个字：冬花。这是画的题字，却竟使我大吃一惊，而且从此陷于疑惑了。那题字笔画了了，而且我一直未能注意；它怎么是“冬花”呢？冬天是不可能有花的，画面上又没有画花，何以是花呢？

我是不知道的了。月下树下是没有一个人，东山魁夷又在日本，问谁去呢？我苦闷了三天，终于看出这树是长在河边的，或者场畔的，那么，这几步之外，该是有村、有人的了。这得要去问那人了。

人呢？在这沉沉夜里，人恐怕掩了柴门，埋了炭火，已经睡了。昨日里刮了一天风，飘走了树上最后一片叶子，今夜里，才冷得这般干，这般清；那人如何消得长夜，推开了那扇窗子，看着这树了。他是在想：今夜里有月亮了，这么地满圆；白天里发光的叫太阳，月亮是夜的太阳吧？夜本来是极黑的，夜的太阳出来了，黑里才有了白光。这树，是枯了吗？但昨天的风里，它并没有掉下来，它静静地在冬夜里，沉思了，默想了，或许正在做一个长长的梦，梦见春天的花、春天的叶、春天的果呢。生物学家讲：树有多高，根有多长，它在地面上是一个枝的半圆，地下的那根该是另一个半圆了，在向纵深掘进，在积蓄力量。地上地下，一个满满的圆，是贡给暮老的冬天的一个花圈？是献给新生的春天的一个花环？那人一定是在唱了：

黑黑的天空一轮月亮，
那是夜的太阳，
孤独的太阳，孤独的灵魂，
冬夜从此不再漆黑。
茫茫的大地一棵树木，
那是冬的花蕾，
寂寞的花蕾，寂寞的灵魂，
冬天从此有了颜色。

啊，冬天并不是死寂的，冬天有花呢。这是那人看见的，也是他告诉我的。这个不知名儿的，不见脸儿的人，揉着睡眼，打着哈欠，伸舒了身骨，怕要走下炕来，步出门去；而他终没有时间走进这画里来，又去忙他的事儿了：去修理春耕的农具，去精选春播的种子……

啊，我真想唤出那人来了！尊敬的，你肯出来吗，带我一块儿度过冬天，说给我些冬天的童话，教给我些春耕的劳作，我一定要叫着你是老师，好吗？

品茶

西安城里，有一帮弄艺术的人物，常常相邀着去各家，吃着烟茶，聊聊闲话。有时激动起来，谈得通宵达旦，有时却沉默了，那么无言待过半天；但差不多十天半月，便又要去一番走动呢。忽有一日，其中有叫子兴的，打了电话，众朋友就相厮去他家了。

子兴是位诗人，文坛上负有名望，这帮人中，该他为佼佼者。但他没有固定的住处，总是为着房子颠簸。三个月前，托人在南郊租得一所农舍，本应早邀众友而去，却突然又到西湖参加了一个诗会，得了本年度的诗奖。众人便想，诗人正在得意，又迁居了新屋，去吃茶闲话，一定是有别样的滋味了。

正是三月天，城外天显得极高，也极清。田野酥软软的，草发得十分嫩，其中有蒲公英，一点一点地淡黄，使人心神儿几分荡漾了。远远看着杨柳，绿得有了烟雾，晕得如梦一般，禁不住近去看时，枝梢却并没叶片，皮下的脉络是楚楚地流动着绿。

路上行人很多，有的坐着车，或是谋事；有的挑着担，或是买卖。春光悄悄儿走来，只有他们这般儿悠闲，醺醺然，也只有他们深得这春之妙味了。

打问该去的村子，旁人已经指点，问及子兴，却皆不知道，讲明是在这里住着的一位诗人，答者更是莫解，末了说：

“是 × 书记的小舅子吗？那是在前村。”

大家啼笑皆非，喟叹良久，凄凄伤感起来：书记的小舅子村人尽知，诗人却不知为然，往日意气洋洋者，原来是这样的可怜啊！

过了一道浅水，水边蹲着一个牧童，正用水洗着羊身。他们不再说起诗人，打问子兴家，牧童凝视许久，挥手一指村头，依然未言。村头是一高地，稀落一片桃林，桃花已经开了，灼灼的，十分耀眼。众人过了小桥，桃林里很静，扫过一股风，花瓣落了许多。深走五百米远，果然有一座土屋，墙虽没抹灰，但泥搪得整洁，瓦蓝瓦蓝的，不曾生着绿苔。门前一棵荚子槐，不老，也不弱，高高撑着枝叶，像一柄大伞。东边窗下，三根四根细竹，清楚得动人。往远，围一道篱笆，篱笆外的甬道，铺着各色卵石，随坡势上下，卵石纹路齐而旋转，像是水流。中堂窗开着，子兴在里边坐着吟诗，摇头晃脑，得意得有些忘形。

众人呼叫一声，子兴喜欢地出来，拉客进门，先是话别叙情，再是阔谈得奖。亲热过后，自称有茶相待，就指着后窗说：好茶要有好水，特让妻去深井汲水去了。

从后窗看去，果然主妇正好在村口井台上排队，终轮到了，扳着辘轳，颤着绳索，咿咿呀呀地响。末了提了水罐，笑吟吟地一路回来了。

众人看着房子，说这地方毕竟还好，虽不繁华，难得清静，虽不方便，却也悠暇，又守着这桃花井水，也是“人生以此足也”。这么说着，主妇端上茶来，这茶吃得讲究，全不用玻璃杯子，一律细瓷小碗。子兴让众人静静坐了，慢慢饮来，众人窃窃笑，打开碗盖，便见水面浮一层白气，白气散开，是一道道水痕纹，好久平复了。子兴说，先呷一小口，吸气儿慢慢咽下，众人就骂一句“穷讲究”，一口先喝下了半碗。

君子相交一杯茶，这么喝着，谈着，时光就不知不觉消磨过去，谁也不知道说了多少话，说了什么话，茶一壶一壶添上来，主妇已经是第五次烧火了。不知什么时候，话题转到路上的事，茶席上不免又一番叹息，嘲笑诗人不如弃笔为政，继而又说“阳春白雪，和者盖寡”，自命清高。子兴苦笑着，站起来说：

“别自看自大，还是多吃茶吧！怎么样，这茶好吗？”

众人说：

“一般。”

“甚味？”

“无味。”

“要慢慢地品。”

“很清。”

“再品。”

“很淡。”

子兴不断地启发，回答都不使他满意，他有些遗憾了，说：

“这是龙井名茶啊！”

这竟使众人都大惊了。他们住在这里，一向是喝着陕青茶，从来只知喝茶就是喝那比水好喝一点的黄汤，从来不知茶的品法；老早听说龙井是茶中之王，如今喝了半天了，竟没有喝出特别的味儿来，真可谓蠢笨，便怨恨子兴事先不早说明，又责怪这龙井盛名难副，深信“看景不如听景”这一俗语的真理了。

“好东西为什么这么无味呢？”

大家觉得好奇，谈话的主题就又转移到这茶了。众说不一，各自阐发着自己的见解。

画家说：

“水是无色，色却最丰。”

戏剧家说：

“静场便是高潮。”

诗人说：

“不说出的地方，正是要说的地方。”

小说家说：

“真正的艺术是忽视艺术的。”

子兴说：

“无味而至味。”

评论家说：

“这正如你一样，有名其实无名，无乐其实大乐也！”

众人哈哈一笑，站起身来，说时间不早了，该回家去了，就走出门来，在桃林里站了会儿，觉得今口这茶品得无味，话也说得无聊，又笑了几声，就各自散了。

访梅

小时候，对于我们这些孩子，冬天实在是单调的日子；春天夏天的花花绿绿的色彩，全然消失了，甚至连一只花翎的鸟儿也飞绝了。到处是一片白。游戏也懒得去做，顶多是去大场踢毽子，踢上一气，也索然无味。只好待在家里的火塘边看那红光，看着看着，那火烧到旺处，却也成了白色。正难熬着，听奶奶说，舅爷要来家了。这使我们十分高兴，盼了整整十天，差不多要失望了，他才姗姗来了。

舅爷是个画家，住在远远的大城里，听奶奶说，他的名气老大，在国外也办过画展。但我们翻看他的画集，却并不佩服他，他的画简单极了，每幅画都懒得去画满，往往就是那么几块几笔水墨，那蚂蚱，似乎并不就是蚂蚱；那小鱼，似乎并不就是小鱼，我们当时就哧地笑了，觉得跟我们的画差不多呢。于是乎，他来后的第二天，我们就不敬而远之了，随便着和他对话，笑上几声，缠他讲城市的故事，日子也觉得有些生气。但是，他却提出要出外作画去，大雪天里，天地一片儿白，有什么可画的呢？我们很有几分疑惑，更有了几分好奇，便闹嚷嚷地厮跟了他去。

从窄窄的雪巷里蹚出去，过了大场，一直往村后的小山包上走去。山包上雪落得很厚，夏天里，我们在这里捉毛老鼠的那片乱坟，什么凹的凸的地也没有了；夜里打着手电，悄悄来掏灰鸽子的树上，没了窠儿，也没有一片叶子。这里有什么可画的呢？舅爷拣着一块石头坐下，眯缝了那双眼睛，左看看，右看看，看远又看近。足足那么了半个时辰，就拿出画夹，开始画起来了。我们一眼一眼看，看着看着，果然天地单调，画面更单调。

“单调吗？”舅爷说。

“单调极了，”我们说，“我们给你寻些能画的色彩吧。”

“找些什么色彩呢？”

“譬如梅花，那花是多么红呢！”

舅爷笑了，叮咛我们小心去寻。

“去吧，舅爷等着你们寻来最美的东西。”

我们跑去了，先是到了东边，那是一慢斜坡，稀稀地站着几株柿树，如今光裸裸的，没有一颗红艳艳的果子，铁似的枝条，衬在雪里，似乎在做着沉思。再往远去，有一簇村庄，屋顶蓝锃锃的瓦没见了，村前那口满是绿荷的池塘没见了，村口跑出一头毛驴，也是满身潮了霜，灰不溜丢的。

我们又跑到山包北边，下去一里，便是清阳河了。往日里，那是个大草坝，上面有着青茵茵的草，草里长着花，黄的，红的，紫的，蓝的。我们把羊赶上去，羊在啃草，我们就采花编着花环，傍晚回家，我们脖子上挂着花环，羊脖子上也挂着花环。可如今，什么也没有了，雪埋得平平的，偶尔看得见一丛草尖冒上来，那已经干枯了，霜冻得很硬，一有风就嚯啷啷响。

我们又跑到山包西边，心想这儿一定是会有梅的，因为长着密密的树。但是，我们细细地在树林子里找了，并没有什么梅的，甚至连别的什么颜色的东西也没有。我们一下子都坐在雪窝里，觉得这冬天里，实在是没有什么可画的色彩了，一时之间，又觉得舅爷可笑：连色彩都没有，还谈得上什么美吗？真后悔不该这么跑了山包的几面坡，更后悔压根儿就不该跟着舅爷到这里来呢。

可是，我们转回到舅爷那儿，他却已画了四张画，虽然又是那么几笔，树并不就是那树，桥并不就是那桥。看见了我们，说：

"孩子，寻到了吗？"

"什么也没寻到。"

"只是白的吗？"

"只是白的。"

"好了，找到了。"

"找到了？找到什么了？"

"找到了只是白的。"

"白的有什么意思？"

"你们想想，天是什么？天是云。云是什么？云是蒸汽。蒸汽是什么？蒸汽是水。水是什么？水是白的。天上地下，哪一样不是白色的呢？白色是最美的色彩呢！”

“那么说，”我们一时狐疑了，“什么东西里，什么时候难道都有美吗？！”

“对了，孩子！美是到处都有的，但美却常常被人疏忽了。你们总是寻那大红大绿，可红得多了，可以使你烦躁；绿得多了，可以使你沉郁；黄得多了，可以使你感伤，只有这白色是无极的，是丰富的，似乎就无极得无有，丰富得荒凉了呢。”

我们都哑然了，虽然听得并不甚明白，但毕竟惭愧起来，而且自那以后，愈来愈加深了理解，深深地后悔辜负了多少个冬天，使多少个美好的东西毫无意义地无知地消磨过去了。

观菊

此日，大风降温，白霜染地，西安街道两旁树木疏稀，枝柯失柔软而僵硬，嘎喇喇碎响不已；行人顿减，皆弓腰缩脖，落叶则随步旋飞，做有意嬉戏状。我邀和谷、子雍、周矢诸友携酒去兴庆宫公园：观菊去。

公园门大开，守门人待在房内拥炉烹茶，一群麻雀在那里划霜觅食。买得票进去，过廊，过亭，过池，过台，一片静寂，唯有一清洁工在花台扫除残花、瓜子皮儿和糖果纸。坐船悄然到湖后土山，山顶方圆三十步，一片菊，金黄锦绣。有一株墨色，居百菊正中，高一人，分十枝，枝枝孕有花胎，未绽，故大如小碗。我们席地饮酒，未三巡，奇香喷鼻，视墨菊，大放，其状如碟，其色乌黑有光泽，不敢用手去摸。四人惊疑，从湖上坐船回，在岸上遇见清洁工，笑而说："噫，这花是等待你们开呢。"

说棣花

棣花是十六个自然村。

白家垭的白亮傍晚坐在厦子屋门槛上吃饭，正低头在碗里捞豆儿，啪的一下，院子里有了一条鱼，鱼在地上蹦跶。白亮以为谁从河里钓了鱼给他扔进来，就说：谁呀？！没有回应，开了院门出来看，一个人背身走到巷口了，夕阳照着，看不清那是谁，但那人似乎脚不着地，好像在水上漂，又好像是被什么抬着，转过巷头那棵柳树就不见了。

白亮想是不是三海，他给三海家垒过院墙，三海一直感激他，钓了鱼就送了他一条？但三海害病睡倒一个月了，哪里能去钓鱼？是白路的二儿子水皮？水皮整天去钓鱼哩，钓了鱼就拿到公路上卖给过往的司机，咋能平白无故地给他一条呢？！

白亮回到院子再看鱼，鱼身上没有鳞片，有一小片云，如一撮棉花，知道了鱼是从天上掉下来的。

天上有银河，银河里还真有水、水里有鱼？或者，是鹳从棣花河叼了鱼飞过院子，不小心松了口，把鱼掉了下来？

白亮觉得是好事，还往天上看了许久，会不会也能掉下馅饼。但天上没有馅饼，起了悠悠风，风把一片杨树叶子吹了来，贴在他脸上，盖了一只眼。他把鱼捡回屋炖了。

第二天，白亮到河里担水。河边的浅水里一只猫和一条鱼搏斗，鱼可能是游到了浅水滩上，猫就去叼，鱼摆着尾打水花，猫几次都跌坐在水里。白亮放下桶去撵猫，却发现那鱼身上长了毛和翅膀，正疑惑，鱼游进深水里不见了。

鱼怎么长毛和翅膀呢？

白亮更看见了奇怪的事，几乎就在那条鱼游进深水后，突然在河上流的百米远，一群鱼从水里跃出来，竟然就飞到空中，而同时空中又有一群鸟飞下来一只一只入了水。然后，轮番从天上到河里，从河里到天上，一会儿是鱼，一会儿是鸟，循环往复。

从此以后，白亮行为做事和人不一样。比如，和邻居为庄基红过脸，邻居骂他是吃草长大的，他说，是呀，吃草长大的。村里人事后说，你咋能让他那样骂你？他说就是吃草长大的呀，菜不是草吗，米和面还不是草籽磨的？他走路也不像以前的姿势了，胳膊前后甩得很厉害，像是狗刨式的，在河里游泳。别人笑他，他说：你以为空气不是水？

贾塬村的五福练气功，练了三年，就练成了。他让一些妇女闭眼站着，然后在五步之外发功，问：有凉飕飕的风吗？妇女说：啊，啊，是凉飕飕的。棣花人都知道了五福有气功，让五福用气功治病。

五福治病不治头痛脑热，他觉得那不是病，喝碗姜汤捂捂汗就好了，他只治癌症。棣花患癌症的人多，没钱去省城医院动手术，而五福发功治病不收费的，说：给我传个名就行。

五福治病很讲究地点，一般都在村后的崖底，崖底有一棵百年老柏，他趴在树上要采一会儿气，再叫病人坐了，开始推开手掌，要把一股子气发出去。一九九八年七月十四日，他正发功，天上起了风，风是狂风，一下子把他吹起，啪地甩到半崖壁上。风过去了，他从崖壁上掉下来，人已经成了肉泥饼子。

东街有个二郎庙，庙前就是魁星楼，庙和楼中间的场子很大，棣花人习惯叫那是庙场子。拴劳住在庙场子后边，人丑，家又贫，但他有一个好被单子。整个夏天，拴劳都不在家里睡，嫌家里热，又有蚊子，天黑就披着被单子去庙场子了。他在庙场子扫一块净地，盖着被单睡下了，第二天一早，却总是从魁星楼上下来。魁星楼很高，攀着楼墙的砖窝可以上到第三层，上面风畅快。村里人都说拴劳半夜里披着被单就飞上楼了，传得神乎其神，但问拴劳，拴劳只是笑，没承认，也没否定过。

后来，拴劳去西安讨好生活了，走时就带着被单子，一走三年再没回来。不知怎么，村里都在议论，说拴劳在西安以偷窃为生，能飞檐走壁，因为他有被单子。

到了二〇〇三年，到处闹“非典”，棣花十六个自然村组织了防护队，严防死守不准从西安来的人进村。拴劳偏偏就回来了，防护队一声喊地撵他，撵到棣花西头的砭崖上，砭崖下就是河。有人说：

不敢再撵了，再撵就掉到河里了。又有人却说：没事，他能披被单子飞天哩。防护队举着棍棒还往前撵，拴劳就从砭崖上跳下去了。

拴劳跳下去是死了还是活着，反正从此再没回来过，也没有他的消息。

冬季里，砭崖上出现了许多蝙蝠，有人说是不是拴劳变成了蝙蝠，因为蝙蝠的翅膀张开来像是披着一块小被单子。立即有人反对这种联想：怎么可能呢，蝙蝠的被单是黑的，拴劳的被单是白的。

巩家涧村的上槽在给自行车充气的时候受了启发，就整天练着用手抓空气。抓一把，就扔出去砸旁边的狗，但狗总是没反应。这一天他又在练习，听到巷口有人叫他，上槽上槽，叫得生紧。抬头看时巷口起了烟，灰腾腾的，先是一股冲过来，到跟前了却是一只狗。再是一疙瘩烟已经到头顶上了，拿了笤帚便打，竟然打着了，掉下来一只扑鸽。扑鸽在地上扑腾了一阵，又飞走了。后来有两团烟互相交融纠结地过来，他想着：这是啥？定睛盯着，两团烟是他大他妈，背着两篓子红薯，惊得他张嘴叫不出声了。

他大说：十声八声喊不应你？到地里背红薯去！

上槽瓷着眼看着他大他妈，还用手扇了一下，他大他妈不是烟呀，烟一扇就散的。

他大说：你咋啦？

上槽说：哦，我眼睛雾得很。

他大说：年轻轻的雾啥眼？

上槽要放下笤帚，笤帚突然软起来，一溜烟从指头缝里飘了去。

而且看巷口外的路上，烟雾更浓，烟里有乱七八糟的人声。平日在夜里，夜即便黑得像漆，他坐在院门口，村道里一有脚步声，他也就知道这是谁来了。现在他听出说话的有二爷，有来喜伯和他老婆，有春草、蝉婶子。但他能听见声音就是看不到人，人都是一片子烟，或浓或淡，是絮状也是条状。

上槽就跟着那片烟走，一会儿看见他们有人形了，一会儿又都是烟。

上槽最后是从巷口走到巷外的土路上，一直到了河滩地，背了那里挖出来的一篓红薯。往回走时，却不知道了怎么回去，因为他发现村子的那个方向并没有了村子，所有的房子、树，连同土路，除了烟，都不见了。立了好久，那烟像蘑菇一样隆起，在空中酝酿翻腾，忽然扑塌下去，渐渐地又变成房子、树，还有直直的一条土路，土路上蹦跶着蚂蚱。

上槽把他看到的情景告诉给村人，村人全是一个口气，说你眼睛有毛病了。上槽就觉得自己眼睛肯定有毛病了，不出半年，眼睛便瞎了。

中街村刘家的儿子名字没起好，叫刘榆。榆树总是拗着长，这刘榆也三十年了一直和他大拗劲。他大说，今日太阳出来了，把被子拿出来晒晒，他却去给鸡垒窝。他大说：今年自留地里栽些辣苗吧，他偏种了土豆。

他大活到五十六岁时得了鼓症，临死时想把自己坟修在村后的牛头坡上，棣花的坟地都在牛头坡上，只是花销大。他说：我死了，别铺张浪费，就埋到河滩的自家地吧。刘榆想，几十年了和大都拗着，这一次得听大一次。他大死后，果然就把大埋在河滩自家地里。第三年，河里发大水，冲了河滩地，刘榆他大的坟也冲没了。

河里原来产一种白条鱼，发大水后新生了昴哧鱼，之所以是昴哧鱼，这鱼自呼其名，昴哧昴哧叫，像是叹气。

野猫洼村出了个懒人，叫宽心，一辈子没结婚。他死的时候，眼睛都闭上了，嘴还张着，来照料他的邻居就看见一股白气从嘴里出来，一溜一溜地从窗格中飘去了。撵出来看，白气没有散，飘到那棵椿树顶上了，成了一片云，扇子大的一片，往西再飘。

云飘到西街村，好像停了一下，像思考的样子。阳光将云的影子投在老田家的屋顶上，但很快又走了，经过了后塬村，又经过了巩家湾，最后在崖底村葛火镰家的院子上空不动了。

葛火镰家养着一头公猪，公猪专门给棣花所有的母猪配种的，这一天正好骆驼项村的陆星星拉了母猪来配，云的影子就罩在母猪身上，白猪变成了黑猪。陆星星往天上一看，一片云像个手帕掉下来，他还下意识地躲了一下身子，似乎那云要砸着他。但云没砸着他，而且什么也没有了，他就把母猪牵回了家。

母猪后来生崽，往常母猪一生一窝崽，这回只生了一个崽。这崽样子还可爱，就是不好好长，已经半年了，又瘦又小，与猫常在一处玩。陆星星说：你是猪呀你不长？！它还是不长，到了年底，仅仅四五十斤，还生了一身红绒毛。

第二天早上，棣花流行猪瘟，死了八头猪，其中就有这头猪。

猪死时，陆星星也发现有一股白气从猪嘴里溜出来，往空里飘了。在空里成了一片云，这云片更小，只有手掌大。

云飘过北源村上空，起了一阵小风，云就往南飘，又飘回野猫洼村。野猫洼村的芦苇园也飘芦絮，云和芦絮搅在一起，分不清是一疙瘩芦絮还是云，末了，一只蜂落在丁香树的花瓣上，芦絮就挂在树枝上，而云却没了。

丁香花谢后生了籽，籽落在地上的土缝里，来年生出一棵小丁香树。这小树长了两年还是个苗子，放牛的时候，牛把苗子连根拔出来嚼了。苗子一拔出来，是又有一丝白气飘了，但在空中始终没变成云，铜钱大的一团白气。白气移过了院墙，院墙外的水渠沟里有许多蚊子，后来就多了一只蚊子。

这蚊子能飞了，有一夜飞到打麦场上，那里睡了乘凉的人，蚊子专叮人腿，啪地挨了一掌，就掌死了，再没有云，连一点儿白气都没有。

雷家坡村其实没有姓雷的，是两大族姓，一个姓雨，一个姓田。姓田的都腿短脖子粗，姓雨的高个窄脸；但姓田的男人多，姓雨的女人多，姓田的就控制着村子。

棣花北五十里地的洛南县有煤窑，早年姓田的一个男子在那里当矿工，后来承包了一个煤窑，逐渐做大，成了有钱的老板，便把村里姓田的男人都带去挖煤，姓田的人家就过上了好日子。姓雨的人家还穷着，女人们就只好到棣花的保姆培训班上报名，她们长得好看，性情也柔顺，培训完后西安的保姆中介公司挑去了七八个。

二〇〇〇年春节，挖煤的回来了，都有钱，先集体在县上住了一晚宾馆才回村，而那些保姆没有回来。姓雨的说挖煤的在县宾馆住了一夜，吃肉喝酒。

春节一过，姓田的男人又去了煤窑，正月二十四那天，井下瓦斯爆炸，没有一个活着出来。而就在这天，七八个保姆回到村里，她们给村里人说，都曾经跟着主人去过广州或北京，坐的飞机，飞机上有厕所，拉屎尿尿就漏在空中，在空中什么都没有了。

每年四月初八棣花的庙会上要耍社火，中街村准备两台芯子，一台是走兽和地狱，一台是飞禽和天堂。正做着，有人担心这是暗喻雷家坡村，会惹是非，后来就取消了。

药树梁村在棣花的西北角，除了独独一棵大药树外，坡上枣树很多，枣树每一年都有被雷击的。被雷击过的枣木有灵性，县城关镇的阴阳先生曾来寻找雷击枣木做法器，而药树梁村的人出来口袋里也都有枣木刻成的小棒槌，说能避邪护身。

在三年前夏天，有良在坡上放牛，天上又响炸雷，有良赶着牛就下坡，雷这回没击枣树，把有良击了，但没有击死，脊背上有了一片文字。说是文字，又不是文字，棣花小学的老师也认不得，那是十八个像字的字，分三行，发红，像被手抓出的，却不疼不痒。

有良在当年的秋末瘫了，手脚收缩，做不了活，吃饭行走也不行了，整天得坐在家里的藤椅上，让端吃送喝。但有良知道啥时刮风下雨，有一天太阳红红的，他说一会儿有冰雹哩，谁也不信，但一锅旱烟没吃完，冰雹就噼里啪啦下来了。

还有一回，已在半夜里，有良叫醒家人，说天上掉石头呀，快到院里去。家人知道他说话应，都起来到院子，一直坐到天亮，没有什么石头，才要回屋时，突然天空一团火光，咚的一声，有东西砸在屋顶。过了一会儿进去看了，屋地上果然有一块石头，升子大，把屋顶砸了个洞，地上也一个坑。

西街村的韩十三梦多，一入睡就做梦，醒来又能记得梦的事。他三岁时梦到的都是他成了个老头，胡子又白又长，常拿了一把木剑到一个高墙上去舞。他把梦说给旁人，人都笑他：高墙上能舞剑？但觉得他每天都做梦，梦醒又给人说梦，很好玩的，见了便问：碎仔，又做啥梦了？韩十三就说他在一个地方走，路很长很宽，两边都是房子，房子特别高，一层一层全是玻璃，路上有车，车多得像河水，一个穿白衣裳的人像神婆子一样指手画脚。村人有走过西安的，觉得这像是西安，就又问：那是街道，街上还有啥？韩十三说：路边都是树，树上长星星。

往后，随着年龄增长，韩十三的梦越来越离奇，但全是城里的事。他在小学时，就梦见自己在一家饭店里炒菜，戴很高很高的帽子，他不炒土豆丝，也不炒豆芽，炒的尽是一些长得怪模怪样的鱼和虾。到了中学时，他梦见自己拿着八磅锤、锯，还有刷墙的磙子，他在给人家刷墙时，那女主人送给他了一件制服，但也骂过他。

这样的梦做了三年，中学毕业后没有考上大学，就一直在村里劳动，还当过村会计，又烧过砖瓦窑，娶妻生子。梦还在做，梦到了城里，才知道早先梦到了人在高墙上舞剑，那墙是城墙，从城墙上能看见不远处的钟楼，钟楼的顶金光闪闪。那时，村里人有去西安打工的，他问：西安有个钟楼吗？回答说有，又问：城墙上能开车吗？回答说能。韩十三就决定也去西安打工。

到了西安，西安的一切和他曾经的梦境一样，他甚至对那里已十分熟悉，还去了他当厨师的酒店，酒店门口是有两个石狮子，右边的一个石狮子眼睛上涂着红。但是，韩十三初到西安，没有技术也没有资金，他只好去捡破烂。捡破烂第一天就赚了三十元，这让他非常高兴，想着一天赚三十元，十天就是三百元，一个月九百元呀！第二天，他起得很早上街了，却被一辆运渣土的卡车撞倒，而司机逃逸，一个小时后才被人发现往医院送，半路上把气断了。这一年他三十岁。墓前立了个碑子，上面刻了：生于一九八〇年，逝于二〇一〇年。但不久，刻字变了，是：生于一九八〇年，逝于二〇四〇年。村人不知这刻字怎么就变了？

棣花乡政府设在中街村，是一个大院子，新修的高院墙，新换的大铁门，但门卫还是那个旧老汉。老汉姓夜，从年轻起人叫他不叫老夜，嫌谐音是老爷，就叫他老黑。

老黑从一九五八年就在这里当门卫，那时乡政府是公社，今年老黑八十岁，眼不花，耳不聋，身体特别好，乡政府还雇他当门卫。棣花的人其实寿命都不长，差不多每个人家都有着遗憾，比如有些人，日子恓惶了几十年，终于孩子大了，又给孩子娶了媳妇，再是扒了旧屋，盖了一院子新房，家里粮食充足，吃喝不愁，说：这下没事了，该享清福呀！可常常是没事了才二年，最多五年，这人就死了。但老黑活到八十岁，还精神成这样，很多人便请教他的健康长寿秘诀。老黑说，他是每个大年三十儿晚上，包完饺子了，就制订生活计划的。他的生活计划已经制订到一百二十岁，每一岁里要干什么，怎么去干，都一一详细列出。中街药铺的跛子老王看过老黑一百岁那年的计划，过后给人说，老黑这一年的计划是五月份给孙子的孙子结婚，结婚用房得新盖，他要资助三千元。再是把院子里的井重新淘一下，安个电水泵。再再是，那一年应该是乡政府要换届，要来新的乡长了，这是陪过的第四十五位乡政府领导，他力争陪过七十位。

乡政府院子西墙外有一棵老楸树，这树不是乡政府的，是刘反正家的。棣花再没有这么大的树了，黄昏的时候，中街村的人喜欢在树下说闲话，当然说到这树活得久，说老黑也活得久。有一个叫宽喜的人，就也学着老黑订计划，计划他也要活过一百岁。

宽喜只活了六十二岁就死了。

而中街村还有一个人，叫牛绳，牛绳的日子艰难，整天说啥时死呀，死了就不泼烦了。他来问老黑：宽喜也心劲大着要长寿，咋就死了，你这计划是不是不中用？老黑说：宽喜是县上干部，退休没了事，阎王爷哪会让没事干的人还活在世上？订计划是订着做不完的事哩，不是为了活而活的。宽喜想活他活不了，你想死也死不了，因为你上有老下有少，你任务没完成哩你咋死？

这话说过半年，有一天夜里，老黑在院门口坐着，听见楸树咯吱咯吱响，好像在说：唉，走呀，我走呀。

第二天，刘反正得了脑溢血死了，他儿子伐了楸树给他大做了棺材。

乡政府大院门口从此没了那棵树，而老黑还在，新一任的乡长才来了七天，老黑每晚要给新乡长说着一段棣花的历史。

风景

我说的风景是在我家那一方小小的窗上。我常坐在窗前，无聊地向外张望。数年前，天上的星子很稠，后来渐渐归稀，待到高大的建筑撵过来，建筑上的窗便装扮了我的风景，我的窗也即或装扮了人家的风景吧？这么想着，很有些卞之琳先生的诗味，我就将头偏过去，久久地看建筑物下的那块生长着五谷的空地。见有一个老头，好高的个子，细细瘦瘦，从地埂的这边走到地埂的那边，再从地埂的那边走到地埂的这边，来回均一百一十步，一步也不差的，就像一把活动着的人尺。

“老伯，在练功吗？”我终于一日走出屋去，想找他说个解闷儿的话。

“气功。”

“噢，人老了要健身的。这是哪家气功？”

“生气的功！”

他站住了，虎虎地拿眼睛瞪我。这是一双有着血丝的眼睛。瞪我瞪得久了，他便松下劲来，一扑沓放僵坐在了地上。我认出这是一位农夫，有一双硬壳的手，虽然是穿了一件呢子中山短装，但没有紧扣子，里边的衬领很油腻。我知道这里的农村已陆续划归城市，土地被征用，村子里不时要噼噼啪啪鸣放鞭炮，农民获得一笔巨款，又焕然新做市民，那些年轻人兴高采烈了。我就投其所好，说：

“听说你们都可住高楼了？”

“人是雀儿吗？”

“你们好幸运，没文凭也‘农转非’了！”

“有地气吗？”

“住小土屋有地气，却得关节炎的。”

“亲戚来了就不患水土病吗？”

“都吃自来水了，闹不了肚子的。”

“开电梯还行？”

“让你去厂里开电梯？那是好工作啊！”

“好，好，上去下来上上去下下来上上上去下下下来。”

“这操什么心？！”

“小时候，夏天在院子里乘凉，爹睡在席左边，娘睡在席右边，我睡在中间，为的是怕狼叼了去。天一黑，常看见田埂上有狗，叫‘哟哟哟’，它就来了，一看见一条大尾巴扫帚一样扫在地上，便猛叫一声‘狼！’狼就吓跑了，我也吓得回家害一场摆子。现在倒想见一见狼哩。”

“动物园不是有吗？”

老头是不慈祥的，话难投机，我便觉无聊了。又回坐到我的窗前，想所谓的两代人的鸿沟，想所谓的观念陈旧，想所谓的农民意识，觉得这老头可笑，该是我作品中的一个什么典型。再不愿看到他人尺似的走动。老东西，他哪里会明白这个世界是越来越小的道理？

一天，窗外突然有狗叫声，很凄惨。我朝外望去，那人尺还在那里丈量着，而空地的那头，一群年轻人在杀一条狗。多半是为着一张完整的皮，狗就被绳索勒住，但勒一次，一放到地上就又活了，一个就说："狗是土命，吊起来勒，不要放到地上！"果然狗彻底死了。我瞧见年轻人大呼大叫，而人尺再没有丈量，呆立了许久，就走掉了。

这一走，老头就再没有出现。

两年过去了，我的窗外再没了那块生长五谷的空地，我的风景愈发的平淡。但在这个城市里新出现了一位说独角戏的绝好的演员，他在台上台下，出言都极幽默，反话正说，正话反说，你永远无法摸清他的真实。我看过他的演出，有人告诉说，他就是两年前由农村户口转为城市户口的，是那个人尺的儿子。演出后，我向他打问他爹。

"你爹好吧？"

"瞧我腿肿吗？辛苦呀，昨儿晚端端靠着床板立了一夜。"

"好久未见他老人家了！"

"太累了，累昏迷了，一夜都没苏醒。"

“他去开电梯了吗？”

“今早起来，端个刷牙缸子，哇哇直吐啊！走到厕所，看见啥不想吃啥啊！”

弦

我有一把琴，却是哑的，一根弦丝也没有了。孩提的时候，它是我的玩物，一天也不曾离过。当我进城之后，它便一直放在山地的老家，有一次墙上的钉子松了，它跌下来，琴身儿一毫未伤，弦丝儿却一根一根挣断了。从此我再没有见着它，也没有想起过它。二十年后，母亲从山地带了它来，我却突然哭了一场，爱得再也不肯释手了。

这天夜里，是十三日，月亮正待满圆，还缺着那么一角，却恰是到了好处。我就捧着琴到庭院，正襟危坐，要听着它的歌声。

四邻的人家都觉得稀奇，来院里静听，但什么声音也没有，就嗤之一笑了：

“画观色，琴听音；这无弦无音之琴，有什么可听的呢？”

我说：

“叩寂寞而求音，无声而声自在；今夜地上无月，光亮不是这么弥漫吗？”

“地上光亮，而月在天上，哑琴有声，弦在何处呢？”

“以情观月情满月，弦外有音弦在心。”

邻人更笑我痴，一哄而走散，去喝酒取乐了。我却笑邻人不是琴的知己，便更是听得入神入味；我才明白：哑琴虽然无弦，但歌是全蓄在肚里，它之所以断了弦丝，是特意要为我保留一本儿时的歌谱。

我果然听得出来，它是在唱我家门前的山路呢！那路是窄窄的，从山根一直往山顶上绕，不时就凌乱了，像一团细绳，分分合合，合合分分。走在上边的是我吗？背高高一捆柴火，像一座小山，下边是两条细细的移动的腿。荒草偶尔就没膝深了，前无去途，后无来路，一只小儿手掌般的蝴蝶倏忽飞出来了，俊俏俏在那里展一个彩色的春天……

我果然又听得出是唱村后的那条河了。十八个湾的，湾湾有一个绿澄澄的潭。我们赤条条潜下去，睁眼看那里的水草，半人多高，全然不曾倒伏，一根一根竖立；鱼儿偶尔一动不动地发呆，像浮在空中，无依无靠；石罅里的旋涡，眼瞧着中间有一个银亮亮的空心轴儿；斗大的石头，一只手就拎起来了……

我听出在田野上又是一片吵嚷了，是我们正放着烟灯呢。三张斗纸糊成个筐形，在里面吊了火纸盘儿，蘸了煤油，放了硫黄，燃着在地上足烟，纸鼓得没有一个坑儿了，几乎不能按住，一声呼喊，八只手托起，猛地向空中一送，它就飞去了。愈飞愈高，只看出是一颗流动的星，我们便大呼小叫，尽夜儿追着跑。天明回来，头上的帽子却发觉早跑丢了……

是沙沙又在悄声唤我吗？她是隔壁刘叔的女儿。娘曾说："长大了，让她做你的媳妇。"我们倒当真要做夫妻了，什么好吃的，她拿给我，什么好玩的，我送给她。有一次她哭了，怎么也劝不下，我倒生气了，说："要再哭，你就是多么漂亮，我将来也不要你做媳妇了！"这话让娘听见了，逢人就说趣，羞得我三天不敢出门……

邻人们又来了，他们还要要闹我，问我听出什么歌儿了，我把这些讲给了他们，他们竟面面相觑了：

"这才奇了！你是怎么个听的？"

"用心静听。"

"多少烦事缠身，倒有这么清闲心情？"

"愈是烦恼，愈是该要听了。"

他们就老实起来，再陪我坐下。但是，夜色沉沉，他们竟全睡了过去；一觉醒来，清露已经上来，问我又听到了什么。我讲了是奶奶又在桂树下说着的神话；荒野上捉住了流萤，用南瓜花包了，做黑夜里的灯笼；还有那迷迷离离的梦……他们依然什么也未听到。

邻人说：

"哑琴于你有歌，于我们则无；可惜我们心中没有你的那根弦呢。"

我说：

"这话错了。人人心里都有一根儿时的弦，只是你们还未找着罢了。"

邻人们都默默不语了，各自在自己心上寻找着各自的弦。差不多都已找着了吧？一时院里鸦雀无声，谁也不曾睡去，谁也不再戏音谑笑；这么一直到了夜阑。末了，站起来，说果然听到了自己儿时的歌，只恨听得迟了，又怨对着哑琴不可弹出，不可和弦而唱，遗憾不已。

邻人遗憾，便只是遗憾，踽踽回去睡了。而我断了儿时之弦不能再续，回到房中无穷的诗文却涌在笔下；遂写下此文，一是为充实自己，二是为充实邻人，时正是一九八二年六月十一日夜子时也。

茶事

以茶闹出过许多事来：

我的家乡不产茶，人渴了就都喝生水。生水是用泉盛着的，冬天里泉口白腾腾冒热气，夏季里水却凉得瘆牙。大人们在麦场上忙活，派我反反复复地用瓦罐去泉里提水，喝毕了，用袄袖子擦着嘴，一起说：咱这儿水咋这么甜呢！村口核桃树旁的四合院里住着阿花，她那时小，脖子上总生痱子，在泉的洗衣池中洗脖子，密而长的头发就免不了浸了水面，我想去帮她，却有些不敢，拿树叶叠成小斗舀水喝，一眼一眼看她，王伯家的狗也来泉里喝水，就将我的瓦罐撞碎了。我气得打狗，也对阿花说：你赔我，你赔我！阿花说：我赔你什么，是我撞碎你的罐子吗？后来阿花大了，我每日都想能见到她，见到了却窘得想赶紧逃走，逃到避人处就又发恨，自己扇自己耳光。阿花的一个亲戚在关中平原，我们称山外人的，他突然来到阿花家，村人都在议论小伙子是来阿花家提媒了。这事使我打击很大，但我不敢去问阿花，伺机要报复那山外的人。山外没有核桃，我们摘了青皮核桃让他吃，他以为任何果子都是肉包核，当下就啃了一口，涩得舌头吐出来。又在他钻进水茅房大便的时候，拿了石头往尿窖子里一丢，尿水从尿槽子里溅上去，弄了他一身的肮脏。他一嘴黄牙，这是我最瞧不上的，他说他们那儿的水盐碱重，味苦，没有山里的水甜，他说这话时样子很老实，让我好生得意。可是第二天，我从泉里提了一大桶凉水往麦场送的时候，他看见了，却说：你们不喝茶啊？我说这儿不产茶。他说：我们山外吃饭就吃蒸馍，渴了要喝茶的。他的话把我噎住了，晚上思来想去觉得窝火，天明的时候突然想出了一句对付的话：山外的水苦才用茶遮味哩，我们这儿水甜用得着泡茶吗？中午要把这话对他说，但没有寻着他，碰着小三，小三说：你知道不，山外黄牙走了，早上坐车回去啦！我兴奋他终于走了，却遗憾没把想了一夜的话当面回顶他。

到了二十世纪七十年代末，我从家乡到了西安上大学，西安的水不苦，但也不甜，我开始喝开水，仍没有喝茶的历史。暑假里回老家，父亲也从外地的学校回来，傍晚本家的几位伯叔堂兄来聊天，父亲对娘说：烧些煎水吧。水烧开了，他却在一只特别大的搪瓷缸里泡起了茶。父亲喝茶，这是我以前并不晓得的，或许他是在学校里喝，但把茶拿回家来喝，这是第一次。伯叔堂兄们都说：喝茶呀？这可是公家人的事！茶叶干燥燥的，闻着有一股花香味，开水一冲就泛了暗红颜色。这便是我喝到的头口茶，感觉并不好，而且伯叔堂兄们也龇牙咧嘴。但是，那天的茶缸续了四次水，毕竟喝茶是一种身份地位的待遇。父亲待过几天就往学校去了，剩下的茶娘包起来放在柜里。那一年大旱，自留地里的辣子茄子旱得发蔫，我和弟弟从河里挑水去浇，一下午挑了数十担，累得几乎要趴在地上。一回家弟弟就说：咱慰劳慰劳自己吧。于是取了茶来泡了喝。剩下的茶就这么每天寻理由慰劳着喝了，待上了瘾，茶却没有了。因为所见到的茶叶模样极像干蓖麻叶末或干芝麻叶末，我们就弄了些干蓖麻叶揉碎了用开水泡，麻得舌头都硬了，又试着泡芝麻叶，倒没有怪味道，但毕竟喝过半杯就不想再喝了。

在大学读书了三年，书上关于茶的描述很多，我却再没有喝过茶，真正地接触茶则是参加工作后，那时的办公室里大家各自有个办公桌，办公桌的抽屉是加了锁的，每人的面前有一只烟灰缸和一只茶杯。开水是共同的，热水瓶里没水了，他们就喊：小贾小贾，瓶里怎么没水了？！我提了瓶就去开水房打水，水打了回来，各自从抽屉里取了茶叶捏那么一点儿放在杯里，抽屉又锁上了，再是各自泡水喝。大家是互不让茶的。有一天办公室只有我和老赵，老赵喝茶是半缸子茶叶半缸子水，缸子里的茶垢已经厚得像刷了生漆，他冲了一杯，说：你喝茶不？我说我没茶。他给我捏了一点，我冲泡了喝起来，他告诉我谁喝的是铁观音茶，谁喝的是茉莉花茶，谁又是八宝茶，开始又嘟囔谁个最没意思，自己舍不得买茶却爱喝茶，总是占他的便宜。我听了心里就发寒：他一定要记着今日给过我茶叶的事的。正是因为有了要还他茶叶的念头，也考虑了别人都喝茶我喝白开水显得寒酸的缘故，在月初发薪时，我咬咬牙从三十九元的工资里取出两元钱买了一筒茶，首先让老赵喝了一次。就是这一筒茶使我从此离不开了茶。好多年间，我已经是很标准的办公室人员的形象了：准时上班，拖地擦桌子，然后泡一缸茶，吸一支烟，翻天覆地地看报纸。先后喝过的是花茶、砖茶、八宝茶，脑子里没有新茶陈茶的概念，只讲究浓茶和淡茶，也知道空腹不要喝茶，喝了心发慌，晚上不要喝浓茶，喝了失眠，隔夜茶不要喝，茶垢不要洗。唯一与办公室别的同志不一样的是喝八宝茶时得取出里面的枸杞，枸杞容易上火，老赵就说：给我给我。他把三四粒枸杞丢进口里嚼，说这可是好东西哩！

那年月干部常常要下乡，我从事的是出版社的编辑工作，要了解各县的文艺创作状况，就在苹果仅仅只有核桃般大的时节去一个县上，县委宣传部的一个干事接待了我，正是星期六，他要回家，安排我夜里睡在他办公兼卧室的房间里，临走时给了我去灶上吃饭的饭票，又叮咛：要喝水，去水房开水炉那儿灌，茶叶就在第二个抽屉里。夜里，宣传部的小院里寂静无人，我看了一会儿书，觉得无聊，出来摘院子里的青苹果吃，酸得牙根疼，就泡了他的茶喝。茶只有半盒，形状小小的，似乎有着白茸毛，我初以为这茶霉了，冲了一杯，杯面上就起一层白气，悠悠散开，一种清香味就钻进了口鼻，待端起杯再看时，杯底的茶叶已经舒展，鲜鲜活活如在枝头。这是我从未见过的茶叶，喝起来是那么的顺口，我一下子就喝完了，再续了水，又再续了水，直喝下三杯，额上泛了细汗，只觉目明神清，口齿间长长久久地留着一种爽味。第二天，一早起来我又泡了一杯，到了中午，又泡了一杯，眼见得茶盒里的茶剩下不多，但我控制不了欲望，天黑时主人还没有返回，我又泡了一杯。茶盒里的茶所剩无几了，我才担心起主人回来后怎么看待我，就决定再不能在这里待下去，将门钥匙交给了门房去街上旅舍去睡，第二天一早则搭车去了临县。那么干事到底是星期天的傍晚返回的还是第二天的黎明返回，我至今不知，他返回后发现茶叶几近全无是暗自笑了还是一腔怨恨，我也不知，我只是十几天后回到西安给他去了一信，表示了对他接待的感激，其中有句“你的茶真好”，避免了当面见他的尴尬，兀自坐在案前满脸都是烫烧。

贼一样喝过了自觉是平生最好的茶，我不敢面对主人却四处给人排说，听讲的人便说我喝过的那一定是陕青，因为那个县距产茶区很近，又因为是县委的人，能得到陕青中的上品，又可能是新茶。于是，我知道了所谓的陕青，就是产于陕西南部的青茶，陕西南部包括汉中、安康、商洛，而产茶最多的是安康。我大学的同学在安康有好几位，并且那里还有我熟悉的几个文学作者，我开始给他们写信，明目张胆地“索贿”，骂他们为什么每次来西安不给我送些陕青呢，说我现在要做君子呀，宁可三日无肉，不能一晌无茶啊！结果，一包两包的茶叶从安康捎来，虽每次不多，却也不断，但都不是陕青中的上品，没有我在宣传干事那儿喝到的好。再差的陕青毕竟是陕青，喝得多了，档次再降不下来，才醒悟真正的茶是原本色味的，以前喝过的花茶、胡茶皆为茶质不好用别的味道来调剂，而似乎很豪华的流行于甘、宁、青一带的八宝茶，实是在那里不产茶，才陈茶变着法儿来喝罢了。从此以后，花茶是不能入口了，宁喝白开水也不再喝八宝茶，每季的衣着是十分简陋，每日的饭菜也极粗糙，但茶必须是陕南青茶，在生活水平还普遍低下的年月里，我感觉我已经有点儿贵族的味道了。

当我成了作家，可以天南海北走遍，喝的茶品种就多了，比如在杭州喝龙井茶，在厦门喝铁观音茶，在成都喝峨眉茶，在云南喝普洱茶，在合肥喝黄山茶，有的茶价五百元一斤，有的甚至两千元。这些茶叶也真好，多少买了回来，味道却就不一样了，末了还是觉得陕南青茶好。说实在的，陕青的制作很粗，茶的形状不好，包装也简陋，但它的味重，醇厚，合于我的口舌和肠胃，这或许是我推崇的原因吧。

为了能及时喝到陕青，喝到新鲜的陕青，我是常去安康的，而且结交了一批新的安康的朋友，以致有了一位叫谭宗林的专门在那里为我弄茶。谭先生因工作的缘故，有时间往安康各县跑，又常来西安，他总是在谷雨前后就去了茶农家购买茶叶及时捎来，可以说我每年是西安最早喝到新陕青的人。待谭先生捎了半斤一斤还潮潮的新茶在西安火车站一给我打电话，我便立即通知一帮朋友快来我家，我是素不请人去吃饭的，邀人品茶却是常事。那一日，众朋友必喝得神清气爽，思维敏捷，妙语迭出，似乎都成了君子雅士。谭先生捎过了谷雨茶，一到清明，他就会在茶农家几十斤地采购上等青茶，我将小部分分给周围的人，大部分包装好存放于专门购置的大冰柜里，可以供一年享用了。朋友们都知道我家有好茶叶，隔三岔五就吆喝着来，可以说，我的茶客是非常多的。

我也和谭先生数次参加一些城里的茶社庆典活动，西安城中的大小茶社没有我未去过的，为茶社题写店名，编撰对联，书写条幅，为了茶我愿意这般做，全不顾了斯文和尊严。我和谭先生也跑过安康许多茶厂，人家叫干什么就干什么，平日惜墨如金，任何人来索字都必要出重金购买，却主动要为茶厂留言。结果人家把题写的条幅印在茶袋上、茶盒上满世界销售，明明是侵犯了我的权益，又无故遭到外人说我拿了多少广告费，人是不敢有缺点的，我太嗜茶贪茶，也只有无话可说。人的一生要交结众多朋友，朋友是走一批来一批的，而最能长久的是以茶为友的人。我不大食肉，十几年前因病戒了酒后，只喜欢吸烟喝茶，过的是“有茶清待客，无事乱翻书”的日子。每当泡一杯陕青在家，看着茶叶鲜鲜活活的可爱，什么时候都觉得面对了春天，品享着春天。茶叶常常就喝完了，我在门上贴了字条：“送礼不要送别的，可以送茶。”但极少有送茶来的，来的都是些要喝我茶的人，这时候我就想起唐代快马加鞭昼夜不停从南宁往长安送荔枝的故事。可惜我不是那个杨贵妃，也不知谭先生现在哪儿。

古土罐

我来自乡下，其貌亦丑，爱吃家常饭，爱穿随便衣，收藏也只喜欢土罐。西安是古汉唐国都，出土的土罐多，土罐虽为文物，但多而价贱，国家政策允许，容易弄来，我就藏有近百件了。家居的房子原本窄狭，以至于写字台上、书架上、客厅里，甚至床的四边，全是土罐。我是不允许孩子们进我的房子，他们毛手毛脚，担心怕撞碎，胖子也不让进来，因为所有空间只能独人侧身走动。曾有一胖妇人在转身时碰着了一个粮仓罐，粮仓罐未碎，粮仓罐上的一只双耳唐罐掉下来破为三片。许多人来这里叫喊我是仓库管理员，更有人抱怨房子阴气太重，说这些土罐都是墓里挖出来的，房子里放这么多怪不得你害病。我是长年害病，是文坛上著名的病人，但我知道我的病与土罐无关，我没这么多土罐时就病了的。至于阴气太重，我却就喜欢阴，早晨能吃饭的是神变的，中午能吃饭的是人变的，晚上能吃饭的是鬼变的；我晚上就能吃饭，多半是鬼变的。有客人来，我总爱显示我的各种土罐，说它们多朴素，多大气，多憨多拙；无人了，我就坐在土罐堆中默看默笑，十分受活。

我是很懒惰的人，不大出门走动，更害怕去社交应酬。自书画渐渐有了名，虽别人以金来购，也不大动笔，人骂我惜墨，吝啬佬，但凡听说哪儿有罐，可以弄到手，不管白日黑天，风寒雪雨，我立即就赶去了。许多人因此而骗我，提一只土罐来换几个字，或要送我一只土罐而要求去赴一个堂会，上当受骗多了，我也知道要去上钩入瓮，但我控制不了我，我受不了土罐的诱惑。我想，在权力、金钱、女色、名誉诸方面，我绝对有共产党人的品质，而在土罐方面不行。对于土罐的如此嗜好，连我也觉得不解，或许我上上的那一世曾经是烧窑的？或许我上上的那一世是个君王富豪？

这些土罐，少量是古董市场上买的，大量是以字画变换，还有一些，是我使了各种手段从朋友、熟人手中强夺巧取而来。在我扬扬得意收藏了近百的土罐之时，一日去友人芦苇家，竟然见得他家有一土罐大若两人搂抱，真是馋涎欲滴，过后耿耿于怀，但我难以启口索要，便四处打听哪儿还有大的，得知陕北佳县一带有，雇车去民间查访，空手而归，又得知泾阳某人有一巨土罐，驱车而去，那土罐大虽大，却已破裂。越是得不到越想得到，遂鼓足勇气给芦苇去了一信，写道——

古语说，神归其位，物以类聚。我想能得到您存的那只特大土罐。您不要急。此土罐虽是您存，却为我爱，因我收集土罐上百，已成气候，却无统帅，您那里则有将无兵，纵然一木巨大，但并不是森林，还不如待在我处，让外人观之叹我收藏之盛，让我抚之念兄友情之重。当然，君子是不夺人之美，我不是夺，也不是骗，而要以金购买或以物易物。土罐并不值钱，我愿出原价十倍数，或您看上我家藏物，随手拿去。古时友人相交，有赠丫鬟之举，如今世风日下，不知兄肯否让出瓦釜？

信发出后，日日盼有回复，但久未音讯，我知道芦苇必是不肯，不觉自感脸红。正在我失望之时，芦苇来电话："此土罐是我镇家之物，你这般说话，我只有割爱了！"芦苇是好人，是我知己，我将永远感谢他了。我去拉那巨大土罐时，特意择了吉日，回来兴奋得彻夜难眠，我原谅着我的掠夺，我对芦苇说：物之所得所失，皆有缘分啊！

现在，巨大土罐放在我的家中，它逼着一些家什移位于阳台上，而写字台仅留给我了报纸一般大的地方。我在想，这套房子到底是组织上分配给我住的还是给土罐住的？这些土罐是谁人所做，埋入谁人坟墓，谁人挖掘出土，又辗转了谁人之手来到了我这里？在我这里待过百年了又落在哪人手中，又有谁还能知道我曾经收藏过呢？土罐是土捏烧而成，百年之后我亦化为土，我能不能有幸也被人捏烧成土罐，那么，家里这些土罐是不是有着汉武帝的土，司马迁的土，唐玄宗或李白的土？今夜，月明星稀，家人已睡，万籁俱静，我把每个土罐拍拍摸摸以想象，在其身上书写了那些历史的人名，恍惚间，便觉得每个土罐的灵魂都从汉唐一路而来了，竟不知不觉间在一土罐上也写下了我的名字。

祭父

父亲贾彦春，一生于乡间教书，退休在丹凤县棣花；年初胃癌复发，七个月后便卧床不起，饥饿疼痛，疼痛饥饿，受罪至第二十七天的傍晚，突然一个微笑而去世了。其时中秋将近，天降大雨，我还远在四百里之外，正预备着翌日赶回。

我并没有想到父亲的最后离去竟这么快。以往家里出什么事，我都有感应，就在他来西安检查病的那天，清早起来我的双目无缘无故地红肿，下午他一来，我立即感到有悲苦之灾了。经检查，癌已转移，半月后送走了父亲，天天心揪成一团，却不断地为他卜卦，卜辞颇吉祥，还疑心他会创造出奇迹，所以接到病危电报，以为这是父亲的意思，要与我交代许多事情。一下班车，看见戴着孝帽接我的堂兄，才知道我回来得太晚了，太晚了。父亲安睡在灵床上，双目紧闭，口里衔着一枚铜钱，他再也没有以往听见我的脚步便从内屋走出来喜欢地对母亲喊："你平回来了！"也没有我递给他一支烟时，他总是摆摆手而拿起水烟锅的样子，父亲永远不与儿子亲热了。

守坐在灵堂的草铺里，陪父亲度过最后一个长夜。小妹告诉我，父亲饲养的那只猫也死了。父亲在水米不进的那天，猫也开始不吃，十一日中午猫悄然毙命，七个小时后父亲也倒了头。我感动着猫的忠诚，我和我的弟妹都在外工作，晚年的父亲清淡寂寞，猫给过他慰藉，猫也随他去到另一个世界。人生的短促和悲苦，大义上我全明白，面对着父亲我却无法超脱。满院的泥泞里人来往作乱，响器班在吹吹打打，透过灯光我呆呆地望着那一棵梨树，这是父亲亲手栽的，往年果实累累，今年竟独独一个梨子在树顶。

父亲的病是两年前做的手术，我一直对他瞒着病情，每次从云南买药寄给他，总是撕去药包上癌的字样。术后恢复得极好，他每顿已能吃两碗饭，凌晨要喝一壶茶水，坐不住，喜欢快步走路。常常到一些亲戚朋友家去，撩了衣服说：瞧刀口多平整，不要操心，我现在什么病也没有了。看着父亲的豁达样，我暗自为没告诉他病情而宽慰，但偶尔发现他独坐的时候，神色甚是悲苦，竟有一次我弄来一本算卦的书，兄妹们都嚷着要查各自的前途机遇，父亲走过来却说："给我查一下，看我还能活多久？"我的心咯噔一下沉起来，父亲多半是知道了他得的什么病，他只是也不说出来罢了。卦辞的结果，意思是该操劳的都操劳了，待到一切都好。父亲叹息了一声："我没好福。"我们都黯然无语，他就又笑了一下："这类书怎能当真？人生谁不是这样呢！"可后来发生的事情，不幸都依这卦辞来了。

先是数年前母亲住院，父亲一个多月在医院伺候，做手术的那天，我和父亲守在手术室外，我紧张得肚子疼，父亲也紧张得肚子疼。母亲病好了，大妹出嫁，小妹高考却不中，原本依父亲的教龄可以将母亲和小妹的户口转为城镇户口，但因前几年一心想为小弟有个工作干，自己硬退休回来，现在小妹就只好窝在乡下了。为了小妹的前途，我写信申请，父亲四处寻人说情，他是干了几十年教师工作，不愿涎着脸给人说那类话，但事情逼着他得跑动，每次都十分为难。他给我说过，他曾鼓很大勇气去找人，但当得知所找的人不在时，竟如释重载，暗自庆幸，虽然明日还得再找，而今天却免去一次受罪了。整整两年有余，小妹的工作有了着落，父亲喜欢得来人就请喝酒，他感激所有帮过忙的人，不论年龄大小皆视为贾家的恩人。但就在这时候，他患了癌病。担惊受怕的半年过去了，手术后身体一天天好起来，这一年春节父亲一定要我和妻子女儿回老家过年，多买了烟酒，好好欢度一番，没想年前两天，我的大妹夫突然出事故亡去。病后的父亲老泪纵横，以前手颤的旧病又复发，三番五次划火柴点不着烟。大妹带着不满一岁的外甥重又回住到我家，沉重的包袱又一次压在父亲的肩上。为了大妹的生活和出路，父亲又开始了比小妹当年就业更艰难的奔波，一次次的碰壁，一夜夜的辗转不眠。我不忍心看着他的劳累，甚至对他发火，他就再一次赶来给我说情况时，故意做出很轻松的样子，又总要说明他还有别的事才进城的。大妹终于可以吃商品粮了，甚至还去外乡做临时工作，父亲实想领大妹一块去乡政府报到，但癌病复发了，终未去成。父亲之所以在动了手术后延续了两年多的生命，他全是为儿女要办完最后一件事，当他办完事了竟不肯多活一月就溘然长逝。

俗话讲，人生的光景几节过，前辈子好了后辈子坏，后辈子好了前辈子坏，可父亲的一生中却没有舒心的日月。在他的幼年，家贫如洗，又常常遭土匪的绑票，三个兄弟先后被绑票过三次，每次都是变卖家产赎回，而年仅七岁的他，也竟在一个傍晚被人背走到几百里外。贾家受尽了屈辱，发誓要供养出一个出头的人，便一心要他读书。父亲提起那段生活，总是感激着三个大伯，说他夜里读书，三个大伯从几十里外扛木头回来，为了第二天再扛到二十里外的集市上卖个好价，成半夜在院中用石槌砸木头的大小截面，那种"咣咣"的响声使他不敢懒散，硬是读完了中学，成为贾家第一个有文化的人。此后的四五十年间，他们兄弟四人亲密无间，二十二口的大家庭一直生活到六十年代，后来虽然分家另住，谁家做一顿好吃的，必是叫齐别的兄弟。我记得父亲在邻县的中学任教时期，一直把三个堂兄带在身边上学，他转到哪儿，就带在哪儿，堂兄在学生宿舍里搭合铺，一个堂兄尿床，父亲就把尿床的堂兄叫去和他一块睡，一夜几次叫醒小便，但常常堂兄还是尿湿了床，害得父亲这头湿了睡那头，那头暖干了睡这头。我那时和娘住在老家，每年里去父亲那儿一次，我的伯父就用箩筐一头挑着我，一头挑着粮食翻山越岭走两天，我至今记得我在摇摇晃晃的箩筐里看夜空的星星，星星总是在移动，让我无法数清。当我参加了工作第一次领到了工资，三十九元钱先给父亲寄去了十元，父亲买了酒便请了三个伯父痛饮，听母亲说那一次父亲是醉了。那年我回去，特意跑了半个城买下一根特大的铝盒装的雪茄，父亲拆开了闻了闻，却还要叫了三个伯父，点燃了一口一口轮流着吸。大伯年龄大，已经下世十多年了，按常理，父亲应该照看着二伯和三伯先走，可谁也没想到，料理父亲丧事的竟是二伯和三伯。在盛殓的那个中午，贾家大小一片哭声，二伯和三伯老泪纵横，瘫坐在椅子上不得起来。

“文革”中，家乡连遭三年大旱，生活极度拮据，父亲却被诬陷为历史反革命关进了牛棚。正月十五的下午，母亲炒了家中仅有的一疙瘩肉盛在缸子里，伯父买了四包香烟，让我给父亲送去。我太阳落山时赶到他任教的学校，父亲已经遭人殴打过，造反派硬不让见，我哭着求情，终于在院子里拐角处见到了父亲，他黑瘦得厉害，才问了家里的一些情况，监管人就在一边催时间了。父亲送我走过拐角，却将缸子交给我，说：“肉你拿回去，我把烟留下就是了。”我出了院子的栅栏门，门很高，我只能隔着栅栏缝儿看父亲，我永远忘不了父亲呆呆站在那儿看我的神色。后来，父亲带着一身伤残被开除公职押送回家了，那是个中午，我正在山坡上拔草，听到消息扑回来，父亲已躺在床上，一见我抱了我就说：“我害了我娃了！”放声大哭。父亲是教了半辈子书的人，他胆小，又自尊，他受不了这种打击，回家后半年内不愿出门。但家庭从政治上、经济上一下子沉沦下来，我们常常吃了上顿没有下顿，自留地的苞谷还是嫩的便掰了回来，苞谷颗儿和穗儿一起在碾子上砸了做糊糊吃，麦子不等成熟，就收回用锅炒了上磨。全家唯一的指望的是那头猪，但猪总是长一身红绒，眼里出血似的盼它长大了，父亲领着我们兄弟将猪拉到十五里的镇上去交售，但猪瘦不够标准，收购站拒绝收。听说二十里外的邻县一个镇上标准低，我们决定重新去交，天不明起来，特意给猪喂了最好的食料，使猪肚撑得滚圆，我们却饿着，父亲说："今日把猪交了，咱父子仨一定去饭馆美美吃一顿！"这话极大地刺激了我和弟弟，赤脚冒雨将猪拉到了镇上。交售猪的队排得很长，眼看着轮到我们了，收购员却喊了一声："下班了！"关门去吃饭。我们迭声叫苦，没有钱去吃饭，又不能离开，而猪却开始排泄，先是一泡没完没了的尿，再是翘了尾巴要拉，弟弟急了，拿脚直踢猪屁股，但最后还是拉下来，望着那老大的一堆猪粪，我们明白那是多少钱的分量啊。骂猪，又骂收购员，最后就不骂了，因为我和弟弟已经毫无力气了。直等到下午上班，收购员过来在猪的脖子上捏捏，又在猪肚子上踹踹，头不抬地说："不够等级，下一个——"父亲首先急了，忙求着说："按最低等级收了吧。"收购员翻着眼训道："白给我也不收哩！"已经去验下一头猪了。父亲在那里站了好大一会儿，又过来蹲在猪旁边，他再没有说，手抖着在口袋里掏烟，但没有掏出来，扭头对我们说："回吧。"父子仨默默地拉猪回来。一路上再没有说肚子饥的话。

在那苦难的两年里，父亲耿耿于怀的是他蒙受的冤屈，几乎过三天五天就要我来写一份翻案材料寄出去。他那时手抖得厉害，小油灯下他讲他的历史，我逐字书写，寄出去的材料十分之九泥牛入海，而父亲总是自信十足。家贫买不起纸，到任何地方一发现纸就眼开，拿回来仔细裁剪，又常常纸色不同，以致后来父子俩谈起翻案材料只说“五色纸”就心照不宣。父亲幼年因家贫害过胃疼，后来愈过，但也在那数年间被野菜和稻糠重新伤了胃，这也便是他恶变胃癌的根因。当父亲终于冤案昭雪后，星期六的下午他总要在口袋装上学校的午餐，或许是一片烙饼，或是四个小素包子，我和弟弟便会分别拿了躲到某一处吃得最后连手也舔了，末了还要趴在泉里喝水涮口咽下去。我们不知道那是父亲饿着肚子带回来的，最最盼望每个星期六傍晚太阳落山的时候。有一次父亲看着我们吃完，问：“香不香？”弟弟说：“香，我将来也要当个教师！”父亲笑了笑，别过脸去。我那时稍大，说现在吃了父亲的馍馍，将来长大了一定买最好吃的东西孝敬父亲。父亲退休以后，孩子们都大了，我和弟弟都开始挣钱，父亲也不愁没有馍馍吃，在他六十四岁的生日我买了一盒寿糕，他却直怨我太浪费了。五月初他病加重，我回去看望，带了许多吃食，他却对什么也没了食欲，临走买了数盒蜂王浆，叮咛他服完后继续买，钱我会寄给他的，但在他去世后第五天，村上一个人和我谈起来，说是父亲服完了那些蜂王浆后曾去商店打问过蜂王浆的价钱，一听说一盒八元多，他手里捏着钱却又回来了。

父亲当然是普通的百姓，清清贫贫的乡间教师，不可能享那些大人物的富贵，但当我在城里每次住医院，看见有些人长期为病疗养而坐在铺有红地毯的活动室中玩麻将，我就不由得想到我的父亲。

在贾家族里，父亲是文化人，德望很高，以至大家分为小家，小家再分为小家，甚至村里别姓人家，大到红白喜丧之事，小到婆媳兄妹纠纷，都要找父亲去解决。父亲乐意去主持公道，却脾气急躁，往往自己也要生许多闷气。时间长了，他有了一定的权威，多少也有了以“势”来压的味道，他可以说别人不敢说的话，竟还动手打过一个不孝其父的逆子的耳光，这少不得就得罪了一些人。为这事我曾埋怨他，为别人的事何必那么认真，父亲却火了，说道：“我半个眼窝也见不得那些龌龊事！”父亲忠厚而严厉，胆小却疾恶如仇，他以此建立了他的人品和德行，也以此使他吃了许多苦头，受了许多难处。当他活着的时候，这个家庭和这个村子的百多户人家已习惯了父亲的好处，似乎并不觉得什么，而听到他去世的消息，猛然间都感到了他存在的重要。我守坐在灵堂里，看着多少人来放声大哭，听着他们哭诉“你走了，有什么事我给谁说呀？！”的话，我欣慰着我的父亲低微却崇高，平凡而伟大。

在我小小的时候，我是害怕父亲的，他对我的严厉使我产生惧怕，和他单独在一起，我说不出一句话，极力想赶快逃脱。我恋爱的那阵，我的意见与父亲不一致，那年月政治的味道特浓，他害怕女方的家庭成分影响了我，他骂我，打我，吼过我“滚”。在他的一生中，我什么都听从他，唯那件事使他伤透了心。但随着时代的变化，家庭出身已不再影响到个人的前途，但我妻子并未记恨他，像女儿一样孝敬他，他又反过来说我眼光比他准，逢人夸说儿媳的好处，在最后的几年里每年都喜欢来城中我的小家中住一个时期。但我在他面前，似乎一直长不大，直到我的孩子已经上小学了，一次他来城里，见面递给我一支烟来吸，我才知道我成熟了，有什么可以直接同他商量。父亲是一个普通的乡村教师，又受家庭生计所累，他没有高官显禄的三朋，也没有身缠万贯的四友，对于我成为作家，社会上开始有些虚名后，他曾是得意和自豪过。他交识的同行和相好免不了向他恭贺，当然少不了向他讨酒喝，父亲在这时候是极其的慷慨，身上有多少钱就掏多少钱，喝就喝个酩酊大醉。以致后来，有人在哪里看见我发表了文章，就拿着去见父亲索酒。他的酒量很大，原因一是“文革”中心情不好借酒消愁，二是后来为我的创作以酒得意，喝酒喝上了瘾，在很长的日子里天天都要喝的，但从不一人独喝，总是吆喝许多人聚家痛饮，又一定要母亲尽一切力量弄些好的饭菜招待。母亲曾经抱怨：家里的好吃好喝全让外人享用了！我也为此生过他的气，以拒绝喝酒而抗议，父亲真有一段时间也不喝酒了。一九八二年的春天，我因一批小说受到报刊的批评，压力很大，但并未透露一丝消息给他。他听人说了，专程赶三十里到县城去翻报纸，熬煎得几个晚上睡不着。我母亲没文化，不懂得写文章的事，父亲给她说的时候，她困得不时打盹，父亲竟生气得骂母亲。第二天搭车到城里见我，我的一些朋友恰在我那儿谈论外界的批评文章，我怕父亲听见，让他在另一间房内休息，等来客一走，他竟过来说：“你不要瞒我，事情我全知道了。没事不要寻事，有了事就不要怕事。你还年轻，要吸取经验教训，路长着哩！”说着又返身去取了他带来的一瓶酒，说：“来，咱父子都喝喝酒。”他先倒了一杯喝了，对我笑笑，就把杯子给我。他笑得很苦，我忍不住眼睛红了。这一次我们父子都重新开戒，差不多喝了一瓶。

自那以后，父亲又喝开酒了，但他从没有喝过什么名酒。两年半前我用稿费为他买了一瓶茅台，正要托人捎回去，他却来检查病了，竟发现患的是胃癌。手术后，我说："这酒你不能喝了，我留下来，等你将来病好了再喝。"我心里知道，父亲怕是再也喝不成了，如果到了最后不行的时候，一定让他喝一口。在父亲生命将息的第十天，我妻子陪送老人回老家，我让把酒带上。但当我回去后，父亲已经去世了，酒还原封未动。妻说：父亲回来后，汤水已经不能进，就是让喝酒，一定腹内烧得难受，为了减少没必要的痛苦，才没有给父亲喝。盛殓时，我流着泪把那瓶茅台放在棺内，让我的父亲在另一个世界上再喝吧。如今，我的文章还在不断地发表出版，我再也享受不到那一份特殊的祝贺了。

父亲只活了六十六岁，他把年老体弱的母亲留给我们，他把两个尚未成家的小妹留给我们，他把家庭的重担留给了从未担过沉的长子的我。对于父亲的离去，我们悲痛欲绝，对于离去我们，父亲更是不忍。当检查得知癌细胞已广泛转移毫无医治可能的结论时，我为了稳住父亲的情绪，还总是接二连三地请一些医生来给他治疗，事先给医生说好一定要表现出检查认真，多说宽心话。我知道他们所开的药全都是无济于事的，但父亲要服只得让他服，当然是症状不减，且一日不济一日，他说："平呀，现在咋办呢？"我能有什么办法呀，父亲。眼泪从我肚子里流走了，脸上还得安静，说："你年纪大了，只要心放宽静养，病会好的。"说罢就不敢看他，赶忙借故别的事走到另一个房间去抹眼泪。后来他预感到了自己不行了，却还是让扶起来将那苦涩的药面一大勺一大勺地吞在口里，强行咽下，但他躺下时已泪流满面，一边用手擦着一边说："你妈一辈子太苦，为了养活你们，舍不得吃，舍不得穿，到现在还是这样。我只说她要比我先走了，我会把她照看得好好的……往后就靠你们了。还有你两个妹妹……"母亲第一个哭起来，接着全家大哭，这是我们唯有的一次当着父亲的面痛哭。我真担心这一哭会使父亲明白一切而加重他的负担，但父亲反倒劝慰我们，他照常要服药，说他还要等着早已订好的国庆节给小妹结婚的那一天，还叮咛他来城前已给菜地的红萝卜浇了水，菜苗一定长得茂密，需要间一间。就在他去世的前五天，他还要求母亲去抓了两服中草药熬着喝。父亲是极不甘心地离开了我们，他一直是在悲苦和疼痛中挣扎，我那时真希望他是个哲学家或是个基督教徒，能透悟人生，能将死自认为一种解脱，但父亲是位实实在在的为生活所累了一生的平民，他的清醒的痛苦的逝去使我心灵不得安宁。当得知他在最后一刻终于绽出一个微笑，我的心多多少少安妥了一些。可以告慰父亲的是，母亲在悲苦中总算挺了过来。我们兄妹都一下子更加成熟，什么事都处理得很好。小妹的婚事原准备推迟，但为了父亲灵魂的安息，如期举办，且办得十分圆满。这个家庭没有了父亲并没有散落，为了父亲，我们都努力地活着。

按照乡间风俗，在父亲下葬之后，我们兄妹接连数天的黄昏去坟上烧纸和燃火，名曰"打怕怕"，为的是不让父亲一人在山坡上孤单害怕。冥纸和麦草燃起，灰屑如黑色的蝴蝶满天飞舞，我们给父亲说着话，让他安息，说在这面黄土坡上有我的爷爷奶奶，有我的大伯，有我村更多的长辈，父亲是不会孤单的，也不必感到孤单；这面黄土坡离他修建的那一院房子并不远，他还是极容易来家中看看，而我们更是永远忘不了他，会时常来探望他的。

写给母亲

人活着的时候，只是事情多，不计较白天和黑夜。人一旦死了，日子就堆起来：算一算，再有二十天，我妈就三周年了。

三年里，我一直有个奇怪的想法，就是觉得我妈没有死，而且还觉得我妈自己也不以为她就死了。常说人死如睡，可睡的人是知道要睡去，睡在了床上，却并不知道在什么时候睡着的呀。我妈跟我在西安生活了十四年，大病后医生认定她的各个器官已在衰竭，我才送她回棣花老家维持治疗。每日在老家挂上液体了，她也清楚每一瓶液体完了，儿女们会换上另一瓶液体的，所以便放心地闭了眼躺着。到了第三天的晚上，她闭着的眼再没有睁开，但她肯定还是认为她在挂液体了，没有意识到从此再不醒来，因为她躺下时还让我妹把给她擦脸的毛巾洗一洗，梳子放在了枕边，系在裤带上的钥匙没有解，也没有交代任何后事啊。

三年以前我每打喷嚏，总要说一句：这是谁想我呀？我妈爱说笑，就接茬说：谁想哩，妈想哩！这三年里，我的喷嚏尤其多，往往错过吃饭时间，熬夜太久，就要打喷嚏，喷嚏一打，便想到我妈了，认定是我妈还在牵挂我哩。

我妈在牵挂着我，她并不以为她已经死了，我更是觉得我妈还在，尤其我一个人静静地待在家里，这种感觉就十分强烈。我常在写作时，突然能听到我妈在叫我，叫得很真切，一听到叫声我便习惯地朝右边扭过头去。从前我妈坐在右边那个房间的床头上，我一伏案写作，她就不再走动，也不出声，却要一眼一眼看着我，看得时间久了，她要叫我一声，然后说：世上的字你能写完吗，出去转转么。现在，每听到我妈叫我，我就放下笔走进那个房间，心想我妈从棣花来西安了？当然是房间里什么也没有，却要立上半天，自言自语我妈是来了又出门去街上给我买我爱吃的青辣子和萝卜了。或许，她在逗我，故意藏到挂在墙上的她那张照片里，我便给照片前的香炉里上香，要说上一句：我不累。

整整三年了，我给别人写过了十多篇文章，却始终没给我妈写过一个字，因为所有的母亲，儿女们都认为是伟大又善良，我不愿意重复这些词语。我妈是一位普通的妇女，缠过脚，没有文化，户籍还在乡下，但我妈对于我是那样的重要。已经很长时间了，虽然再不为她的病而提心吊胆了，可我出远门，再没有人啰啰唆唆地叮咛着这样叮咛着那样，我有了好吃的好喝的，也不知道该送给谁去。

在西安的家里，我妈住过的那个房间，我没有动一件家具，一切摆设还原模原样，而我再没有看见过我妈的身影。我一次又一次难受着给自己说，我妈没有死，她是住回乡下老家了。今年的夏天太湿太热，每晚被湿热醒来，恍惚里还想着该给我妈的房间换个新空调了。待清醒过来，又宽慰着我妈在乡下的新住处里，应该是清凉的吧。

三周年的日子一天天临近，乡下的风俗是要办一场仪式的，我准备着香烛花果，回一趟棣花了。但一回棣花，就要去坟上，现实告诉着我妈是死了，我在地上，她在地下，阴阳两隔，母子再也难以相见，顿时热泪肆流，长声哭泣啊。

人病

我突然患了肝病，立即像当年的四类分子一样遭到歧视。我的朋友已经很少来串门了，偶尔有不知我患病消息的来，一来又嚷着要吃要喝，行立坐卧狼藉无序，我说，我是患肝炎了，他们那么一呆，接着说："没事的，能传染给我吗？！"但饭却不吃了，茶也不喝，抽自己口袋的劣烟，立即拍着脑门叫道："哎哟，瞧我这记性，我还要去 ×× 处办一件事的！"我隔窗看见他们下了楼，去公共水龙头下冲洗，一遍又一遍，似乎那双手已成了狼爪，恨不能剁断了去。末了还凑近鼻子闻闻。肝炎病毒是能闻出来的吗？蠢东西！有一位爱请客的熟人，十天半月就要请一次有地位的人，每一次还要拉我去作陪，说是"寒舍生辉"。这丈夫就又邀了我去，妇人当然热情，但我看出了她眉宇间的忧愁，我也知道她的为难了，说，多给我一个碟子一双筷子吧。

我用一双筷子把大盆的菜夹到我的小碟里，再用另一双筷子从小碟夹菜送到我口中。我笑着对被请的那位领导说："我现在和你一样了，你平日是一副眼镜，看戏是一副眼镜，批文件又是另一副眼镜。”吃罢了，我叮咛妇人要将我的碗筷蒸煮消毒，妇人说：哪里，哪里。我才出门，却听见一阵瓷的破碎声，接着是撵猫的声，我明白我用过的碗筷全摔破在垃圾筐，那猫在贪吃我的剩菜，为了那猫的安全，猫挨了一脚。这样的刺激使我实在受不了，我开始不大出门，不参加任何集会，不去影院，不乘坐公共车。从此，我倒活得极为清静，左邻右舍再不因我家的敲门声而难以午休，遇着那些可见可不见的人数米外抱拳一下就敷衍了事了，领导再不让我为未请假的事一次又一次交检讨了，那些长舌妇和长舌男也不用嘴凑在我的耳朵上是是非非了。我遇到任何难缠的人和难缠的事，一句“我患了肝炎”，便是最好的遁词。妻子说：“你总是宣讲你的病，让满世界都知道了歧视你吗？”我的理由是，世界上的事，若不让别人尴尬，也不让自己尴尬，最好的办法就是自我作践。比如我长得丑，就从不在女性面前装腔作势，且将五分的丑说到十分的丑，那么丑中倒有它的另一可爱处了。相声艺术里不就是大量运用这种办法吗？见人我说我有肝病，他们防备着我的接触而不伤和气，我被他们防备着接触亦不感到难下台，皆大欢喜，自贱难道不是一种维护自己尊严的妙着良方吗？再者，别人问起：你这些年是怎么混的，怎么没有更多的作品出版，怎么没有当个 ×× 长，怎么没能出国一趟，怎么阳台上没植花鸟笼里没养鸟，怎么只生个女孩，怎么不会跳舞，没个情人，没一封读者来信是姑娘写的？“我是患了肝炎呀！”一句话就回答了。

但是，人毕竟是群居动物，当我一个人独处的时候，不禁无限地孤独和寂寞。

唯有父亲和母亲、妻子和女儿亲近我，他们没有开除我的家籍。他们越是待我亲近，我越是害怕病毒传染给他们。我与他们分餐，我有我的脸盆、毛巾、碗筷、茶缸，且各有固定的存放处。我只坐我的座椅，我用脚开门关门，我瞄准着马桶的下泄口小便。他们不忍心我这样，我说：这不是个感情问题！我恼怒着要求妻子女儿只能向我做飞吻的动作，每夜烧两盘蚊香，使叮了我血的蚊子不能再去叮我的父母，我却被蚊香熏得头疼。我这样做的时候，我的心在悄悄滴泪，当他们用滚开的热水烫泡我的衣物，用高压锅蒸熏我的餐具，我似乎觉得那烫泡的、蒸熏的是我的一颗灵魂。我成了一个废人了，一个可怕的魔鬼了。

我盼望我的病能很快好起来，可惜几年间吃过了几篓中药、西药，全然无济于事。我笑我自己一生的命运就是写作挣钱，挣了钱就生病吃药，现在真正成了什么都没有就是有病，什么都有就是没钱。我平日是不吃荤的，总是喜食素菜，如今数年里吃药草，倒怀疑有一日要变成牛和羊。说不定前世就是牛羊所变的吧。

我终于要求住进了传染病院。

病院里，我们像囚犯一样要穿病服，要限制行动于一个极小的院子里，虽然那院墙是铁制的栅栏，可以看见外边的人。但看见了外边行人穿着花花绿绿行走，就顿生列入另册的凄凉。我们渴望自由，每天打过吊针之后，就在院子里看红红的太阳，看涌动的云，弄着嘴唇逗引栅栏外树上的小鸟。小鸟却飞走了，落下那一根或两根的羽毛，我们皆如年节的小孩抢拾炮仗一样去争捡个不亦乐乎。这行动被栅栏外的一个孩子瞧着，那小小的眼睛里充满了在动物园看笼中动物的神气，他竟大胆地走近了几步。他的母亲，一个肥胖的女人就喊："走远点，那是传染病！"这话使我潸然泪下，我只有背过身去，默默地注视着院中的一片玫瑰花和花坛台上的一群黑色的蚂蚁。啊，美丽而善良的玫瑰不怕传染，依旧花红如血，勇敢的蚂蚁不怕传染，依旧在为我们表演负重的远距离的运动。这一个夜晚我们皆要等到很晚方回去睡觉，迎接那依旧洁亮的月亮，它随我们到了栅栏里，它不嫌弃。

我们最不喜欢看到的是栅栏角上的那一个蜘蛛网，它好大，状若一个笸篮，为我平生之少见。我们傍晚用竿子挑破它，第二天，它又完好无缺，像一个通了电的铁网，又像是监视我们行动的雷达。我们无可奈何。开始产生了一个恶毒的念头，后悔我们为什么要声张自己是肝炎患者？为什么要来住传染病院？人们在歧视我们，我们何不到人群广众中去，要吃大桌饭、要挤公共车、要进影剧院，甚至对着那些歧视者偏去摸他们的手脸，对着他们打哈欠、吐唾沫。那么，我们就是他们中的一员，他们就和我们是一样的人了！

病院中的人都是面色青黄，目光空洞，步履虚弱。看着他们的形象我也知道自己的模样。我们是忌讳用镜子的，但我们对黄色并不反感，黄在中国是皇权的象征，于世界也是流行色。于是我们都显得亲热，在过道上、院子里，谁和谁见了都要点头，微笑也随之绽开，似乎我们有缘分，数十年前就认识似的，互相询问名姓和单位。医生和护士是从不唤我们名姓的，直呼床号。世界上叫号的只有监狱和病院。我先是“+ 235”，后一个病号出院了，我正式成了“235”。“235！ 235！”这是在卖饭了，饭勺不挨着我的碗，热汤几次就淋到我的手上。“235！ 235！”这是护士在送体温表了，她们查看了温度便去我们看得见的地方洗手。我先是极不习惯这种代号，但后来想通了，“贾平凹”不也是一个代号吗？虽然 235 不是爹妈为我起的名字，可现在满社会不是都在叫“张书记”“李主任”“刘主席”吗？我在打吊针的时候，目光一直是看着天花板的，天花板很洁净，而我还是看出了上边的细小的纹路，并且从这纹路上看出了众多的鱼虫山水人物。有人说，天花板是病人的一部看不完的书，这话真对。然后我在琢磨“+ 235”，想，有个“+”号，这是不吉利的，因为乙肝之所以是乙肝，就是各项指标是阳性，阳性表示出来就是“+”号。待到正式为“235”了，我思索 235 三位数相加是 10，这还好不是个 13，但 10 也是不好，应该是 9 恰好，围棋的最高段位不就是 9 吗？中国人是爱好 3、6、9 的，幸喜有个 3 字。

在医院的西楼角，也即在厕所的旁边，是有一株古槐的，古槐的树杈上白天常见到卧一个猫头鹰。每到夜里，它就叫了，它一叫，我们都惊慌起来，肯定在第二日，最迟不超过第三日，定要抬出去一个的。这不是迷信，一定是猫头鹰闻着了欲亡人的气味在鸣叫。大家都走出来，默默地目注着一个裹着床单的躯体去太平间。他永远太平无烦恼苦痛了。他的毛巾、牙具被拿出来放在窗台，他的母亲或他的妻子在地上滚着哭。那条床单也折价永远归了他。他或许不忍心家属的啼哭，或许满意这床单的便宜，或许在向我们作别，这时候，有许多苍蝇在嗡嗡飞，哪一只是他的灵魂所变呢？我们无声地祈祷他灵魂安妥，却不愿有苍蝇落在我们身上。从此，我们皆害怕猫头鹰，但我们没有一个人敢诅咒它，更没有人动手去打杀它，甚至连这么个念头都不曾有。当一日数次去厕所经过古槐下，都不自觉地往树杈上看看，那是惊慌的一看，也是盼望的一看，我们在心中默默地向它祈祷，企望它能饶恕了自己。我至此方明白了人人恨阎王却还要给他修庙塑像称他是阎王爷的原因，而猫头鹰也该是称作爷的，也该是有庙和塑像的。人怕什么，又奈何不了，人就想着法儿去讨好、去供奉，这就是世上神的产生。猫头鹰就是一个神的。

在这个监狱似的天地里，我们这些病人是互不歧视的，它同监狱的区别正在这里。犯人是要互相监督互相打小报告而争取减刑，这是因为他们以前曾经“犯”过人，以犯人入狱，又以犯人减刑出狱。我们患了病，并不是企图犯人，入院的一半是为了自己，一半也是为了不犯别人，所以我们互相关心、体贴。每有一个出院，我们欢欣庆贺他们的康复，也为了自己能治好而增加自信。一个病人进来，我们少半为又要认识一个朋友而高兴，多半却为他也染了病又悲伤。我们欢迎他的仪式虽不是握手和拥抱，却提醒他怎样买饭票，怎样服药，怎样不必悲观。病友和学友的感情一样珍贵，有待我们统统治愈出院后，我们在社会上仍可以形成一个关系网，这个关系网是受歧视之下，在生与死的分界线上建立的天长地久的友谊，它比那些互为利用的商网、情网、乌七八糟的网纯净高尚得多。

我们失却了社会上所谓的人的意义，我们却获得了崭新的人的真情，我们有了宝贵的同情心和怜悯心，理解了宽容和体谅，热爱了所有的动物和植物，体会到了太阳的温暖和空气的清新。说老实话，这里的档案袋只有我们的病史而没有政史，所以这里没有猜忌，没有幸灾乐祸，没有钩心斗角，没有落井下石，没有势利和背弃，我们共同的敌人只是乙肝病毒。男女没有私欲，老少没有代沟。不酗酒，不赌博，按时作休，遵守纪律，单人单床，不纳妓宿娼，贵贱都同样吃药，从没人像官倒爷那样贪婪而嗜药成性。医护是我们的菩萨，我们给他们发出的笑是真正从心底来的，没有虚伪。猫头鹰是我们的上帝，我们畏惧而崇拜，没有丝毫的敷衍。我们为花坛中的那一片玫瑰浇水除草，数得清那共有多少花瓣，也记载了多少片落花被我们安葬。那洞穴的蚂蚁和檐下的壁虎，我们差不多认得了谁是谁的父母和儿女。我们虽然是坏了肝的人，但我们的心脏异常的好。

据说，在我们中国，患乙肝的是十个人中就有一个或两个的，我们这些人差不多都是在偶然的体检时发现病的。所以，当我站在铁栅栏内向外张望那些歧视我们的人群时，总作想：别神气十足以为你们干净吧，或许，你们是没有查出乙肝的病人，我们是查出了乙肝的健康人！中国人这么多，如果逐个查检一下，这里就是一个多大的世界了，那么，都能来这里待待，人际的感情恐怕要比铁栅栏之外好得多呢。

我们是病人，人却都病了，我的猫头鹰上帝！

我不是个好儿子

在我四十岁以后，在我几十年里雄心勃勃所从事的事业、爱情遭受了挫折和失意，我才觉悟了做儿子的不是。母亲的伟大不仅在于生下血肉的儿子，还在于她并不指望儿子的回报，不管儿子离她多远又回来多近，她永远使儿子有亲情，有力量，有根有本。人生的车途上，母亲是加油站。

母亲一生都在乡下，没有文化，不善说会道，飞机只望见过天上的影子。她并不清楚我在远远的城里干什么，唯一晓得的是我能写字，她说我写字的时候眼睛在不停地眨，就操心我的苦，“世上的字能写完？！”一次一次地阻止我。前些年，母亲每次到城里小住，总是为我和孩子缝制过冬的衣物，棉花垫得极厚，总害怕我着冷，结果使我和孩子都穿得像狗熊一样笨拙。她过不惯城里的生活，嫌吃油太多，来人太多，客厅的灯不灭，东西一旧就扔，说：“日子没乡下整端。”最不能忍受我们打骂孩子，孩子不哭，她却哭，和我闹一场后就生气回乡下去。母亲每一次都高高兴兴来，每一次都生了气回去。回去了，我并未思念过她，甚至一年一年的夜里不曾梦着过她。母亲对我的好是我不觉得了母亲对我的好，当我得意的时候我忘记了母亲的存在，当我有委屈了就想给母亲诉说，当着她的面哭一回鼻子。

母亲姓周，这是从舅舅那里知道的，但母亲叫什么名字，十二岁那年，一次与同村的孩子骂仗——乡下骂仗以高声大叫对方父母名字为最解气的——她父亲叫鱼，我骂她鱼，鱼，河里的鱼！她骂我：蛾，蛾，小小的蛾！我清楚了母亲是叫周小蛾的。大人物之所以大人物，是名字被千万人呼喊，母亲的名字我至今没有叫过，似乎也很少听老家村子里的人叫过，但母亲不是大人物却并不失却她的伟大，她的老实、本分、善良、勤劳在家乡有口皆碑。现在有人讥讽我有农民的品性，我并不羞耻，我就是农民的儿子，母亲教育我的忍字，使我忍了该忍的事情，避免了许多祸灾发生，而我的错误在于忍了不该忍的事情，企图以委曲求全却未能求全。

七年前，父亲做了胃癌手术，我全部的心思都在父亲身上。父亲去世后，我仍是常常梦到父亲，父亲依然还是有病痛的样子，醒来就伤心落泪，要买了阴纸来烧。在纸灰飞扬的时候，突然间我会想起乡下的母亲，又是数日不安，也就必会寄一笔钱到乡下去。寄走了钱，心安理得地又投入到我的工作中了，心中再也没有母亲的影子。老家的村子里，人人都在夸我给母亲寄钱，可我心里明白，给母亲寄钱并不是我心中多么有母亲，完全是为了我的心理平衡。而母亲收到寄去的钱总舍不得花，听妹妹说，她把钱没处放，一卷一卷塞在床下的破棉鞋里，几乎让老鼠做了窝去。我埋怨过母亲，母亲说：“我要那么多钱干啥？零着攒下了将来整着给你。你们都精精神神了，我喝凉水都高兴的，我现在又不至于喝着凉水！”去年回去，她真的把积攒的钱要给我，我气恼了，要她逢集赶会了去买个零嘴儿吃，她果然一次买回了许多红糖，装在一个瓷罐儿里，但凡谁家的孩子去她那儿了，就三个指头一捏，往孩子嘴一塞，再一抹。孩子们为糖而来，得糖而去，母亲笑着骂着“喂不熟的狗！”末了就呆呆地发半天愣。

母亲在晚年是寂寞的，我们兄妹就商议了，主张她给大妹看管孩子，有孩子占心，累是累些，日月总是好打发的吧。小外甥就成了她的尾巴，走到哪儿带到哪儿。一次婆孙到城里来，见我书屋里挂有父亲的遗像，她眼睛就潮了，说：“人一死就有了日子了，不觉是四个年头了！”我忙劝她，越劝她越流下泪来。外甥偏过来对着照片要爷爷，我以为母亲更要伤心的，母亲却说：“爷爷埋在土里了。”孩子说：“土里埋下什么都长哩，爷爷埋在土里怎么不再长个爷爷？”母亲竟没有恼，倒破涕而笑了。母亲疼孩子爱孩子，当着众人面要骂孩子没出息，这般的大了夜夜还要噙着她的奶头睡觉，孩子就羞了脸，过来捂她的嘴不让说。两人绞在一起倒在地上，母亲笑得直喘气。我和妹妹批评过母亲太娇惯孩子，她就说：“我不懂教育嘛，你们怎么现在都英英武武的？！”我们拗不过她，就盼外甥永远长这么大。可外甥如庄稼苗一样，见风生长，不觉今年要上学了，母亲显得很失落，她依然住在妹妹家，急得心火把嘴角都烧烂了。我想，如果母亲能信佛，每日去寺院烧香，回家念经就好了，但母亲没有那个信仰。后来总算让邻居的老太太们拉着天天去练气功，我们做儿女的心才稍有了些踏实。

小时候，我对母亲的印象是她只管家里人的吃和穿，白日除了去生产队出工，夜里总是洗萝卜呀，切红薯片呀，或者纺线，纳鞋底，在门闩上拉了麻丝合绳子。母亲不会做大菜，一年一次的蒸碗大菜，父亲是亲自操作的，但母亲的面条擀得最好，满村出名。家里一来客，父亲说：吃面吧。厨房一阵案响，一阵风箱声，母亲很快就用箕盘端上几碗热腾腾的面条来。客人吃的时候，我们做孩子的就被打发着去村巷里玩，玩不了多久，我们就偷偷溜回来，盼着客人是否吃过了，是否有剩下的。果然在锅底里就留有那么一碗半碗。在那困难的年月里，纯白面条只是待客，没有客人的时候，中午可以吃一顿苞谷糁面，母亲差不多是先给父亲捞一碗，然后下些浆水和菜，连菜带面再给我们兄妹捞一碗，最后她的碗里就只有苞谷糁和菜了。那时少粮缺柴的，生活苦巴，我们做孩子的并不愁容满面，平日倒快活得要死，最烦恼的是帮母亲推磨子了。常常天一黑母亲就收拾磨子，在麦子里掺上白苞谷或豆子磨一种杂面，偌大的石磨她一个人推不动，就要我和弟弟合推一个磨棍，月明星稀之下，走一圈又一圈，昏头晕脑地发迷怔。磨过一遍了，母亲在那里筛箩，我和弟弟就趴在磨盘上瞌睡。母亲喊我们醒来再推，我和弟弟总是说磨好了，母亲说再磨几遍，需要把麦麸磨得如蚊子翅膀一样薄才肯结束。我和弟弟就同母亲吵，扔了磨棍怄气。母亲叹叹气，末了去敲邻家的屋子，哀求人家：二嫂子，二嫂子，你起来帮我推推磨子！人家半天不吱声，她还在求，说："咱换换工，你家推磨子了，我再帮你……孩子明日要上学，不敢耽搁娃的课的。"瞧着母亲低声下气的样子，我和弟弟就不忍心了，揉揉鼻子又把磨棍拿起来。母亲操持家里的吃穿琐碎事无巨细，而家里的大事，母亲是不管的，一切由当教师的星期天才能回家的父亲做主。在我上大学的那些年，每次寒暑假结束要进城，头一天夜里总是开家庭会，家庭会差不多是父亲主讲，要用功学习呀，真诚待人呀，孔子是怎么讲，古今历史上什么人是如何奋斗的，直要讲两三个小时。母亲就坐在一边，为父亲不住吸着的水烟袋卷纸媒，纸媒卷了好多，便袖了手打盹儿。父亲最后说："你妈还有啥说的？"母亲一怔方清醒过来，父亲就生气了："瞧你，你竟能睡着？！"训几句。母亲只是笑着，说："你是老师能说，我说啥呀？"大家都笑笑，说天不早了，睡吧，就分头去睡。这当儿母亲却精神了，去关院门，关猪圈，检查柜盖上的各种米面瓦罐是否盖严了，防备老鼠进去，然后就收拾我的行李，然后一个人去灶房为我包天明起来吃的素饺子。

父亲去世后，我原本立即接她来城里住，她不来，说父亲三年没过，没过三年的亡人会有阳灵常常回来的，她得在家顿顿往灵牌前贡献饭菜。平日太阳暖和的时候，她也去和村里一些老太太们摸花花牌，她们玩的是两分钱一个注儿，每次出门就带两角钱三角钱，她塞在袜筒。她养过几只鸡，清早一开鸡棚，一一要在鸡屁股里揣揣有没有蛋要下，若揣着有蛋，半晌午摸牌就半途赶回来收拾产下的蛋。可她不大吃鸡蛋，只要有人来家坐了，却总热惦着要烧煎水，煎水里就卧荷包蛋。每年院里的梅李熟了，总摘一些留给我，托人往城里带，没人进城，她一直给我留着，“平爱吃酸果子”，她这话要唠叨好长时间，梅李就留到彻底腐烂了才肯倒去。她在妹妹家学练了气功，我去看她，未说几句话就叫我到小房去，一定要让我喝一个瓶子里的凉水，不喝不行，问这是怎么啦，她才说是气功师给她的信息水，治百病的，“你要喝的，你一喝肝病或许就好了！”我喝了半杯，她就又取苹果橘子让我吃，说是信息果。

我成不成为什么专家名人，母亲一向是不大理会的，她既不晓得我工作的荣耀，我工作上的烦恼和苦闷也就不给她说。一部《废都》，国之内外怎样风雨不止，我受怎样的赞誉和攻击，母亲未说过一句话。当知道我已孤单一人，又病得住了院，她悲伤得落泪，要到城里来看我，弟妹不让她来，不领她，她气得在家里骂这个骂那个，后来冒着风雪来了，她的眼睛已患了严重的疾病，却哭着说：“我娃这是什么命啊？！”

我告诉母亲，我的命并不苦的，什么委屈和劫难我都可以受得，少年时期我上山砍柴，挑百十斤的柴担在山砭道上行走，因为路窄，不到固定的歇息处是不能放下柴担的，肩膀再疼腿再酸也不能放下柴担的，从那时起我就练出了一股韧劲。而现在最苦的是我不能亲自伺候母亲！父亲去世了，作为长子，我是应该为这个家操心，使母亲在晚年活得幸福，但现在既不能照料母亲，反倒让母亲还为儿子牵肠挂肚，我这做的是什么儿子呢？把母亲送出医院，看着她上车要回去了，我还是掏出身上仅有的钱给她，我说，钱是不能代替了孝顺的，但我如今只能这样啊！母亲懂得了我的心，她把钱收了，紧紧地握在手里，再一次整整我的衣领，摸摸我的脸，说我的胡子长了，用热毛巾捂捂，好好刮刮，才上了车。眼看着车越走越远，最后看不见了。我回到病房，躺在床上开始打吊针，我的眼泪默默地流下来。

六十岁后观我记

一、书案上时常发现一根头发。这头发是自己的，却不知是什么时候掉的。摸着秃顶说：草长在高山巅上到底还是草，冬一来，就枯了！

二、听人说，突然地打一个喷嚏定是谁在想念，打两个喷嚏是谁在咒骂，连打三个喷嚏就是感冒呀。唉，宁愿感冒，也不去追究情人和仇人了，心脏已经平庸，经不住悲，经不住喜，跳动的节奏一乱，就得出一身的冷汗。

三、一直以为身子里装着一台机器，没想到还似乎住了个别的，或许是肠胃里，或许是喉咙里和鼻腔里，总觉得有说话声。说些什么，又听不懂。

四、脚老是冷，尤其怕风，睡觉首先得把被角窝好，但弄不明白往往脚上不舒服了，牙咋就疼。疼得拔掉了四颗，从此少了四块骨头，再不吃肉。

五、自感新添了一种本事，能在人里认出哪一个是狼变的，哪一个是鬼托生。但不去说破。开始能与高官处得，与乞丐也处得，凡是来家都是客，走时要送到楼道的电梯口了，说：这是村口啊！

六、花不了多少钱了，钱就是纸，喝不了多少酒了，酒就是水。不再上台站，就不再看风景，不在其位，就不再作声。钟不悬，看钟就是一疙瘩铁么。

七、吃得越来越简单，每顿就是一碗饭，却过生日不告诉人了，自己给自己写一条幅：补粮。并题款：寿之长短在于吃粮多少，故今日补粮三百担。

八、是相信着有神，为了受命神的安排而沉着，一是在家里摆许多玉，因为古书上有神食玉的记载，二是继续多聚精神写作，聚精才能会神。

九、肯花大量的精力和钱去收购佛像了，为的是不让它成为商品在市场上反复流转。每日都焚香礼佛了，然后坐下来吃纸烟，吃纸烟自敬。

十、啥都能耐烦了。

十一、不再使用最字。晓得了生活中没有什么是最好，也没有什么是最坏。不再说谎，即使是没恶意，说一个谎就需要十个谎来圆，得不偿失，又太累人。

十二、没有了见到新土地就想着去撒种子的冲动，也戒了在雪上踩泥脚印子的习惯。但美人还是爱的，而且乐意与其照相，想着怎样去衬出人家的美。

十三、早晚都喜欢开窗看天，天气就是天意，该热了减衫，该冷了着棉。养两盆绿萝，多注目绿萝，叶子就繁，像涂了蜡一样光亮。养一只大尾巴猫，猫尾大了懒，会整日地卧在桌前打鼾，倒觉得坦然。

十四、劈自家的柴生自家的火吧。火小时一碗水就浇灭了，不怨水；火大了泼一桶水都是油，感谢油。

十五、蜂酿蜜如果是在遣天毒，自己几十年也是积毒太多，就不拒绝任何人任何事了，包括吃亏、受骗、委屈和被诽谤，自我遣毒着，别人也替代着遣毒。

十六、每到大年三十夜里，肯定回老家去父母坟头点灯，知道自己是从哪儿来的。大年初一早上，肯定拿出规划来补充，六十五到七十，七十到八十九十一百，哪一年都干啥，哪一月都干啥，越具体越好。生命是以有价值而存在的，有那么多的事情往前做，阎王就不来招呼，身体也会只有小病不致有大病了。

女儿婚事上的讲话

我二十七岁有了女儿，多少个艰辛和忙乱的日子里，总盼望着孩子长大，她就是长不大，但突然间她长大了，有了漂亮、有了健康、有了知识，今天又做了幸福的新娘！我的前半生，写下了百十余部作品，而让我最温暖的也最牵肠挂肚和最有压力的作品就是贾浅。她诞生于爱，成长于爱中，是我的淘气，是我的贴心小棉袄，也是我的朋友。我没有男孩，一直把她当男孩看，贾氏家族也一直把她当作希望之花。我是从困苦境域里一步步走过来的，我发誓不让我的孩子像我过去那样的贫穷和坎坷，但要在“长安居大不易”，我要求她自强不息，又必须善良、宽容。二十多年里，我或许对她粗暴呵斥，或许对她无为而治，贾浅无疑是做到了这一点。当年我的父亲为我而欣慰过，今天，贾浅也让我有了做父亲的欣慰。因此，我祝福我的孩子，也感谢我的孩子。

女大当嫁，这几年里，随着孩子的年龄增长，我和她的母亲对孩子越发感情复杂，一方面是她将要离开我们，一方面是迎接她的又是怎样的一个未来？我们祈祷着她能受到爱神的光顾，觅寻到她的意中人，获得她应该有的幸福。终于，在今天，她寻到了，也是我们把她交给了一个优秀的俊朗的贾少龙！我们两家大人都是从乡下来到城里，虽然一个原籍在陕北，一个原籍在陕南，偏偏都姓贾，这就是神的旨意，是天定的良缘。两个孩子生活在富裕的年代，但他们没有染上浮华习气，成长于社会变型时期，他们依然纯真清明，他们是阳光的、进步的青年，他们的结合，以后的日子会快乐、灿烂！

在这庄严而热烈的婚礼上，作为父母，我们向两个孩子说三句话。第一句，是一副对联：一等人忠臣孝子，两件事读书耕田。做对国家有用的人，做对家庭有责任的人。好读书能受用一生，认真工作就一辈子有饭吃。第二句话，仍是一句老话："浴不必江海，要之去垢；马不必骐骥，要之善走。"做普通人，干正经事，可以爱小零钱，但必须有大胸怀。第三句话，还是老话："心系一处。"在往后的岁月里，要创造、培养、磨合、建设、维护、完善你们自己的婚姻。

今天，我万分感激着爱神的来临，它在天空星界，江河大地，也在这大厅里，我祈求着它永远地关照着两个孩子！我也万分感激着从四面八方赶来参加婚礼的各行各业的亲戚朋友，在十几年、几十年的岁月中，你们曾经关注、支持、帮助过我的写作、身体和生活，你们是我最尊重和铭记的人，我也希望你们在以后的岁月里关照、爱护、提携两个孩子，我拜托大家，向大家鞠躬！

读书示小妹十八生日书

七月十七日，是你十八生日，辞旧迎新，咱们家又有一个大人了。贾家在乡里是大户，父辈那代兄弟四人，传到咱们这代，兄弟十个，姊妹七个；我是男儿老八，你是女儿最小。分家后，众兄众姐都英英武武有用于社会，只是可怜了咱俩。我那时体单力孱，面又丑陋，十三岁看去老气犹如二十，村人笑为痴傻，你又三岁不能言语，哇哇只会啼哭，父母年纪尚老，恨无人接力，常怨咱这一门人丁不达。从那时起，我就羞于在人前走动，背着你在角落玩耍；有话无人可说，言于你你又不能回答，就喜欢起书来。书中的人对我最好，每每读到欢心处，我就在地上翻着筋斗，你就乐得直叫，读到伤心处，我便哭了，你见我哭了，也便趴在我身上哭。但是，更多的是在沙地上，我筑好一个沙城让你玩，自个儿躺在一边读书，结果总是让你尿湿在裤子上，你又是哭，我不知如何哄你，就给你念书听，你竟不哭了，我感激地抱住你，说："我小妹也是爱书人啊！"东村的二旦家，其父是老先生，家有好多藏书，我背着你去借，人家不肯，说要帮着推磨子。我便将你放在磨盘顶上，教你拨着磨眼，我就抱着磨棍推起磨盘转，一个上午，给人家磨了三升苞谷，借了三本书，我乐得去亲你，把你的脸蛋都咬出了一个红牙印儿。你还记得那本《红楼梦》吗？那是你到了四岁，刚刚学会说话，咱们到县城姨家去，我发现柜里有一本书，就蹲在那里看起来，虽然并不全懂，但觉得很有味道。天快黑了，书只看了五分之一，要回去，我就偷偷将书藏在怀里。三天后，姨家人来找，说我是贼，我不服，两厢骂起来，被娘打过一个耳光。我哭了，你也哭了，娘也抱住咱们哭，你那时说："哥哥，我长大了，一定给你买书！"小妹，你那一句话，给了兄多大安慰，如今我一坐在书房，看着满架书籍，我就记想那时的可怜了。

咱们不是书香门第，家里一直不曾富绰，即使现在，父母和你还在乡下，地分了，粮是不短缺了，钱却有出没入，兄虽每月寄点儿，也只能顾住油盐酱醋，比不得会做生意的人家。但是，穷不是咱们的错，书却会使咱们位低而人品不微，贫困而志向不贱。这个社会，天下在振兴，民族在发奋，咱们不企图做官，以仕途之路做功于国家，但作为凡人百姓，咱们却只有读书习文才能有益于社会啊。你也立志写作，兄很高兴，你就要把书看重，什么都不要眼红，眼红读书，什么朋友都可抛弃，但书之友不能一日不交。贫困倒是当作家的准备条件，书是忌富，人富则思惰，你目下处境正好逼你静心地读书，深知书中的精义。这道理人往往以为不信，走过来了方才醒悟，小妹可将我的话记住，免得以后悔之不及。

兄在外已经十年，自不敢忘了读书，所作一二篇文章，尽属肤浅习作，愈是读书不已。过了二月二十一日，已到了而立之年，才更知立身难，立德难，立文难。夜读《西游记》，悟出“取经唯诚，伏怪以力”，不觉怀多感激，临风而叹息。兄在你这般年纪，读书目过能记，每每是借来之书，读得也十分注重，而今桌上、几上、案上、床上，满是书籍，却常常读过十不能记下四五，这全是年龄所致也，我至今只有以抄写辅助强记，但你一定要珍惜现在年纪，多多读书啊。

既有条件，读书万万不能狭窄。文学书要读，政治书要读，哲学、历史、美学、天文、地理、医药、建筑、美术、乐理……凡能找到的书，都要读读。若读书面窄，借鉴就不多，思路就不广，触一而不能通三。但是，切切又不要忘了精读，真正的本事掌握，全在于精读。世上好书，浩如烟海，一生不可能读完，且又有的书虽好，但不能全为之喜爱，如我一生不喜食肉，但肉却确实是世上好东西。你若喜欢上一本书了，不妨多读：第一遍可囫囵吞枣读，这叫享受；第二遍就静心坐下来读，这叫吟味；第三遍便要一句一句想着读，这叫深究。三遍读过，放上几天，再去读读，常又会有再新再悟的地方。你真真正正爱上这本书了，就在一个时期多找些这位作家的书来读，读他的长篇，读他的中篇，读他的短篇，或者散文，或者诗歌，或者理论，再读外人对他的评论，所写的传记，也可再读读和他同期作家的一些作品。这样，你知道他的文了，更知道他的人了，明白当时是什么社会，如何的文坛，他的经历、性格、人品、爱好等等是怎样促使他的风格的形成。大凡世上，一个作家都有自己一套写法，都是有迹而可觅寻，当然有的天分太高了，便不是一时一阵便可理得清的。兄读中国的庄子、太白、东坡诗文，读外国的泰戈尔、川端康成、海明威之文，便至今于起灭转接之间不可测识。说来，还是兄读书太少，悟觉浅薄啊！如此这番读过，你就不要理他了，将他丢开，重新进攻另一个大家。文学是在突破中前进，你要时时注意，前人走到了什么地方，同辈人走到了什么地方。任何一个大家，你只能继承，不能重复，你要在读他的作品时，就将他拉到你的脚下来读。这不是狂妄，这正是知其长，晓其短，师精神而弃皮毛啊。虚无主义可笑，但全然跪倒来读，他可以使你得益，也可能使你受损，永远在他的屁股后了。这你要好好记住。

在家时，逢小妹生日，兄总为你梳那一双细辫，亲手要为你剥娘煮熟的鸡蛋。一走十年，竟总是忘了你生日的具体时间，这你是该骂我的了。今年一入夏，我便时时提醒自己，要到时一定祝贺你成人。邻居妇人要我送你一笔大钱，说我写书，稿费易如就地俯拾，我反驳，又说我“肥猪也哼哼”，咳，邻人只知是钱！人活着不能没钱，但只要有一碗吃，钱又算个什么呢？如今稿费低贱，家岂是以稿费发得？！读书要读精品，写书要立之于身，功于天下，哪里是邻居妇人之见啊！这么多年，兄并不敢侈奢，只是简朴，唯恐忘了往昔困顿，也是不忘了往昔，方将所得数钱尽买了书籍。所以，小妹生日，兄什么也不送，仅买一套名著十册给你寄来，乞妹快活。

笑口常开

著作得以出版，殷切切送某人一册，扉页上恭正题写：“赠 ××× 先生存正。”一月过罢，偶尔去废旧书报收购店见到此册，遂折价买回，于扉页上那条题款下又恭正题写：“再赠 ××× 先生存正。”写毕邮走，踅进一家酒馆坐喝，不禁乐而开笑。

大学毕业，年届三十，婚姻难就，累得三朋四友八方搭线，但一次一次介绍终未能成就。忽一日，又有人送来游园票，郑重讲明已物色着一位姑娘，同意明日去公园 ×× 桥第三根栏杆下见面。黎明早起，赶去约会，等候的姑娘竟是两年前曾经别人介绍见过面的。姑娘说：“怎么又是你？！”掉身而去。木木在桥上立了半晌，不禁乐而开笑。

好友 × 君，编辑十五年杂志，清苦贫困，英年早逝。保存下那一支笔和一副深度近视镜。租三轮车送亡友去火葬场火化，待化的队列冗长，忽见墙上张贴有“本场优待知识分子”，立即返回取来编辑证书，果然火化提前，免受尸体臭烂，不禁乐而开笑。

入厕所大便完毕，发现未带手纸，见旁边有被揩过的一片脏纸，应急欲用，却进来一个人蹲坑，只好等着那人便后先走。但那人也是没手纸，为难半天，也发现那片脏纸，企图我走后应急。如此相持许久，均心照不宣，后同时欲先下手为强，偏又进来一个，背一篓，拄一铁条，为捡废纸者；铁条一点儿，扎去脏纸入篓走了。两个人对视，不禁乐而开笑。

居住于A城的伯父，沉沦于二十年“右派”生涯，早妻离子散，平反后已垂垂暮老，多回忆早年英武及故友。我以他大学的一位女生名义去信慰藉，不想他立即复信，只好信来信往，谈当年的友情，谈数十年的思念，谈现在鳏寡人的处境，及至发展到黄昏恋。我半月一封，连续四年不断，且信中一再说要去见他，每次日期将至又以患病推延。伯父终老弱病倒，我去看他，临咽气说：“我等不及她来了。她来了，你把这个箱子交她。”又说一句“我总没白活”，安详瞑目。掩埋了伯父，打开箱子，竟是我写给他的近百封信，得意为他在爱的幸福中度过晚年，不禁乐而开笑。

陪领导去某地开会，讨论席上，领导突然脖子发痒，用手去摸，摸出一个肉肉的小东西，脸色微红旋又若无其事说：“我还以为是个虱子哩！”随手丢到地上。我低头往地上瞅，说：“噢，我还以为不是个虱子哩！”会后领导去风景区旅游，而我被命令返回，列车上买一个鸡爪边嚼边想，不禁乐而开笑。

有了妻子便有了孩子，仍住在那不足十平方米的单间里。出差马上就要走了，一走又是一月，夫妻想亲热一下，孩子偏死不离家。

妻说："小宝，爸爸要走了，你去商店打些酱油，给你爸爸做一顿好吃的吧！"孩子提了酱油瓶出门，我说："拿这个去。"给了一个大口浅底盘子，"别洒了啊！"孩子走了，关门立即行动。毕，赶忙去车站，于巷口远远看见孩子双手捧盘，一步一小心地回来，不禁乐而开笑。

夜里正在床上半醒半睡，有人影推门闪进来，在立柜里翻，翻出一堆破衣服和书报，扔了；再往架板上翻，翻出各类米袋子、面袋子和书报，扔了；在桌斗里又翻，是一堆读书卡片，凑眼前看了看，扔了。咕囔了一句顺门便走，我在床上说："朋友，把门拉上，夜里有风的。"小偷把门拉上了。天明起来整理房间，一地乱书乱报，竟发现找了好久未找着的一份资料，不禁乐而开笑。

上大街回来，挤了一身臭汗，牢骚道："用枪得在街十字路口扫一通！"回家一杯茶未喝尽，楼梯上步声杂乱，巷中有人呼："大街上有人用枪打死几十人了！"遂也往街上跑，街上人山人海，弯腰往里挤，问："尸体在哪儿？"一熟人说："不是说是你讲的吗？"忽记得那一句顺口的牢骚，不禁乐而开笑。

剧场里巧和一位官太太邻座，太太把持不住放一屁，四周骚哗，骂问："谁放的？不文明！"太太窘极不语，骂问声更甚。我站起说："我放的！"众人骚哗即息，即以手做扇风状，太太也扇，畏我如臭物，回望她不禁乐而开笑。

出外突然有人迎面过来打招呼，立即停下，做疑惑状。"你不认识我了？""怎不认识！"于是握手，互问哪儿来，到哪儿去，互问老人康健孩子可乖，互说又胖了，又瘦了！半天的淡而无味的话。分手了，终想不起这是谁，不禁乐而开笑。

弄文学的穷朋友来家侃山，酒瘾发而酒瓶仅能控出一杯酒，取马鬃四根，各人蘸吮，却大声划拳："三匹马，五魁首……你一盅（鬃）！我一盅（鬃）！"窗外卖茶蛋的老妪对老翁说："怪不得咱出钱让人家写文章宣传咱不干，人家钱多酒量也大，喝了整晌也未醉！"听着不禁乐而开笑。

路过一条小巷，忽见有长队排出，以为又在出售紧俏物件了，急忙列入其中，排到跟前，方见是巷口唯一的厕所，居民等候出恭，不禁乐而开笑。

去给孩子买一双袜子，昨日看时价是一元，今日是一元二角，怏怏出店门，打响一个喷嚏，喷带出一口痰。正想是售货员在嘲笑我，我方有喷嚏打出，一位戴"卫管员"袖章的人却责斥我吐了痰要罚五角钱，掏出那一元钱，卫管员没零钱找，遂再当地吐一口，愤愤而走，走过十步，不禁乐而开笑。

出差去旅社住宿，服务员开发票，将"作协"写成"做鞋"，不禁乐而开笑。

夏月偏停电，爬十二层楼梯去办公室，气喘吁吁到门口了，门钥匙却和自行车钥匙系在一起，遗忘在车子锁孔了，不禁乐而开笑。

路遇一女子，回望我嫣然一笑，极感幸福，即趋而前去搭话，女子闪进一家商店，尾随入店，玻璃上映出自己衣服纽扣错位，不禁乐而开笑。

名字是自己的，别人却用得最多，不禁乐而开笑。

写完《笑口常开》草稿，去吸一根烟，返身要誊写时，草稿不见了，妻说：“是不是一大页写过的纸，我上厕所用了。”惊呼：“那是一篇散文！”妻说：“白纸舍不得用，我只说写过的纸就没用了。”急奔厕所，幸而已臭但未全湿，捂鼻子抄出一份，不禁乐而开笑。

好读书

好读书就得受穷。心用在书上，便不投机将广东的服装贩到本市来赚个大价，也不取巧在市东买下肉鸡针注了盐水卖到市西；车架后不会带单位几根铁条几块木板回来做做沙发，饭盒里也不捎工地上的水泥来家修个浴池。钱就是那几张没奖金的工资，还得抠着买涨了价的新书，那就只好穿不悦人目的衣衫，吸让别人发呛的劣烟，吃大路菜，骑没铃的车。但小屋里有四架五架书，色彩之斑斓远胜过所有电器，读书读得了一点儿新知，几日不吃肉满口中仍是余香。手上何必戴那么重的金银，金银是矿，手铐也是矿嘛！老婆的脸上何必让涂那么厚的脂粉，狐狸正是太爱惜它的皮毛，世间才有了打猎的职业！都说当今贼多，贼却不偷书，贼便是好贼。他若要来，钥匙在门框上放着，要喝水喝水，要看书看书，抽屉的作家证中是夹有两张国库券。但贼不拿，说不定能送一条字条：“你比我还穷？！”三百年后这字条还真成了高价文物。其实，说穷也不是穷到要饭，出门还是要带十元钱的，大丈夫嘛，视钱如粪土，它就只能装在鞋壳里头。

好读书就别当官。心谋着书，上厕所都尿不净，裤裆老是湿的，哪里还有时间串上级领导的家去联络感情？即使当官，有没有整日开会的坐功？签发的文件上能像在新书上写读后感一样随便？或许知道在顶头上司面前要如谦谦后生，但懒散惯了，能在拜会时屁股只搭个沙发沿儿？也懂得猪没架子都不长，却怎么戏耍成性突然就严肃了脸面？谁个要整，要防谁整，能做到喜怒不露于色？何事得方，何事得圆，能控制感情用事？读书人不反对官，但读书人当不了好官，让猫拉车，车就会拉到床下。那么，住楼就住顶层吧，居高却能望远，看戏就坐后排吧，坐后排看不清戏却看得清看戏的人。不要指望有人来送东西，也不烦有人寻麻烦，出门没人见面笑，也免了有朝一日墙倒众人推。

好读书必然没个好身体。一是没钱买蜂王浆，用脑过度头发稀落，吃咸菜牙齿好肠胃虚寒；二是没权住大房间，和孩子争一张书桌，心绪浮躁易患肝炎；三是没时间，白日上班，晚上熬夜，免不了神经衰弱。但读书人上厕所时间长，那不是干肠，是在蹲坑读书；读书人最能忍受老婆的嘟囔，也不是脾性好，是读书入了迷两耳如塞。吃饭读书，筷子常会把烟灰缸的烟头送到口里，但不易得脚气病，因为读书时最习惯抠脚丫子，可怜都是蜘蛛般的体形，都是金鱼似的肿眼，没个倾国倾城貌，只有多愁多病身。读书人的病有读书病的药，药不在《本草》而直接是书，一是得本性酷好之书，二是得急需之书，三是得未见之书。但这药医生常不用，有了病就让住院，住院也好，总算有了囫囵时间读书了。所以，约伙打架，不必寻读书人，那鸡爪似的手没四两力，要欺负也不必对读书人，老虎吃鸡不是山中王。读书人性缓，要急急不了他，心又大，要气气不着，要让读书人死，其实很简单，给他些樟脑丸，因为他们是书虫。

说了许多好读书的坏处，当然坏处还多，譬如好读书不是好丈夫，好读书没有好人缘，好读书性古钻。但是，能好读书必有读书的好，譬如能识天地之大，能晓人生之难，有自知之明，有预料之先，不为苦而悲，不受宠而欢，寂寞时不寂寞，孤单时不孤单；所以绝权欲，弃浮华，潇洒达观，于嚣烦尘世而自尊自重自强自立不卑不畏不俗不谄。说到这儿，有人在骂：瞧，这就是读书人的酸劲了，为什么不说“万般皆下品，唯有读书高”呢？真是阿Q精神喽！这骂得好，能骂出个阿Q来，便证明你在读书了，不读书怎么会知道鲁迅先生曾写过个阿Q呢？！因此还是好读书者好。

门

一位朋友跟我说：某庄有姓黄的人，其妻秃顶，自己也干脆不留发。见外人都经营生意，他便在家自制一种农药，宣扬毒性无比，见虫杀虫，畜沾畜死，画有骷髅图形的农药制出后，却无人肯买，又耗去许多积蓄。妻生怨恨，渐恶声败语，常言米面夫妻，既然少米无面，夜里就不同床卧枕。黄人被妻瞧不起，外人更不把他当人看了。恰一家报社拉赞助，他找到了记者。

“我可以赞助！”他说。记者瞧他形象猥琐，问：“你有企业？”“我有农药厂。”“你出多少钱？”“五千。”“那就只能写五千字了！”

自然黄人就有了厂长头衔，自然黄厂长就是企业家，制造了三〇农药，自然有一篇五千字的报道刊登在报纸上。黄厂长数了数字，并不是五千字。去寻记者，记者说你数数标点符号嘛。黄厂长再数，果然加标点一起不多不少五千。一个标点也是一元钱，他真想去办个报纸，专门刊登标点符号，但他没有那份天才，他只能制农药。社会对于广告已经失去信任，对报道却无限神秘，于是这农药销路挺好。销路好，收入就多，黄厂长真正成了厂长，穿起西服。现在不兴敲掉门牙镶金牙，但眼镜却是要戴的，而且见光就变色。他有些瞧不起其妻了。先是要她去把一头干涩的乱发烫卷，她死不肯，再是嫌她的两乳头干贴了胸膛，买海绵乳罩回来，她戴给了牛，以为是时兴的“牛暗眼”。他叹一口气，说是感情不和，夜里也不回来。她和他闹，闹毕了就哭一场。问：“你这药有毒吗？”“当然有毒。”他这么说着，自己也真害怕起来，不敢赤手去动药水，要戴了口罩和皮手套。晚上，装了一沓钱出门就走了。她终在这夜舀三碗农药喝了，流泪道：“这是报应，这是报应！”穿了五件新衣睡下等死了。

这一夜，却睡得沉沉。天明听见楼门响，睁眼看见丈夫走了回来，知道自己还未死，说：“命里注定我会再见你一面的，让你知道我是为什么死的。”他说：“你要死了？”她说：“我喝了三碗农药！”他吓呆了，即叫左邻右舍帮他送她去医院。但她连肚子也不疼，只觉得饥。医生问：“什么时候喝的？”说：“昨天夜里。”“喝了多少？”“三大碗。”医生不信，否认是喝了农药。她不愿落个骗人的罪名，便回家拿农药来证实。医院化验，农药的毒性为零。

三〇农药无毒。风声传播，黄厂长声名狼藉，无人再来购买了。黄厂长消沉下来，夫妻关系却好了。他说：“天造下咱俩要白头到老！”她也说：“天造下咱俩要白头到老。”但报社却收到群众批评信。那位记者怒冲冲再次来找黄厂长，却见黄厂长并没有关门倒闭，反倒又在积极制造他的产品，似乎销路又很好。

“这是怎么回事？”记者说，“他们难道还不了解你这是无毒的农药吗？”

“了解，”他说，“正是这样，有人才买的。”“这是为什么？”

“你明白现在沙袋为什么销路大？是兴拳击运动热吗？许多人一肚子牢骚，在外受许多闷气却不能发泄，回家就打老婆，可总不能老打老婆呀，只好买了沙袋挂在门后，这样既可消气，又和睦了家庭。你现在明白我这农药的用处了吗？”

记者说：“我明白了，你这是专为那些发了财而家庭发生分裂的人制造新型的夫妻乐？”“是的。这也是信息。”

“可那些不想活的妇人真要死，或者要着实吓丈夫一次，而却知道你这三〇牌毒不死人，谁还肯要呢？”

“当然我只能使男人家知道这药的属性，我这药已不叫三〇牌，改名〇三牌。瞧，我又重新配了些原料，连颜色也变了。我再赞助你们五千元，你肯再写五千字的文章吗？”

“写是可以的，但这次一定要验证〇三牌的效果。”

“请你相信，当场可以给你试验。”

他取出一瓶来，当着记者的面喝下，他却中毒死了。

我的这位朋友正是那记者，说完这件事，很庆幸地说没有贸然先写出文章，却也遗憾失了一笔赞助。他毕竟与黄厂长熟了，要去参加他的丧事。我要求能同去看看，他同意了。我们走到黄厂长的家，他的家就是农药工厂，院门框上还用红漆写着“〇三农药厂”。两扇黑门上有人用粉笔写了一副对联，一边是为秃顶女主人写的：“聪明绝顶”。一边是为剃了光头的男主人写的：“自作聪明”。

那门在半开半掩着。

我有一个狮子军

我体弱多病，打不过人，也挨不起打，所以从来不敢在外动粗。口又浑，与人有说辞，一急就前言不搭后语，常常是回到家了，才想起一句完全可以噎住他的话来。我恨死了我的窝囊。我很羡慕韩信年轻时的样子，佩剑行街，但我佩剑已不现实，满街的警察，容易被认作行劫抢劫。只有在屋里看电视里的拳击比赛。我的一个朋友在他青春蓬勃的时候，写了一首诗："我提着枪，跑遍了这座城市，挨家挨户寻找我的新娘。"他这种勇气我没有。人心里都住着一个魔鬼，别人的魔鬼，要么被女人征服，要么就光天化日地出去伤害，我的魔鬼是汉罐上的颜色，出土就气化了。

一日在屋间画虎，画了很多虎，希望虎气上身，陕北就来了一位拜访我的老乡，他说，与其画虎不如弄个石狮子，他还说，陕北人都用石狮子守护的，陕北人就强悍。过了不久，他果然给我带来了一个石狮子。但他给我带的是一种炕狮，茶壶那般大，青石的。据说雕凿于宋代。这位老乡给我介绍了这种炕狮的功能，一个孩子要有一个炕狮，一个炕狮就是一个孩子的魂，四岁之前这炕狮是不离孩子的，一条红绳儿一头拴住炕狮，一头系在孩子身上，孩子在炕上翻滚，有炕狮拖着，掉不下炕去，长大了邪鬼不侵，刀枪不入，能踢能咬，敢作敢为。这个炕狮我没有放在床上，而是置于案头，日日用手摩挲。我不知道这个炕狮曾经守护过谁，现在它跟着我了，我叫它：来劲。来劲的身子一半是脑袋，脑袋的一半是眼睛，威风又调皮。

古董市场上有一批小贩，常年走动于书画家的家里以古董换字画，这些人也到我家来，他们太精明，我不愿意和他们纠缠。他们还是来，我说：你要不走，我让来劲咬你！他们竟说：你喜欢石狮子呀？我们给你送些来！十天后果真抬来了一麻袋的石狮子。送来的石狮子当然还是炕狮，造型各异，我倒暗暗高兴，萌动了我得有个狮群的想法，便给他们许多字画，便让他们继续去陕北乡下收集。我只说收集炕狮是很艰难的事情，不料十天半月他们就抬来一麻袋，十天半月又抬来一麻袋，而且我这么一收，许多书画家也收集，不光陕北的炕狮被收集，关中的小门狮也被收集，石狮收集竟热了一阵风，价钱也一度再涨，断堆儿平均是一个四五百元，单个儿品相好的两千三千不让价。

我差不多有了一千个石狮子。已经不是群，可以称作军。它们在陕北、关中的乡下是散兵游勇，我收编它们，按大小形状组队，一部分在大门过道，一部分在后门阳台，每个房小门前列成方阵，剩余的整整齐齐护卫着我的书桌前后左右。世上的木头石头或者泥土铜铁，一旦成器，都是有了灵魂。这些狮子在我家里，它们是不安分的，我能想象我不在家的时候，它们打斗嬉闹，会把墙上的那块钟撞掉，嫌钟在算计我。它们打碎了酒瓶，一定是认为瓶子是装着酒的，但瓶子却常常自醉了。闹吧，屋子里闹翻了天，贼是闻声不敢来的，鬼顺着墙根往过溜，溜到门前打个趔趄就走了。我要回来了，在门外咳嗽一下，屋里就全然安静了，我一进去，它们各就各位低眉垂手，阳台上有了窃窃私语，我说："谁在喧哗？"顿时寂然。我说："嗨！"四下立即应声如雷。我成了强人，我有了威风，我是秦始皇。

秦始皇骑虎游八极，我指挥我的狮军征东去，北伐去，兵来将挡，遇土水淹，所向披靡，一吐恶气。往日诽谤我、羞辱我的人，把他绑来吧，但我不杀他，让来劲去摸他的脸蛋，我知道他是投机主义者，他会痛哭流涕，会骂自己猪屎。从此，我再不吟诵忧伤的诗句："每一粒沙子都是一颗渴死的水。"再不生病了拿自己的泪水喝药。我要想谁了，桌上就出现一枝玫瑰。楼再高不妨碍云向西飞，端一盘水就可收月。书是我的古先生，花是我的女侍者。

到了这年的冬天，我哪儿都敢去了，也敢对一些人一些事说不，我周围的人说：你说话这么口重？我说：手痒得很，还想打人哩！他们不明白我这是怎么啦。他们当然不知道我有了狮军，有了狮军，我虽手无缚鸡之力，却有了翻江倒海之想。这么张狂了一个冬季，但是到了年终，我安然了。安然是因为我遇见大狮。

我的一个朋友，他从关中收购了一个石狮，有半人多高，四百余斤。大的石狮我是见得多了，都太大，不宜居住楼房的我收藏，而且凡大的石狮都是专业工匠所凿，千篇一律的威严和细微，它不符合我的审美。我朋友的这个狮子绝对是民间味，狮子的头极大，可能是不会雕凿狮子的面部，竟然成了人的模样，正好有了埃及金字塔前的蹲狮的味道。我一去朋友家，一眼看到了它，我就知道我的那些狮子是乌合之众了。我开始艰难地和朋友谈判，最终以重金购回。当六人抬着大狮置于家中，大狮和狮群是那样的协调，让你不得不想到狮群在一直等待着大狮，大狮一直在寻找着狮群。我举办了隆重的拜将仪式，拜大狮为狮军的大将军。

有了大将军统领狮军，说不来的一种感觉，我竟然内心踏实，没有躁气，是很少给人夸耀我家里的狮子了。我似乎又恢复了我以前的生活，穿臃臃肿肿的衣服，低头走路。每日从家里提了饭盒到工作室，晚上回来。来人了就陪人说说话，人走了就读书写作。不搅和是非，不起风波。我依然体弱多病，讷言笨舌，别人倒说“大人小心”，我依然伏低伏小，别人倒说“圣贤庸行”。出了门碰着我那个邻居的孩子，他曾经抱他家的狗把屎拉在我家门口，我叫住他，他跑不及，站住了，他以为我要骂他揍他，惊恐地盯着我，我拍了拍他的头，说：你这小子，你该理理发了。他竟哭了。

朋友

朋友是磁石吸来的铁片儿、钉子、螺丝帽和小别针，只要愿意，从俗世上的任何尘土里都能吸来。现在，街上的小青年有江湖义气，喜欢把朋友的关系叫“铁哥们儿”，第一次听到这么说，以为是铁焊了那种牢不可破，但一想，磁石吸的就是关于铁的东西呀。这些东西，有的用力甩甩就掉了，有的怎么也甩不掉，可你没了磁性它们就全没有喽！昨天夜里，端了盆热水在凉台上洗脚，天上一个月亮，盆水里也有一个月亮，突然想到这就是朋友么。

我在乡下的时候，有过许多朋友，至今二十年过去，来往的还有一二，八九皆已记不起姓名，却时常怀念一位已经死去的朋友。我个子低，打篮球时他肯传球给我，我们就成了朋友，数年间形影不离。后来分手，是为着从树上摘下一堆桑葚，说好一人吃一半的，我去洗手时他吃了他的一半，又吃了我的一半的一半。那时人穷，吃是第一重要的。现在是过城里人的日子，人与人见面再不问“吃过了吗”的话。在名与利的奋斗中，我又有了相当多的朋友，但也在奋斗名与利的过程中，我的朋友变换如四季。……走的走，来的来，你面前总有几张板凳，板凳总没空过。我做过大概的统计，有危难时护佑过我的朋友，有贫困时周济过我的朋友，有帮我处理过鸡零狗碎事的朋友，有利用过我又反过来踹我一脚的朋友，有诬陷过我的朋友，有加盐加醋传播过我不该传播的隐私而给我制造了巨大的麻烦的朋友。成我事的是我的朋友，坏我事的也是我的朋友。有的人认为我没有用了不再前来，有些人我看着恶心了主动与他断交，但难处理的是那些帮我忙越帮越乱的人，是那些对我有过恩却又没完没了地向我讨人情的人。地球上人类最多，但你一生的交往最多的却不外乎方圆几里或十几里，朋友的圈子其实就是你人生的世界，你的为名为利的奋斗历程就是朋友的好与恶的历史。有人说，我是最能交朋友的，殊不知我的相当多的时间却是被铁朋友占有，常常感觉里我是一条端上饭桌的鱼，你来捣一筷子，他来挖一勺子，我被他们吃剩下一副骨架。当我一个人坐在厕所的马桶上独自享受清静的时候，我想象坐监狱是美好的，当然是坐单人号子。但有一次我独自化名去住了医院，只和戴了口罩的大夫护士见面，病床的号码就是我的一切，我却再也熬不了一个月，第二十七天里翻院墙回家给所有的朋友打电话。也就有人说啦：你最大的不幸就是不会交友。这我便不同意了，我的朋友中是有相当一些人令我吃尽了苦头，但更多的朋友是让我欣慰和自豪的。过去的一个故事讲，有人得了病看医生，正好两个医生一条街住着，他看见一家医生门前鬼特别多，认为这医生必是医术不高，把那么多人医死了，就去门前只有两个鬼的另一位医生家看病，结果病没有治好。旁边人推荐他去鬼多的那家医生看病，他说那家门口鬼多这家门口鬼少，旁边人说：那家医生看过万人病，死鬼五十个，这家医生在你之前就只看过两个病人呀！我想，我恐怕是门前鬼多的那个医生。根据我的性情、职业、地位和环境，我的朋友可以归两大类：一类是生活关照型。人家给我办过事，比如买了煤，把煤一块一块搬上楼，家人病了找车去医院，介绍孩子入托。我当然也给人家办过事，写一幅字让他去巴结他的领导，画一张画让他去银行打通贷款的关节，出席他岳父的寿宴。或许人家帮我的多，或许我帮人家的多，但只要相互诚实，谁吃亏谁占便宜就无所谓，我们就是长朋友，久朋友。一类是精神交流型。具体事都干不来，只有一张八哥嘴，或是我慕他才，或是他慕我才，在一块谈文道艺，吃茶聊天。在相当长的时间里，我把我的朋友看得非常重要，为此冷落了我的亲戚，甚至我的父母和妻子儿女。可我渐渐发现，一个人活着其实仅仅是一个人的事，生活关照型的朋友可能了解我身上的每一个痣，不一定了解我的心，精神交流型的朋友可能了解我的心，却又常常拂我的意。快乐来了，最快乐的是自己。苦难来了，最苦难的也是自己。

然而我还是交朋友，朋友多多益善，孤独的灵魂在空荡的天空中游弋，但人之所以是人，有灵魂同时有身躯的皮囊，要生活就不能没有朋友，因为出了门，门外的路泥泞，树丛和墙根又有狗吠。

西班牙有个毕加索，一生才大名大，朋友是很多的，有许多朋友似乎天生就是来扶助他的，但他经常换女人也换朋友。这样的人我们效法不来，而他说过一句话：朋友是走了的好。我对于曾经是我朋友后断交或疏远的那些人，时常想起来寒心，也时常想到他们的好处。如今倒坦然多了，因为当时寒心，是把朋友看成了自己和自己的家人，殊不知朋友毕竟是朋友，朋友是春天的花，冬天就都没有了，朋友不一定是知己，知己不一定是朋友，知己也不一定总是人，他既然吃我，耗我，毁我，那又算得了什么呢，皇帝能养一国之众，我能给几个人好处呢？这么想想，就想到他们的好处了。

今天上午，我又结识了一个新朋友，他向我诉苦说他的老婆工作在城郊外县，家人十多年不能团聚，让我写几幅字，他去贡献给某人。我立即写了，他留下一罐清茶一条特级烟。待他一走，我就拨电话邀三四位旧的朋友来有福同享。这时候，我的朋友正骑了车子向我这儿赶来，我等待着他们，却小小私心勃动，先自己沏一杯喝起，燃一支吸起，便忽然体会了真朋友是无言的牺牲，如这茶这烟，于是站在门口迎接喧哗到来的朋友而仰天呵呵大笑了。

吃面

陕西多面食，耀县有一种，叫盐汤面，以盐为重，用十几种大料熬调料汤，不下菜，不用醋，辣子放汪，再漂几片豆腐，吃起来特别有味。盐汤面是耀县人的早饭，一下了炕，口就寡，需要吃这种面，要是不吃，一天身上就没力气。在县城里的早晨，县政府的人和背街小巷的人都往正街去，正街上隔百十米就有一家面馆，都不装修，里边摆两三张桌子，门口支了案板和大环锅，热气白花花的像生了云雾。掌柜的一边吹气一边捞面，也不吆喝，特别长的木筷子在碗沿上一敲，就递了过去。排着长队的人，前头的接了碗走开，后头的跟上再接碗，也都不说话，一人一个大海碗，蹲在街面上吃，吃得一声价儿响。吃毕了，碗也就地放了，掌柜的婆娘来收碗，顺手把一张餐纸给了吃客，吃客就擦嘴，说："滋润！"

这情景十多年前我见过。那时候，我在县城北的桃曲坡水库写小说，耀县的朋友说请我吃改样饭，我从库上下来吃了一次，从此就害上了瘾。在桃曲坡水库待了四十天，总共下库去吃过六次，水库到县城七八里路，要下一面塬坡，我都是步行去的，吃上两碗。一次，返回走到半坡，肚子又饥了，再去县城吃，一天里吃了两次。

后来回到西安，离耀县远了，就再没吃过盐汤面。西安的大饭店多，豪华的宴席也赴了不少，但那都是应酬，要敬酒，要说话，吃得头上不出汗。吃饭头上不出汗，那就没有吃好。每每赴这种宴席时，我就想起了盐汤面。

今年夏天，我终于对一位有小车的朋友说："咱到耀县吃盐汤面！"洗了车，加了油，两个小时后到了耀县，当年吃过的那些面馆竟然还在，依旧是没装修，门口支着案板和环锅。我一路上都在酝酿着一定要吃两碗，结果一碗就吃饱了，出了一头汗。吃完后往回走，情绪非常好，街道上有人拉了一架子车玫瑰，车停下来我买了一枝。朋友说："我以为你是贵人哩，原来命贱。"我说："咋啦？"他说："跑这么远，过路费都花五十元，就吃一碗面呀？"我说："有这种贱吗？开着车跑几个小时花五十元过路费十几元油费就为吃一碗面啊！"

那面很便宜，一元钱一碗，现在涨价了，一碗是一元五角钱。

五味巷

长安城内有一条巷：北边为头，南边为尾，千百米长短；五丈一棵小柳，十丈一棵大柳。那柳都长得老高，一直突出两层木楼，巷面就全阴了，如进了深谷峡底；天只剩下一带，又尽被柳条割成一道儿的，一溜儿的。路灯就藏在树中，远看隐隐约约，羞涩像云中半露的明月，近看光芒成束，乍长乍短在绿缝里激射。在巷头一抬脚起步，巷尾就有了响动，背着灯往巷里走，身影比人长，越走越长，人还在半巷，身影已到巷尾去了。巷中并无别的建筑，一堵侧墙下，孤零零站一杆铁管，安有龙头，那便是水站了；水站常常断水，家家少不了备有水瓮、水桶、水盆儿，水站来了水，一个才会说话的孩子喊一声“水来了”！全巷便被调动起来。缺水时节，地震时期，巷里是一个神经，每一个人都可以当将军。买高档商品，是要去西大街、南大街，但生活日用，却极方便：巷北口就有了四间门面，一间卖醋，一间卖椒，一间卖盐，一间卖碱；巷南口又有一大铺，专售甘蔗，最受孩子喜爱，每天门口拥集很多，来了就赶，赶了又来。巷本无名，借得巷头巷尾酸辣苦咸甜，便“五味，五味”，从此命名叫开了。

这巷子，离大街是最远的了，车从未从这里路过，或许就最保守着古老，也因保守的成分最多，便一直未被人注意过，改造过。但居民却看重这地方，住户越来越多，门窗越安越稠。东边木楼，从北向南，一百二十户，西边木楼，从南向北，一百零三户。门上窗上，挂竹帘的，吊门帘的，搭凉棚的，遮雨布的，一入巷口，各人一眼就可以看见自己门窗的标志。楼下的房子，没有一间不阴暗，楼上的房子，没有一间不裂缝；白天人人在巷里忙活，夜里就到每一个门窗去，门窗杂乱无章，却谁也不曾走错过。房间里，布幔拉开三道，三代界线划开；一张木床，妻子，儿子，香甜了一个家庭，屋外再吵再闹，也彻夜酣眠不醒了。

城内大街是少栽柳的，这巷里柳就觉得稀奇。冬天过去，春天几时到来，城里没有山河草林，唯有这巷子最知道。忽有一日，从远远的地方向巷中一望，一巷迷迷的黄绿，忍不住叫一声“春来了”！巷里人倒觉得来得突然，近看那柳枝，却不见一片绿叶，以为是迷了眼儿。再从远处看，那黄黄的，绿绿的，又弥漫在巷中。这奇观曾惹得好多人来，看了就叹，叹了就折，巷中人就有了制度：君子动眼不动手。只有远道的客人难得来了，才折一枝二枝送去瓶插。瓶要瓷瓶，水要净水，在茶桌几案上置了，一夜便皮儿全绿，一天便嫩芽暴绽，三天吐出几片绿叶，一直可以长出五指长短，不肯脱落，秀娟如美人的长眉。

到了夏日，柳树全挂了叶子，枝条柔软修长如长发，数十缕一撮，数十撮一道，在空中吊了绿帘，巷面上看不见楼上窗，楼窗里却看清巷道人。只是天愈来愈热，家家门窗对门窗，火炉对火炉，巷里热气散不出去，人就全到了巷道。天一擦黑，男的一律裤头，女的一律裙子，老人孩子无顾忌，便赤着上身，将那竹床、竹椅、竹席、竹凳，巷道两边摆严，用水哗地泼了，仄身躺着卧着上去，茶一碗一碗喝，扇一时一刻摇，旁边还放盆凉水，一刻钟去擦一次。有月，白花花一片；无月，烟火头点点。一直到了夜阑，打鼾的，低谈的，坐的，躺的，横七竖八，如到了青岛的海滩。

若是秋天，这里便最潮湿，砖块铺成的路面上，人脚踏出坑凹，每一个砖缝都长出野草，又长不出砖面，就嵌满了砖缝，自然分出一块一块的绿的方格儿。房基都很潮，外面的砖墙上印着返潮后一片一片的白渍，内屋脚地，湿湿虫繁生，半夜小解一拉灯，满地湿湿虫乱跑，使人毛骨悚然，正待要捉，却霎时无影。难得的却有了鸣叫的蛐蛐儿，水泥大楼上，柏油街道上都有着蛐蛐儿，这砖缝、木隙里却是它们的家园。孩子们喜爱，大人也不去捕杀，夜里懒散地坐在家中，倒听出一种生命之歌，欢乐之歌。三天，五天，秋雨就落一场，风一起，一巷乒乒乓乓，门窗皆响，索索瑟瑟，枯叶乱飞，雨丝接着斜斜下来，和柳丝一同飘落，一会儿拂到东边窗下，一会儿拂到西边窗下。末了，雨戛然而止，太阳又出来，复照玻璃窗上，这儿一闪，那儿一亮，两边人家的动静，各自又对映在玻璃上，如演电影，自有了天然之趣。

孩子们是最盼着冬天的了。天上下了雪，在楼上窗口伸手一抓，便抓回几朵雪花，五角形的，七角形的，十分好看，凑近鼻子闻闻有没有香气，却倏忽就没了。等雪在柳树下积得厚厚的了，看见有相识的打下边过，动手一扯那柳枝，雪块就哗地砸下，并不生疼，却吃一大惊，楼上楼下就乐得大呼小叫。逢着一个好日头，家家就忙着打水洗衣，木盆都放在门口，女的揉，男的投，花花彩彩的衣服全在楼窗前用竹竿挑起，层层叠叠，如办展销。风翻动处，常露出姑娘俊俏俏白脸，立即又不见了，唱几句细声细气的电影插曲，逗起过路人好多遐想。偶尔就又有顽童恶作剧，手握一小圆镜，对巷下人一照，看时，头儿早缩了，在木楼里吃吃痴笑。

这里每一个家里，都在体现着矛盾的统一：人都肥胖，而楼梯皆瘦，两个人不能并排，提水桶必须双手在前；房间都小，而立柜皆大，向高空发展，乱七八糟东西一股脑全塞进去；工资都少，而开销皆多，上养老，下育小，两个钱顶一个钱花，自由市场的鲜菜吃不起，只好跑远道去国营菜场排队；地位都低，而心性皆高，家家看重孩子学习，巷内有一位老教师，人人器重。当然没有高干、中干住在这里，小车不会来的，也就从不见交通警察，也不见一次戒严。他们在外从不管教别人，在家也不受人教管：夫妻平等，男回来早男做饭，女回来早女做饭。他们也谈论别人住水泥楼上的单元，但末了就数说那单元房住了憋气：一进房，门“砰”地关了，一座楼分成几十个世界。也谈论那些后有后院，前有篱笆花园的人家，但末了就又数说那平房住不惯：邻人相见，而不能相逾。他们害怕那种隔离，就越发维护着亲近，有生人找一家，家家都说得清楚：走哪个门，上哪个梯，拐哪个角，穿哪个廊。谁家娶媳妇，鞭炮一响，两边楼上楼下伸头去看，乐事的剪一把彩纸屑，撒下新郎新娘一头喜，夜里去看闹新房，吃一颗喜糖，说十句吉祥。谁说不出谁家大人的小名，谁家小孩的脾性呢？

他们没有两家是乡党的，汉、回、满，各种风俗。也没有说一种方言的，北京、上海、河南、陕西，南腔北调，人最杂，语言丰富，孩子从小就会说几种话，各家都会炒几种风味菜，除了外国人，哪儿的来人都能交谈，哪儿来的剧团，都要去看。坐在巷中，眼不能看四方，耳却能听八面，城内哪个商场办展销，哪个工厂办技术夜校，哪个书店卖高考复习资料，只要一家知道，家家便知道。北京开了什么会，他们要议论，某个球队出国得了冠军，他们要吹呼，哪个干部搞走私，他们要咒骂。议完了，笑完了，骂完了，就各自回家去安排各家的事情，因为房小钱少，夫妻也有吵的，孩子也有哭的。但一阵雷鸣电闪，立即便风平浪静，妻子依旧是乳，丈夫依旧是水，水乳交融，谁都是谁的俘虏；一个不笑，一个不走，两个笑了，孩子就乐，出来给人说：爸叫妈是冤家，妈叫爸是对头。

早上，是这个巷子最忙的时候。男的去买菜，排了豆腐队，又排萝卜队，女的给孩子穿衣喂奶，去炉子上烧水做饭。一家人匆匆吃了，但收拾打扮却费老长时间：女的头发要油光松软，裤子要线棱不倒，男子要领齐帽端，鞋光袜净，夫妻各自是对方的镜子，一切满意了，一溜一行自行车扛下楼，一声丁零，千声呼应，头尾相接，出巷去了。中午巷中人少，孩子可以隔巷道打羽毛球。黄昏来了，巷中就一派悠闲：老头去喂鸟儿，小伙去养鱼，女人最喜育花。鸟笼就挂满楼窗和柳丫上，鱼缸是放在走廊、台阶上，花盆却苦于没处放，就用铁丝木板在窗外凌空吊一个凉台。这里的姑娘和月季，突然被发现，立即成了长安城内之最，五年之中，姑娘被各剧团吸收了十人，月季被植物园专家参观了五次。

就是这么个巷子，开始有了声名，参观者愈来愈多了。一九八一年冬，我由郊外移居城内，天天上下班，都要路过这巷子，总是带了油盐酱醋瓶，去那巷头四间门面捎带，吃醋椒是酸辣，尝盐碱是咸苦。进了巷口，一直往南走，短短小巷，却用去我好多时间，走一步，看一步，想一步，千缕思绪，万般感想。出了南巷口，见孩子们又拥集在甘蔗铺前啃甘蔗，吃得有滋有味，小孩吃，大人也吃。我便不禁两耳下陷坑，满口生津，走去也买一根，果然水分最多，糖分最浓，且甜味最长。

六棵树

回了一趟老家，发现村子里又少了几种树。我们村在商丹川道是有名的树园子，大约有四十多种树。自从炸药轰开了这个小盆地西边的牛背梁和东边的烽火台，一条一级公路穿过，再接着一条铁路穿过，又接着修起了一条高速公路，我们村子的地盘就不断地被占用。拆了的老院子还可以重盖，而毁去的树，尤其是那些唯一树种的，便再也没有。这如同当年我离开村子时的那些上辈人和那些农具，三十多年里就都消绝了。在巷道口我碰到了一群孩子，我不知道这都是谁家的子孙，问：知道你爷的名字吗？一半回答是知道的，一半回答不知道。再问：知道你姥爷的名字吗？几乎都回答不上来。咳，乡下人最讲究的是传承香火，可孩子们却连爷或姥爷的名字都不知道了。他们已不晓得村子里的四十多种树只剩下了二十多种，再也见不上枸树、槲树、棠棣、栎、桧、柞和银杏木、白皮松了，更没见过纺线车、鞋耙子、捞兜、牛笼嘴、曳绳、梿枷、檐簸子。记得小时候我问过父亲，老虎是什么，熊是什么，黄羊和狐狸是什么，父亲就说不上来，一脸的尴尬和茫然。我害怕以后的孩子会不会只知道村里的动物只是老鼠苍蝇和蚊子，村里的树木只是杨树柳树和榆树？所以，就有了想记录那些在三十年间消绝的花草树木、飞禽走兽、农耕用具的欲望。

现在，我先要记的是六棵树。

皂角树。我们的村子分涧上涧下，这棵皂角树就长在涧沿上。树不是很大，似乎老长不大，斜着往涧外，那细碎的叶子时常就落在涧根的泉里。这眼泉用石板箍成三个池子，最高处的池子是饮水，稍低的池子淘米洗菜，下边的池子洗衣服。我小时候喜欢在泉水边玩，娘在那里洗衣服，倒上些草木灰，揉搓一阵子了，抡着棒槌啪啪地捶打。我先是趴在饮水池边看池底的小虾游来游去，然后仰头看皂角树上的皂角。秋天的皂角还是绿的，若摘下来最容易捣烂了去衣服上的垢痂，我就恨我的胳膊短，拿了石子往上掷，企图能打中一个下来。但打不中，皂角树下卧着的狗就一阵咬，秃子便端个碗蹴在门口了。

皂角树属于秃子家的，秃子把皂角树看得很紧。那年月，村人很少有用肥皂的，皂角可以卖钱，五分钱一斤。秃子先是在树根堆了一捆野枣棘，不让人爬上去，但野枣棘很快被谁放火烧了。秃子又在树身上抹屎，臭味在泉边都能闻见，村人一片骂声，秃子才把屎擦了。他在夹皂角的时候，好多人远远站着看，盼望他立脚不稳，从涧上摔下去。他家的狗就是从涧上摔下去过，摔成了跛子，而且从此成了亮鞭。亮鞭非常难看，后腿间吊着那个东西。大家都说秃子也是个亮鞭，所以他已经三十四五了，就是没人给他提亲。

秃子四十一岁上，去深山换苞谷。我们那儿产米，二三月就拿了米去深山换苞谷，一斤米能换三斤苞谷。秃子就认识了那里一个寡妇。寡妇有一个娃，寡妇带着娃就来到了他家。那寡妇后来给人说：他哄了我，说顿顿吃米饭哩，一年到头却喝米角儿粥！

但秃子从此头上一年四季都戴个帽子，村里传出，那寡妇晚上睡觉都不允他卸下帽子。邻居还听到了，寡妇在高潮时就喊：卫东，卫东！村人问过寡妇的儿子：卫东是谁？儿子说是他爹，他爹打猎时火枪炸了，把他爹炸死了。大家就嘲笑秃子，夜夜替卫东干活哩。秃子说：替谁干都行，只要我在干着。

村人先是都不承认寡妇是秃子的媳妇，可那女人大方，摘皂角时看见谁就给谁几个皂角。常常有人在泉里洗衣服，她不言语，站在涧上就扔下两个皂角。秃子为此和女人吵，但女人有了威信，大家叫她的时候，开始说：喂，秃子的媳妇！

秃子的媳妇却害病死了，害的什么病谁也不知道，而秃子常常要到坟上去哭。有一年夏天我回去，晚上一伙人拿了席在麦场上睡，已经是半夜了，听见村后的坡根有哭声，我说：谁哭呢？大家说：秃子又想媳妇了。

又过了两年，我再一次回去，发觉皂角树没了，问村人，村人说：砍了。二婶告诉我，秃子死了媳妇后，和媳妇的那个儿子合不来，儿子出外再没有音讯，秃子一下子衰老了，五十多岁的人看上去有七十岁。他不戴帽子了，头上的疤红得像烧过的柿子，一天夜里就吊死在皂角树上，皂角落得泉边到处都是。这皂角树在涧上，村人来打水或洗衣服就容易想起秃子吊死的样子，便把皂角树砍了。

药树。药树在法性寺的土崖上，寺殿的大梁上写着清康熙初年重建，药树最少在这里长了三百年。我记事起，法性寺里就没有和尚，是村小学校，铃声是敲那口铁铸的钟，每每钟声悠长，我就感觉是从药树上发出来的。药树特别粗，从土崖上斜着往空中长，树皮一片一片像鳞甲，村人称作龙树。那时候我们那儿还没有发现煤，柴火紧张，大一点儿的孩子常常爬上树去扳干枯了的枝条，我爬不上去，但夜里一起风，第二天早晨我就往树下跑，希望树上的那个鸟巢能掉下来，鸟巢是可以做儿顿饭的。

药树几乎是我们村的象征，人要问：你是哪儿的？我们说：棣花的。问：棣花哪个村？我们说：药树底下的。

我在寺里读了六年书，每天早晨上操完校长训话，我抬头就看到药树。记得一次校长训话突然提到了药树，说早年陕南游击队在这一带活动，有个共产党员受伤后在寺里养伤住了三年，新中国成立后当了三年专员，因为寺里风水好，有这棵龙树。校长鼓励我们好好学习，将来也成龙变凤。母亲对我希望很大，大年初一早上总是让我去药树下烧香磕头，她说：你要给我考大学！

但是，我连初中还没读完，“文革”就开始了，辍学务农，那时我十四岁。

我回到村里，法性寺小学也没了师生，驻扎了当地很大的一个造反派的指挥部。有了这个指挥部，我们从此没有安宁过，经常是县城过来的另一个造反派的人来攻打，双方就在盆地东边的烽火台上打了几仗。好像是这个造反派的人赢了，结果势力越来越大。忽然有一天，一声爆炸，以为又武斗了，母亲赶紧关了院门，不让我们出去，巷道里有人喊：不是武斗，是炸药树了！等村人赶到寺后的土崖上，药树果然根部被炸药炸开，树干倒下去压塌了学校的后院墙。原来造反派每日有上百人在那里起灶做饭，没有了柴火，就炸了药树。

村里人都傻了眼，但村里人没办法。到了晚上，传出消息，说造反派砍了药树的枝条，而药树身太粗砍不动也锯不开，正在树上掏洞再用炸药炸。队长就和几位老者在寺里和指挥部的人交涉，希望不要炸树身，结果每家出一百斤柴火把树身保全下来。

树身太大，无法运出寺，就用土掩埋在土崖下，但树的断茬口不停地往出流水，流暗红色的水，把掩埋的土都浸湿了，二爷说那是血水。

村人背地里都在起毒咒：炸药树要报应的！果不其然，三个月后，烽火台又武斗了一场，这个造反派的人死了三个，两个就是在药树下点炸药包的人。而“文革”结束后，清理阶级队伍，两个造反派的武斗总指挥都被枪毙了。

我离开村子的那年，村人把药树挖出来，解成了板，这些板做了桥板就架设在村前的丹江上。

楸树。高达二十米，叶子呈三角形，叶边有锯齿，花冠白色。

楸树的木质并不坚实，有点儿像杨树。这棵树在刘新来家的屋后，但树却属于李书富家。刘新来家和李书富家是隔壁，但李书富家地势高，刘新来家地势低，屋后的阳沟里老是湿津津的，很少有人去过。楸树占的地方窄狭，就顺着涧根往高里长，枝叶高过了涧畔。刘家人丁不旺，几辈单传，到了刘新来手里，他在外地工作，老婆和儿子在家，儿子就患了心脏病，一年四季嘴唇发青。阴阳先生说楸树吸了刘家精气，刘新来要求李书富能把楸树伐了，李书富不同意，刘新来说给你二百元钱把树伐了，李书富还是不同意。

刘新来的老婆带了儿子去了刘新来的单位，一去三年没有回来。那时候我和弟弟提了笼子拾柴火，就钻进刘家屋后砍涧壁上的荆棘，也砍过楸树根。楸树根像蛇一样爬在涧壁上，砍一截下来，根就冒白水，很快颜色发黑，稠得像胶。我们趴在院门缝往里看，院子里蒿草没了台阶，堂屋的门框上结个大蜘蛛网，如同挂了个筛子。

李书富在秋后打核桃的时候从树上掉下来，把脊梁跌断了，卧床了三年，临死前给老伴说：用楸树解板给我做棺材。他儿子在西安打工，探病回来就伐倒了楸树。伐楸树费了劲，是一截一截锯断用绳吊着抬出来，解成了板。李书富一死，儿子却没有用楸树板给他爹做棺材，只是将家里一个老式板柜锯了腿，将爹装进去埋了。埋了爹，儿子又进城打工了。李书富的老伴还留在家里，对人说：儿子在城里找了个对象，这些木板留着做结婚家具呀。我也要进城呀，但我必须给他爹过了百天，百天里这些木板也就干了。

百天过后，李书富的儿子果然回来接走了老娘，也拉走了楸木板。而这一天，刘新来家的堂屋倒塌了。

香椿。村里原来有许多椿树，我家茅坑边就有一棵，但都是臭椿，香椿只有一棵。这一棵长在莲叶池边的独院里，院里住着泥水匠，泥水匠常年在外揽活，他老婆年龄小得多，嫩面俊俏。每年春天，大家从墙外经过，就拿眼盯着香椿的叶子。

男人们都说香椿好，前院的三婶就骂：不是香椿好，是人家的老婆好！于是她大肆攻击那老婆，说人家走路水上漂是因为泥水匠挣了钱给买了一双白胶底鞋，说人家奶大是衣服里塞了棉花，而且不会生男娃，不会生男娃算什么好女人?

三婶有一个嗜好，爱吃芫荽。她在院子里种了案板大片芫荽，每一顿饭，她掐几片芫荽叶子切碎了搅在饭碗里。我们总闻不惯芫荽的怪气味，还是说香椿好，香椿炒鸡蛋是世上最好的吃食。

社教的时候，村里重新划阶级成分。泥水匠原来的成分是中农，但村人说泥水匠的爹在新中国成立前卖掉了十亩地，他是逮住要解放的风声才卖的地，他应该是漏划的地主，结果泥水匠家就定为地主成分。是地主成分就得抄家，抄家的那天村人几乎都去搬东西，五根子板柜抬到村饲养室给牛装了饲料，八仙桌成了生产队办公室的会议桌。那些盆盆罐罐都被砸了，院子里的花草被踏了。三婶用镰割断了那爬满院墙的紫藤萝，又去割那棵香椿，割不动，拿斧头砍，就把香椿树砍倒了。

从此村里只有臭椿。臭椿老生一种椿虫，逮住了，手上留一股臭味，像狐臭一样难闻。

苦楝树。苦楝树能长得非常高大，但枝叶稀疏，秋天里就结一种果，指头蛋儿大，果把儿很老，一兜一兜地在风里摇曳，一直到腊月天还不脱落。

先前村里有过三棵苦楝树。一棵在村口的戏楼旁，戏楼倒塌的时候这树莫名其妙也死了。另一棵在涧上的一块场地上，村长的儿子要盖新院子，村长通融了乡政府，这场地就批给了村长的儿子做庄宅地。而且场地要盖新院子，就得伐了苦楝树，这棵苦楝树产权属于集体，又以最便宜的价处理给了村长的儿子。这事村人意见很大，但也只能背后说说而已，人家用这棵苦楝树做了担子，新房上梁的时候大家又都去帮忙，拿了礼，燃放鞭炮。

最后的一棵苦楝树在村西头，树下是大青石碾盘。碾盘和石磨称作青龙白虎，村西头地势高，对着南头山岭的一个沟口，碾盘安在那儿是老祖先按风水设计的。碾盘旁边是雷家的院子，住着一个孤寡老人。我写完《怀念狼》那本书后回去过一次，见到那老汉，他给我讲了他爷爷的事。他小时候和他娘睡在上屋，上屋的窗外就是苦楝树和碾盘，夏天里他爷爷就睡在碾盘上。那时狼多，常到村里来吃鸡叼猪，有一夜他听见爷爷在碾盘上说话，掀窗看时，一只狼就卧在碾盘下。狼尾巴很大，直身坐着，用前爪不断地逗弄他爷爷，他爷爷说：你走，你走，我一身干骨头。狼后来起身就走了。我觉得这个细节很好，遗憾《怀念狼》没用上。

这棵苦楝树是最大的一棵苦楝树，因为在碾盘旁可以遮风挡雨，谁也没想过砍伐它。小时候我们在碾盘上玩抓石子，苦楝蛋儿就时不时掉下来，嘣，一颗掉下来，在碾盘上跳几跳，嘣，又掉下来一颗。述君和我们玩时一输，他力气大，就用脚踹苦楝树，苦楝蛋儿便下冰雹一样落下来。

苦楝蛋儿很苦，是一味药，邻村的郎中每年要来捡几次。后来苦楝树被人用斧头砍了一次，留下个疤，谁也不知道是谁砍的。不久姓王那家的小女儿突然死了，村里传言那小女儿还不到结婚年龄却怀了孕，她听别人说喝苦楝蛋儿熬出的水可以堕胎，结果把命丢了。于是大家就怀疑是姓王的来砍了树。

一级公路经过我们村北边，高速公路经过的是村前的水田，但高速公路要修一条连接一级公路的辅道，正好经过村西头，孤寡老人的院子就拆了，碾盘早废弃了多年，当然苦楝树也就伐了。老院子给补贴了二万元，碾盘一分钱也没赔，苦楝树赔了三千元，村人家家有份，每户分到一百元。

这次回去，我见到了那个郎中，他已经是老郎中了，再来捡苦楝蛋儿时没有了苦楝树，他给我扬扬手，苦笑着，却一句话都没有说。

痒痒树。这棵痒痒树是我们村独有的一棵痒痒树，也可以说是我们那儿方圆十里内独有的树。树在永娃家的院子里，是他爷爷年轻时去山阳县，从那儿带回来移栽的。树几十年长得有茶缸粗，树梢平过屋檐儿。树身上也是脱皮，像药树一样，但颜色始终灰白。因为这棵树和别的树不一样，村人凡是到永娃家来，都要用手搔一搔树根，看树梢颤颤巍巍地晃动。

树和人在一起时间长了，不是树影响了人，就是人影响了树。五魁家的院墙塌了一面，他没钱买砖补修，就栽了一排铁匠蛋树。这种树浑身长刺，但一般长刺都是软刺，他性情暴戾，铁匠蛋树长的刺就非常硬，人不能钻进去，猫儿狗儿也钻不进去。痒痒树长在永娃家的院子里，永娃的脾气也变了，竟然见人害羞，而且胆小。当一级公路改造时，原来老路从村后坡根经过，改造后却要向南移，占几十亩耕地，村人就去施工地闹事，永娃也参加了。但那次闹事被公安局来人强行压服，事后又要追究闹事人责任，别人还都没什么，永娃就吓得生病了，病后从此身上生了牛皮癣。他再没穿过短裤短袖，据说每天晚上让老婆用筷子给他刮身子，刮下屑皮就一大把。村人都说这病是痒痒树栽在院子里的缘故，他也成了痒痒树。他的儿子要砍痒痒树，他不同意，说，既然我是人肉痒痒树，你把树一砍，我不也就死了。他儿子也就不敢砍了。

前三年的春上，西安城里来了人，在村里寻着买树，听说了永娃家院子里有痒痒树，就来看了要买。永娃还是不舍得，那伙人就买了村里十二棵柴槐树，三棵桂花树。永娃的儿子后来打听了这是西安一个买树公司，他们专门在乡下买树，然后再卖给城里的房地产开发商，移栽到一些豪华别墅里，从中牟利。永娃的儿子就寻着那伙人，同意卖痒痒树，说好价钱是一千元，几经讨价还价，最后以五百元成交，但条件是必须由永娃的儿子来挖，方圆带一米的土挖出。永娃的儿子那天将永娃哄说去了他舅家，然后挖树卖了。等永娃回来，院子里一个大深坑，没树了，永娃气得昏了过去。

永娃是那年腊八节去世的。

去年，永娃的儿媳妇患了胆结石来西安做手术，那儿子来看我，我问那棵痒痒树卖给了哪家公司，他说是神绿公司，树又卖给一个尚德别墅区。他爹去世前非要叫他去看看那棵树，他去看了，但树没栽活。

条子沟

镇街往西北走五里地，就是条子沟。沟长三十里，有四个村子。每个村子都是一个姓，多的二十五六家，少的只有三户。

沟口一个石狮子，脑袋是身子的一半，眼睛是脑袋的一半，斑驳得毛发都不清了，躺在烂草里，天旱时把它立起来，天就下雨。

镇街上的人从来看不起条子沟的人，因为沟里没有水田，也种不成棉花，他们三六九日来赶集，背一篓柴火，或掮一根木头，出卖了，便在镇街的饭馆里吃一碗炒米。那些女人家，用水把头发抹得光光的，出沟时在破衣裳上套一件新衣裳，进沟时又把新衣裳脱了。但条子沟的坡坡坎坎上都能种几窝豆子，栽几棵苞谷，稀饭里煮的土豆不切，一碗里能有几个土豆，再就是有树，不愁烧柴，盖房子也不用花钱买椽。

镇街上的人从来缺吃的，更缺烧的，于是就只能去条子沟砍柴。我小时候也和大人们三天五天里进沟一次，十五里内，两边的坡梁上全没了树，光秃秃的，连树根都被刨完了。后来，十五里外有了护林员，胳膊上带一个红袖筒，手里提着铐子和木棒，个个面目狰狞，砍柴就要走到沟脑，翻过庾岭去外县的林子里。但进沟脑翻庾岭太远，我们仍是在沟里偷着砍，沟里的人家看守不住村后的林子，甚至连房前屋后的树也看守不住。经常闹出沟里的人收缴了砍柴人的斧头和背篓，或是抓住砍柴人了，把胳膊腿打伤，脱了鞋扔到坡底去；也有打人者来赶集，被砍柴者认出，压在地上殴打，重的有断了肋骨，轻的在地上爬着找牙，从此再不敢到镇街。

沟里人想了各种办法咒镇街人，用红漆和白灰水在石崖上画镇街人，都是人身子长着狼头，但几十年都没见过狼了，狼头画得像狗头。

他们守不住集体的那些山林，就把房前屋后属于自家的那些树看得紧。沟里的风俗是人一生下来就要在住户周围栽一棵树，松木的桐木的杨木的，人长树也长，等到人死了，这棵树就做棺材。所以，他们要保护树，便在树上贴了符，还要在树下围一圈狼牙棘，还要想法让老鸦在树上搓窝。谁要敢去砍，近不了树身，就是近去砍了，老鸦一叫，他们就扑出来拼命。但即便这样，房前屋后仍还有树被砍掉了。

我和几个人就砍过姓许的那家的树。

姓许的村子就三户，两户在上边的河畔，一户在下边靠坡根。我们一共五个人，我和年纪最大的老叔到门前和屋主说话，另外三个人就到屋后去，要砍那三棵红椿树。老叔拿了一口袋十二斤米，口气和善地问换不换苞谷。屋主寒毛肌瘦，穿了件露着棉絮的袄，腰里系了根草绳。老叔说："米是好米，没一颗烂的，一斤换二斤苞谷。"屋主说："苞谷也是好苞谷，耐煮，煮出来的糊汤黏，一斤米只能换一斤四两苞谷。"老叔说："斤六两。"屋主说："斤四两。"我知道老叔故意在谈不拢，好让屋后砍树的人多些时间。我希望砍树的人千万不要用斧头，那样有响声，只能用锯，还是一边锯一边把尿尿到锯缝里。我心里发急，却装着没事的样子在门前转，看屋主养的猪肥不肥，看猪圈旁的那棵柿树梢上竟然还有一颗软柿，已经烂成半个，便拿脚蹬蹬树，想着能掉下来就掉到我嘴里。屋主说："不要蹬，那是给老鸦留的，它已经吃过一半了。"我坐在磨盘上。沟里人家的门口都有一个石磨的，但许家的石磨上还凿着云纹。就猜想：这是为了推着省力，还是要让日子过得轻松些？

日子能轻松吗？！

讨价还价终于有了结果，一斤米换一斤半苞谷。但是，屋主却看中了老叔身上的棉袄，说如果能把那棉袄给他，他可以给三十斤苞谷。老叔的棉袄原本是黑粗布的，穿得褪了色，成了灰的，老叔当下脱了棉袄给他，只剩下件单衫子。

当三个人在屋后放倒了三棵红椿树，并已经掮到村前的河湾崖角下，他们给我们发咕咕的鸟叫声，我和老叔就背了苞谷袋子离开了。屋主说："不喝水啦？"我们说："不喝啦。"屋主说："布谷鸟叫，现在咋还有布谷鸟？"我们说："噢噢，那是野扑鸽声嘛。"

过了五天，我们又进沟砍柴，思谋着今日去哪儿砍呀，路过姓许的村子，那个屋主人瘦了一圈，拿着一把砍刀，站在门前的石头上，他一见有人进沟砍柴的就骂，骂谁砍了他家的树。他当然怀疑了老叔，认定是和老叔一伙的人砍的，就要寻老叔。我吓得把帽子拉下来盖住脸，匆匆走过。而老叔这次没来，他穿了单衫子冻感冒了，躺在炕上五天没起来了。

条子沟的树连偷带抢地被砍着，坡梁就一年比一年往深处秃去。过了五年，姓许的那个村子已彻底秃了，三户人家仅剩下房前屋后的一些树。到了四月初一个晚上，发生了地震，镇街死了三个人，倒了七八间房子，第二天早上传来消息，条子沟走山了。走山就是山动了。过后，我们去了沟里，几乎是从进沟五里起，两边的坡梁不是泥石流就是坍塌，竟然一直到了许姓村子那儿。我们砍树的那户，房子全被埋没，屋主和他老娘，还有瘫子老婆和一个小女儿都死了。村里河畔的那两户人家，还有离许村八里外十二里外的张村和薛村的人都来帮着处理后事。猪圈牛棚鸡舍埋了没有再挖，从房子的土石中挖出的四具尸体，用苇卷着停放在那里，而大家在砍他家周围的树，全砍了，把大树解了板做棺材。

还是那个老叔，他把做完棺材还剩下的树全买了回来，盖了两间厦子房，还做了个小方桌、四把椅子和一个火盆架。

老叔总是显摆他得了个大便宜，喜欢请人去他新房里吃瓜子。我去了一次，不知怎么竟感觉到那些木头就是树的尸体，便走出来。老叔说："你咋不吃瓜子呢？"我说："我看看屹岬岭上的云，天是不是要下雨呀？"屹岬岭在镇街的西南，那里有通往山外的公路。公路在岭上盘来绕去，觉得我与外边的世界似乎若即若离。

果然一年后，我考学离开了镇街，去了遥远的城市。从那以后，我就很少再回镇街，即便回来了，都是看望父母，祭奠祖坟，也没想到要去一下条子沟。再后来，农村改革，日子温饱，见到老叔还背了个背篓，以为他又要去砍柴，他说他去集市上买新麦种去，又说："世事真怪，现在有吃的啦，咋就也不缺烧的了？！"再后来，城市也改革了，农村人又都往城市打工，镇街也开始变样，原先的人字架硬四椽的房子拆了，盖成水泥预制板的二层楼。再后来，父母相继过世，我回去安葬老人，镇街上遇到老叔，他坐在轮椅上，中风不语，见了我手胡乱地摇。再后来……我差不多二十年没回去了，只说故乡和我没关系了，今年镇街却来了人，说他们想把镇街打造成旅游景点，邀我回去参加一个论证会。我回去了，镇街是在扩张，有老房子，也有水泥楼，还有了几处仿古的建筑。我待了几天，得知我所熟悉的那些人，多半都死了，少半还活着的，不是瘫在炕上，就是滞呆了，成天坐在门墩上，你问他一句，他也能回答一句，你不问了，就再不吭声。但他们的后代都来看我，我不认识他们，就以相貌上辨别这是谁的儿子谁的孙子。其中有一个我对不上号，一问，姓许，哪里的许，条子沟的，说起那次走山，他说听他爹说过，绝了户的是他的三爷家。我一下子脑子里又是条子沟当年的事，问起现在沟里的情况，他告诉说二十多年了，镇街人不再进沟了，沟里的人有的去省城县城打工，混得好或者不好，但都没再回来，他家也是从沟里搬住在了镇街的。沟里四个村，三个村已经没人，只剩下沟脑一个村，村里也就剩下三四户人家了。我说：

“能陪我进一次沟吗？”他说：“这让我给你准备准备。”

他准备的是一个木棍，一盒清凉油，几片蛇药，还有一顶纱网帽。

第二天太阳高照，云层叠絮，和几个孩子一进沟，我就觉得沟里的河水大了。当年路从这边崖根往那边崖根去，河里都支有列石，现在水没了膝盖，蹚过去，木棍还真起了作用。两边坡梁上全都是树，树不是多么粗，但密密实实的绿，还是软的，风一吹就蠕蠕地动，便显得沟比先前窄狭了许多。往里继续深入，路越来越难走，树枝斜着横着过来，得不停地用棍子拨打，或者低头弯腰才能钻过去，就有各种蚊虫，往头上脸上来叮，清凉油也就派上了用场。走了有十里吧，开始有了池，而且是先经过一个小池，又经过了一个大池，后来又经过一个小池，那都是当年走山时坍塌下的土石堵成的。池面平静，能看见自己的毛发，水面上刚有了落叶，便见一种白头红尾的鸟衔了飞去，姓许的孩子说那是净水鸟。净水鸟我小时候没听说过，但我在池水里看见了昂嗤鱼，丢一颗石子过去，这鱼就自己叫自己名字，一时还彼起此伏。沿着池边再往里去。时不时就有蛇爬在路上，孩子们就走到我的前边，不停地用木棍打着草丛。一只野鸡嘎嘎地飞起来，又落在不远处的树丫上，姓许的孩子用弹弓打，打了三次没打中，却惊动了一个蜂巢。我还未带上纱网帽，蜂已到头上，大家全趴在地上不敢动，蜂又飞走了，我额头上却被叮起了一个包。亏得我还记得治蜂蜇的办法，忙把鼻涕抹上去，一会儿就不怎么疼痛了。

姓许的孩子说：“本来想给你做一顿爆炒野鸡肉的，去沟脑了，看他们有没有獾肉。”

我说：“沟里还有獾了？”

他说：“啥野物都有。”

我不禁感叹，当年镇街上人都进沟，现在人不来了，野物倒来了。

几乎是走了六七个小时，我们才到了沟脑薛村。村子模样还在，却到处残墙断壁，进了一个巷道，不是这个房子的山墙坍了一角，就是那个房子的檐只剩下光椽，挂着蛛网。地面上原本都铺着石头，石头缝里竟长出了一人高的榆树苗和扫帚菜。先去了一家，门锁着，之前的梯田塄下，一个妇女在放牛。这妇女我似乎见过，也似乎没见过，她放着三头牛。我说：“你是谁家的？”回答：“德胜家的。”问：“德胜呢？“回答：“走啦。”问：“走啦，去县城打工了？”回答：“死啦，前年在县城给人盖房，让电打死啦。”我没有敢再问，看着她把牛往一个院子里赶，也跟了去，这院子很大，厦子房全倒了，还能在废墟里看到一个灶台和一个破瓮，而上房四间，门窗还好，却成了牛圈。问：“这是你家？”回答：“是薛天宝的，人家在城里落脚了，把这房子撂了。”到第二家去，是老两口，才从镇街抬了个电视机回来，还没来得及开门，都累得坐在那里喘气。我说：“还有电呀？”老头说：“有。”我说：“咋买这么大的电视机呀？”老头说：“天一黑没人说话嘛。”他开了门让我们进去坐，我们没进去，去了另一家，这是个跛子，正鼻涕眼泪地哭，吓得我们忙问出了什么事了。这一问，他倒更伤心了，哭声像老牛一样。

问她是不是哭老婆了，他说不是；是不是哭儿了，他说不是，是不是有病了；他还说不是，而他咋哭成了这样？他说熊把他的蜂蜜吃了。果然院子角有一个蜂箱，已经破成几片子。

不就是一箱蜂蜜吗！

我恨哩。

恨熊哩？

我恨人哩，这条子沟咋就没人了呢？我是养了一群鸡呀，黄鼠狼子今日叼一只明日叼一只，就全叼完了。前年来了射狗子，把牛的肠子掏了。今秋里，苞谷刚棒子上挂缨，成群的野猪一夜间全给糟蹋了。这没法住了啊，活不成了啊！

跛子又哭了，拿拳头子打他的头。

我不知道说什么好。

返回来，又到了沟口，想起当年的那个石狮子，我和孩子们寻了半天，没有寻到。

老人和鸟儿

这个山城，在两年前的一场洪水里被淹了，三天后水一退，一条南大街便再没有存在。这使山城的老年人好不伤心，以为是什么灭绝的先兆，有的就从此害了要命的恐慌病儿。

但是，南大街很快又重建起来，已经撑起了高高的两排大楼，而且继续在延长街道，远远的地方吊塔就衬在云空；隐隐约约的马达声一仄耳就听见了。

新楼前都栽了白杨，一到春天就猛地往上抽枝。夜里，愈显得分明，白亮亮的，像冲天射出的光柱。鸟儿都飞来了，在树上跳来跳去地鸣叫，最高的那棵白杨梢上，就有了一个窠。从此，一只鸟儿欢乐了一棵树，一棵树又精神了整个大楼。

老人是躺在树梢上的那个窗口内的床上。长年那么躺着，窗子就一直开着；一抬头，就看见远处的吊塔，心里便想起往日南大街的平房，免不了咒骂一通洪水。

老人在洪水后得了恐慌病儿，住在楼上后不久就瘫了。他睡在床上，看不到地面，也看不到更高的天，窗口给他固定了一个四方空白。他就唠叨楼房如何如何不好：高处不耐寒，也不耐热。儿女们却不同意，他们庆幸这场洪水，终有了漂亮的楼房居住。他们在玻璃窗上挂上手织的纱帘，在阳台上栽培美丽的花朵，阳光从门里进来可以暖烘烘地照着他们的身子，皮鞋在水泥板地面上走着，笃笃笃地响，浑身就有了十二分的精神。

“别轻狂，那场水是先兆，还会有大水呢。”老人说。

“不怕的！水还能淹上这么高吗？”

“这个山城要灭绝的……”

儿女们说不过他，瞧着他可怜，也不愿和他争吵。每天下班回来，就给他买好多好吃的，好穿的，但一放下，就不愿意守在他床前听他发唠叨。

“我要死了。”他总要这么说。

“爸爸！”儿女们听见了，赶忙把他制止住。

“是这场洪水逼死了我啊！”

有一天，他突然听到一种叫声，一种很好的叫声。什么在叫，在什么地方叫？他从窗口看不到。

这叫声天天被老人听到，他感到越发恐慌，一天天消瘦下去，眼眶已经陷得很可怕了。

“爸爸，你怎么啦，需要什么吗？”儿女们问。

叫声又起了，嚯儿嚯儿的。

“那是什么在叫？”

儿女们趴在窗口，就在离窗口下三米远的地方，那棵白杨树梢下的鸟窠里，一只红嘴鸟儿一边理着羽毛，一边快活地叫。

“是鸟儿。”

“我要鸟儿。”

“要鸟儿？”

儿女们面面相觑，不知道该怎么办。

“我要鸟儿。”老人在说。

儿女们为了满足老人，只好下楼去捉那鸟儿。但杨树梢太细，不能爬上去。他们给老人买了一台收音机。

“我要鸟儿。”老人只是固执。

有一天，鸟儿突然飞到窗台上，老人看见了，大声叫道，但儿女们都上班去了，鸟儿在那里叫了几声，飞走了。

老人把这事说给了儿女，儿女们就在窗台上放一把谷子，安了小箩筐，诱着鸟儿来吃。那鸟儿后来果然就来了，儿女们一拉撑杆儿，鸟儿被罩在了箩筐里。

他们做了一个精巧的笼子，把鸟儿放进去，挂在老人的床边。

那个窗口从此就关上了。老人再不愿意看见那高高的吊塔，终日和鸟儿做伴，给鸟儿吃很好的谷子，喝清净的凉水，咒骂着洪水给鸟儿听。鸟儿在笼子里一刻也不能安分，使劲地飞动，鸣叫。老人却高兴了，儿女们回来便给讲了好多他童年的故事。

一天夜里，风雨大作，老人的恐慌病又犯了，彻夜不敢合眼，以为大的灾难又来了。天明起来，一切又都平静了，什么都不曾损失，只是那个杨树梢上的鸟窠，好久没有去编织，掉在地上无声地散了。

老人的病好些了，还是躺在床上，不住地用枝儿拨弄笼中的鸟儿。

“叫呀，叫呀！”

鸟儿已经叫得嘶哑了，还在叫着。儿女们却庆幸这只鸟儿给老人带来了欢乐。

十字街菜市

如今的西安城里，菜市很多，大凡背街僻巷，有一处开阔地面的，一家在那里放起菜担，便有七家、八家的菜担也就放起来；不久，越放越多：一个菜市就巩固了。菜市有大的，也有小的；不大不小的，处于城市中间地域的，便是十字街口的菜市。城南的农民来市，带着韭菜、香菜、菠菜、莲菜。城东城西是工厂区，空气不好，农民来市的，带着白菜、萝卜、土豆。城北的地势高，长年缺水，青鲜菜蔬是没有的，却养鸡育猪；农民且耐得苦力，将豆子磨成豆腐，将红薯吊成粉丝。因地制宜，八仙过海，十字街菜市上就各显神通了。市场开张，卖的，买的，一手交钱，一手拿货，城乡泾渭，工农分明；这是菜市兴起时的样子。到后来，阵线就全然乱了，以市易市，买主也便是卖主，卖主也便是买主；菜市也便不是买卖蔬菜，大到木材竹器，小至针头线脑，吃、喝、穿、戴之物，行、立、坐、卧之具，鸡猪狗猫，鱼虫花鸟，无所不有！沿十字街东西南北四口，有门面的开门面，没门面的搭凉棚，凉棚之外是架，架前是摊，摊旁有笼：没有了一点儿空隙。于此，也便自行车不能骑坐，汽车更不得来往了。

假若是一个生人，第一次来到十字街心站定，往东西南北一看，真是“举棋不定”该去哪里。但立即会使你的人生观得到改变：嘿，这个世界真够丰富！人生于世也真够留恋！什么不可吃得？什么不可买得？什么又可以吃得了，买得了？！常在城市的大街上，人如潮涌，少不得感慨：哪儿来的人这么多，这么匆匆忙忙的又都是去干什么？至此，这十字街菜市的人的旋涡，却明显地表现一个主题：为生计而来，每天要卖的真多，要买的也真多，东西从四面八方云集而来，又四面八方分散而去。

货来得多，人来得多，这十字街口一天显得比一天窄小。常常天上落雨，水排泄不净，四边高楼遮日，阳光少照，泥泞便长久不干。即使天晴，卖菜的又不停以水浇菜，一是防腐保鲜，二又可见得分量，水便顺菜筐往外浸淋；卖肉的有当场屠宰，污水里又会有了红的颜色。人人都是去的，甘愿在那旋涡里挤得一头汗、一身土、一脚泥。即使那些时髦男女，看平日打扮，梳唐式发髻，穿西装皮履，想象那腹中不可能果食五谷的，但却偏爱吃那烤红薯、煮玉米棒，于人窝之内，风尘之中，大啃大嚼。最盛的时光是上班前半个小时，或者是下班后半个小时，自行车队便在这里错综复杂，一片的铁的闪光，一声的铃的丁零。城里的车子不许带人，后座却全被菜物坐了，车前轱辘上又都加了铁丝方兜，盐包也装进去，醋瓶也装进去。

当然，赶市最早的是那些富态的老太太，她们保养得很好，老爷子或许是有过很高的职务，如今退休在家；家里有的是钱，缺的是青春。于是上早市，一是为了锻炼身体，二是为的买个新鲜。“宁肯少吃，尽量吃好”，这是她们的学说。她们总不能理解：为什么有职有位过的人和没职没位的人食量相差这么大！她们买一斤韭菜就对了，那些人总是大青菜买七斤、八斤？！

赶市最迟的，永远数着有些机关小干部了。这些人，一年四季穿着四个兜的中山服，留着向后倒的背头；似乎什么都不大缺，只是缺钱；什么又都不大有，只是常有病。对于菜市行情，却了如指掌，萝卜昨天是几分一斤，今日是涨了，还是降了；什么菜很快就要下市，什么菜可能要到洪期。又特别懂得生意心理：清早是买的求卖的，下午是卖的乞买的。所以他们最喜欢市末去买那些莲菜，有伤口的，带细把的，二角钱便可以买得一堆，洗洗，削削，够上老少吃一天三顿，经济而实惠。

最不爱上市的是有些知识分子。他们腰里的钱少，书架子上书多，没时间便是他们普遍的苦处，呆头呆脑又是他们统一的模样。妻子给了钱让去上市，总是不会讨价还价，总是不会挑来拣去，又总是容易上当受骗，又总是容易突然忘却。于是，大都是妻子夺了权，也取消了他们上市的资格。但是，卖主最怕的是这些离知识最近的女人，她们个个巧舌俐齿，又是一堆新名词的啰唆。买萝卜嫌没洗泥，买葱爱剥皮，买一斤豆芽，可以连续跑十家二十家豆芽摊，反复比较，不能主见，末了下决心买时，还说这豆芽老了，皮儿多了，怎么个吃呀！过秤时，又要看秤星，危言一句：“这秤准不准？！”

又只能秤杆翘高，不能低垂，称好后用手多余加一撮半把。最后掏钱，却一角一角检数，到了二分三分，口袋里有，硬说没有了，边走边还要责骂：“你这卖水菜的，真小气！”

还有一种人，是属于“葡萄吃不上就说葡萄酸”的性格，男人者有之，女人者有之，而女人比男人有之更甚罢了。他们是一些想发财而还没有发财的人，或者是想成事而还没有成事的人。他们也嫉恨那些有钱有地位的人，但眼红要大于嫉恨。他们基本上和那些小干部、知识分子是一个水平线上的人，但极看不起小干部和知识分子的死呆。他们穿的一定是高过吃的，衣着质料一般一定要颜色鲜艳，式样兴时。注重仪表但究没有高雅的风度，这原因使他们也百思不得一解。平日里买了白菜，见了熟人，总夸奖这白菜好吃，指责鱼不是鲜鱼，一股腥臭。别人问：怎么不买些鸡蛋？回答一定是：那是什么鸡蛋，全放陈了。他们视钱如命，常常谋划在银行里存上多少钱了，方可得到实惠的利息。银行三月一次的有奖蓄存，他们总是一次十元存上十处，可惜中彩的事几乎无缘。请客，却出奇地数他们最多，也数他们最热情，最大方。四荤四素，六凉六热，鸡鸭鱼兔，水陆杂陈，那是极有讲究的。因为他们的世界观是“关系学”三个字，所以总在一定时期，他们上市得最活跃，采买最丰盛；忙过几天，被请的人吃得汗头油口，他们还要反复道歉：没好菜，不成敬意！这种请吃，自然有了好的结果，但也有无济于事的，他们常后悔不已。但过一个时期，却又抱一种幻想，又要请吃某某之人。

菜市上的菜的买卖既然仅仅成了其中一项生意，既然买主与卖主又不完全固定，今日买别人的，明日自己又卖出去，边买边卖，卖后又卖，真可谓转手为云，覆手为雨，谁个没有阴阳二脸，谁个没有两栖手脚？！十字街口的人的旋涡里，浮的浮，沉的沉，有的发了横财，有的折了老本。随之，生意越做越精，脑袋越使越灵，有的人已适合当代人的口味，专出售稀奇高档之品，有的人调查到“有闲阶级”的人增多，就发展耳目声色之娱的物件。如城里人容易苦闷，喜欢远走高飞而不能，就专做风筝，使其寂寞之心随风筝顺风而上，有所满足。又如城里人与人淡漠相处，老死不相往来，容易孤独，就哺养鸟儿出售，使其寄情玩物，有所消遣。一时间，花要奇花，草要异草，病木怪石。甚至有些老太太、小孩子也揣透出人有“出人头地”和“富贵发福”之心理，也做出量身尺杆和过量台秤，每日亦可赚得几元的分币呢。

这里的市价，永远不能统一，行情也变化多端。稍一留神，便得出一切变故有二。一是以天气为变：天旱了，乡下歉收，这里骤然一切皆贵；往往旱天若有一场雨落，雨未停价便顿跌。二是以政策为变：国家的一部分日用物品一提价，这里的东西就下价，国家的一部分日用物品一减价，这里的东西就升价；貌似矛盾，实则统一。所以，人人都是平民百姓，来这里又都为吃喝衣行，但极关心世界形势，国家大事，没有一个不祝福民族振兴太平，九州风调雨顺。

使人觉得有趣的是，从前城里人到乡下去，城里人是赚乡下人；如今是乡下人到城里来，乡下人赚城里人；以前城里人抠钱精明，如今乡下人账口清楚。总之，现在谁也说不清谁是有钱，谁是有物？钱在世上是一定的；到你手，到我手；这菜市就像是一个调节器。

我是菜市上的常客，有时去买，有时也去卖，但更多的不买不卖，为着享受耳目。常在早晨六点开市之时，或在晚上十点收市之间，街这边卖羊肉的喊羊肉，街那边卖豆腐的喊豆腐，喊的次数多了，大家熟悉，就觉得无聊，不免要喊些逗趣的话，满足别人，也满足自己，这边起个头，那边应个尾：

“十字街哟——人心醉！”

“最忙的哟——清洁队！”

“最闲的哟——‘纠察会’！”

“最乐的哟——肠和胃！”

“最愁的哟——人民币！”

“最嫩的哟——卖馄饨！”

卖馄饨的小媳妇挑着担子走过来，噘嘴儿唾一口，骂声“贫嘴”！叫喊人脸面尴尬，一时无话可说，少不得买她一碗尝尝。

人家

在秦岭，去一户人家。院子没有墙，是栽了一圈多刺的枳篱笆，篱笆外又是一圈荨麻。我原本拿着棍，准备打狗的，狗是不见，荨麻上却有螫毛，被蜇了胳膊，顿时红肿一片，火烧火燎。

主人是老两口，就坐在上房台阶上，似乎我到来前就一直吵着。听见我哎哟，老婆子说：馍还占不住你的嘴吗？顺手从门墩上拿起一块肥皂，在上边唾几口，扔了过来。我把肥皂在胳膊上涂抹了一会儿，疼痛是止了，推开篱笆门走进去。

你把棍扔了，老头子说，你防着狗，我们也防着你么。

他留着一撮胡子，眼睛里白多黑少，像是一只老山羊，继续骂骂咧咧，嘴里就溅出馍渣来。一只公鸡在他面前的地上啄，啄到脚面上的馍渣子，把脚啄疼了，他踢了一下公鸡。

老婆子已经起来从台阶下来，她的腿脚趔趄着，再到院角的厨房去，一阵风箱响，端了碗经过院子，再上到上房台阶。院子里的猪槽、捶布石，还有一个竹篓子，没能绊磕她。她说：“没鸡蛋了，喝些牡丹花水吧。”

牡丹花水？我以为是用牡丹花煮的水，接过碗，水是白开水。

“哦，”我笑了一下，说，“这里还有牡丹？”

“咋没牡丹，我就是种牡丹的。”

老头子是插了一句，径自顺着牡丹的话头骂起来。骂这儿地瘦草都生得短，人来得少门前的路也坏了，屋后那十二亩牡丹，全是他早年栽种的。那时产的丹皮能赚钱，比种苞谷土豆都划算。苞谷是一斤 × 毛 × 分，土豆是一斤 × 毛 × 分，怎么能不栽种牡丹呢？日他妈，他咳出一口痰来，要唾给公鸡，却唾在公鸡背上。现在牡丹长得不景气了，收下的丹皮也卖不了，没人嘛，黄鼠狼不来来谁呀，来了一次，又能来两次，拉的全是母鸡。拉母鸡哩，咋不把你也拉去？！

老婆子手在空中打了两下，好像要把他的话打乱，打乱了就不成话了，是风。她说：“水烧开了，翻腾着不就是和牡丹花开了一样么，你是城里来的？”

“是城里来的。”

“我儿也在城里！”

“在城里哪个部门？”

老头子又骂起儿子了，说：“屁部门，浪荡哩！五年前还跟着他栽种牡丹卖丹皮哩，这一跑就再没影了，他腿脚不行了，卖丹皮走不到沟外的镇子去。日他妈，养儿给城里养了！”

秦岭深似海，我本是来考察山中修行人的，修行人还没找到，却见着了很多这样的人家。遂想起我在城里居住的那幢楼上，就有着五六个山里的孩子合租着一间房子，他们没有技术，没有资金，反靠着打些零短工为生，但都穿着廉价的西服，染了黄头发，即便只吃泡面，一定要在城里。

“是树就长在沟里嘛。”老头子说，“要到高处去，你站在房顶了，缺水少土的，就长个瓦松？！”

“我儿是个菟丝子，纠缠它城里又咋啦？”老婆子说，“他说他挣下好日子了，还接咱去城里哩。”

“你就听他谎话吧！”

“啥树上的花全都结果啦？有谎花也有结果的花嘛。”

老两口就再次吵起来，他们可能是吵惯了，吵起来并不生气，就那么你一句我一句，不紧不慢，软和着嘴。

我站在那里，先还尴尬着，后来就觉得有趣，我说我会掏钱的，能不能给我做顿饭呢？老婆子说：“做啥饭呀？”老头子说：“你还能做啥饭？熬碗糊汤，弄个菜吧。”老婆子说：“弄啥菜？”老头子说：“树上不是有熟菜吗，这你也问我？！”

院子里有两棵树，一棵是紫薇，一棵是香椿。老婆子拿了竹竿在夹香椿树上的嫩芽，嫩芽铁红的颜色，倒像是开着的花。我过去帮着捡掉在地上的香椿芽，她嘟囔说：“他说我没生下好儿，种瓜得瓜种豆得豆，那怪地呀？我应该噎住他，刚才倒没想出来。”

却突然问我：“你知道燕麦吗？”

我说：“知道呀，麦地里长的一种草。”

她说："那不是草，燕麦也是麦嘛。"

我说："你是说你儿？"

她说："我儿好着哩，燕麦就要长到麦地里，你越要拔它，它越疯长哩。"

我靠在了紫薇树上，树叶都是羽状，在哗哗地响，这树是想飞的。

吃过了饭，老两口又开始吵嘴，我离开了继续往深山去。黄昏时经过另一个村子，也就七八户人家，村口的一丛慈竹下是座碾盘，碾盘旁站着几只狗，而一只一直坐着，坐着的狗比站着的狗高。

孤独地走向未来

好多人在说自己孤独，说自己孤独的人其实并不孤独。孤独不是受到了冷落和遗弃，而是无知己，不被理解。真正的孤独者不言孤独，偶尔做些长啸，如我们看到的兽。

弱者都是群居者，所以有芸芸众生。弱者奋斗的目的是转化为强者，像蛹向蛾的转化，但一旦转化成功了，就失去了原本满足和享受欲望的要求。国王是这样，名人是这样，巨富们的挣钱成了一种职业，种猪们的配种更不是为了爱情。

我见过相当多的郁郁寡欢者，也见过一些把皮肤和毛发弄得怪异的人，似乎要做孤独。这不是孤独，是孤僻，他们想成为六月的麦子，却在仅长出一尺余高就出穗孕粒，结的只是蝇子头般大的实。

每个行当里都有着孤独人，在文学界我遇到了一位。他的声名流布全国，对他的诽谤也铺天盖地，他总是默默，宠辱不惊，过着日子和进行着写作，但我知道他是孤独的。

“先生，”我有一天走近了他，说，“你想想，当一碗肉大家都在眼睛盯着并努力地去要吃到，你却首先将肉端跑了，能避免不被群起而攻之吗？”

他听了我的话，没有说是或者说不是，也没有停下来握一下我的手，突然间泪流满脸。

“先生，先生……”我撵着他还要说。

“我并不孤独。”他说，匆匆地走掉了。

我以为我要成为他的知己，但我失败了。那他为什么要流泪呢，“我并不孤独”又是什么意思呢？

一年后这位作家又出版了新作，在书中的某一页上我读到了“圣贤庸行，大人小心”八个字，我终于明白了。尘世并不会轻易让一个人孤独的，群居需要一种平衡，嫉妒而引发的诽谤、扼杀、羞辱、打击和迫害，你若不再脱颖，你将平凡，你若继续走，走，终于使众生无法赶超了，众生就会向你欢呼和崇拜，尊你是神圣。神圣是真正的孤独。

走向孤独的人难以接受怜悯和同情。

生活一种

——答友人书

院再小也要栽柳，柳必垂。晓起推窗如见仙人曳裙侍立，月升中天，又是仙人临镜梳发；蓬屋常伴仙人，不以门前未留小车辙印而憾。能明灭萤火，能观风行。三月生绒花，数朵过墙头，好静收过路女儿争捉之笑。

吃酒只备小盅，小盅浅醉，能推开人事、生计、狗咬、索账之恼。能行乐，吟东坡“吾上可陪玉皇大帝，下可以陪卑田院乞儿”，以残墙补远山，以水盆盛太阳，敲之熟铜声。能嘿嘿笑，笑到无声时已袒胸睡卧柳下，小儿知趣，待半小时后以唾液蘸其双乳，凉透心臆即醒，自不误了上班。

出游踏无名山水，省却门票，不看人亦不被人看。脚往哪儿，路往哪儿，喜瞧巉岩钩心斗角，倾听风前鸟叫声硬。云在山头，登上山头云却更远了。遂吸清新空气，意尽而归。归来自有文章做，不会与他人同，既可再次意游，又可赚几个稿费，补回那一双龙须草鞋钱。

读闲杂书，不必规矩，坐也可，站也可，卧也可。偶向墙根，水蚀斑驳，瞥一点而逮形象，即与书中人、物合，愈看愈肖。或听室外黄鹂，莺莺恰恰能辨鸟语。

与人交，淡，淡至无味，而观知极味人。可邀来者游华山“朽朽桥头”，敢亡命过之将“×× 到此一游”书于桥那边崖上，不可近交。不爱惜自己性命焉能爱人？可暗示一女子寄求爱信，立即复函意欲去偷鸡摸狗者不交。接信不复冷若冰霜者亦不交，心没同情岂有真心？门前冷落，恰好，能植竹看风行，能养菊赏瘦，能识雀爪文。七月长夏睡翻身觉，醒来能知“知了”声了之时。

养生不养猫，猫狐媚。不养蛐蛐儿，蛐蛐儿斗殴残忍，可养蜘蛛，清晨见一丝斜挂檐前不必挑，明日便有纵横交错，复明日则网精美如妇人发罩。出门望天，天有经纬而自检行为，朝露落雨后出日，银珠满缀，齐放光芒，一个太阳生无数太阳。墙角有旧网亦不必扫，让灰尘蒙落，日久绳粗，如老树盘根，可作立体壁画，读传统，读现代，常读常新。

要日记，就记梦。梦醒夜半，不可睁目，慢慢坐起回忆静伏入睡，梦复续之。梦如前世生活，或行善，或凶杀，或作乐，或受苦，记其迹体验心境以察现实，以我观我而我自知，自知乃于嚣烦尘世则自立。

出门挂锁，锁宜旧，旧锁能避蟊贼破损门，屋中箱柜可在锁孔插上钥匙，贼来能保全箱柜完好。

关于父子

一个儿子酷像他的父亲，旁人看起来很滑稽，做父亲的就要得意了，世界上有了一个小小的自己的复制品，时时对着欣赏，如镜中的花水中的月，这无疑比仅仅是个儿子自豪得多。我们常遇到这样的事，一个朋友已经去世几十年了，忽一日早上又见着了他，忍不住就呼叫了他的名字，当然知道这是他的儿子，但能不由此而企羡起这一种生生不灭永存于世的境界吗？

做父亲的都希望自己的儿子像蛇在蜕皮一样地始终是自己，但儿子却相当多的愿意像蝉在蜕壳的裂变。一个朋友跟我说，他的儿子小时候最高兴的是让他牵了逛大街，现在才读小学三年级，就不愿意同他一块出门了，因为嫌他胖得难看。如果父亲是一个官员或者名人，即就不是官员和名人却模样英俊，虽然不会发生像我的朋友那样的悲剧，但做儿子的绝不会爱自己的父亲，就是爱，爱里亲的成分则少，属的成分要多。

中国的传统里，有“严父慈母”之说，所以在初为人父可以对任何事情宽容放任，对儿子却一派严厉，少言语，多板脸，动辄就吼叫挥拳，我们在每一个家庭都能听到对儿子以“匪”字来下评语和“小心剥了你的皮”的警告。他们常要把在外边的怄气回家来发泄到儿子身上，如受了领导的压制，挨了同事的排挤，甚至丢了一把钥匙，输了一盘棋。儿子在那时没力气回打，又没多少词汇能骂，经济不独立逃出家去更得饿死，除了承接打骂外唯独是哭，但常常还是不准哭，也就不敢再哭。偶尔对儿子亲热了，原因又多是自己有了什么喜事，要把一个喜事让儿子酝酿扩大成两个喜事。在整个的少年，儿子能随便呼喊国家主席的小名，却不敢悄声说出父亲的大号的，我的邻居名叫“张有余”，他的儿子就从不说出“鱼”来，饭桌上吃鱼就说“吃蛤蟆”，于是小儿骂仗，只要说出对方父亲的名字就算是最恶毒的大骂了。可是，每一个人的经验里，却都在记忆的深处牢记着一次父亲严打的历史，耿耿于怀到晚年说出来，仍愤愤不平的。所以在乡下，甚至在目下的城市，儿子从来不愿同父亲待在一起，他们往往是相对无言。我们总是发现着父亲对儿子的评定不准，差不多是“呆”“痴相”，以至儿子成就了事业甚或是成了名人，他还是惊疑不信。

儿子稍稍独立，儿子与父亲的意见就不统一了，愈是与父亲相悖，这儿子就愈是优秀人物。史书上已经记载了儿子为了皇位囚禁和弑杀了父亲的事实，即使一个最贫贱的乡里穷儿子，对父亲于某种利益上也“大逆不道”起来了。我曾在一个山村看见过一个儿子哭父亲丧的场面，他泪水汪洋地哭：“大（爸）呀，谁再和你娃争嘴呀？不吃饭咱们是父子，一吃饭咱们就是对头啊！”儿子这么痛哭当然也算个孝子，但他说的哪一句又不是实话呢？

可以说，儿子和父亲的矛盾是从儿子一出世就有了，他首先是父亲的妻子的爱心转移，再就是向你讨吃讨喝以至意见相悖惹你生气，最后又亲手将父亲埋葬。有这样个笑话，说是一个老父在哄孙子吃奶时竟把媳妇的奶头示范性地吮了一口，儿子大为不满，与老父论理，可见儿子是不让其父的，但老父呢，更有一腔积愤，说：“你吮了我老婆三年奶头，我还没寻你事哩，我吮你老婆一口奶头你就凶了？！”古语讲男当十二替父志，儿子从十二岁起父亲就慢慢衰退了，所以做父亲的从小严打儿子，这恐怕是冥冥之中的一种人之生命本源里的嫉妒意识。若以此推想，女人的伟大就在于从中调和父与子的矛盾了，世界上如果只有大男人和小男人，其实就是凶残的野兽，上帝将女人分为老女人和小女人派下来就是要掌管这些男人的。

只有在儿子开始做了父亲，这父亲才有觉悟对自己的父亲好起来，可以与父亲在一条凳子上坐下，可以跷二郎腿，共同地吸一锅烟，共同拔下巴上的胡须。但是，做父亲的在已经丧失了一个男人在家中的真正权势后，对于儿子的能促膝相谈的态度却很有了几分苦楚，或许明白这如同一个得胜的将军盛情款待一个败将只能显得人家的宽大为怀一样，儿子的恭敬即使出自真诚，父亲在本能的潜意识里仍觉得这是一种耻辱，于是他开始钟爱起孙子了。这种转变皆是不经意的，不易被清醒察觉的，这似乎像北方人阳气重而喜食状若阴器的麦子，南方人阴气盛而喜食形若阳具的大米一样。也不妨走访一下，家有美妻艳女的人家谁个善于经营花卉盆景吗？有养猫成癖的男人哪一个又是满意着他的家妻呢？父亲钟爱起了孙子，便与孙子没了辈分，嬉闹无序，孙子可以嘲笑他的爱吃爆豆却没牙咬动的嘴，在厕所比试谁尿得远，自然是爷爷尿湿了鞋而被孙子拔一根胡子来惩罚了。他们同辈人在一块，如同婆婆们在一块数说儿媳一样数说儿子的不是，完全变成了长舌男，只有孙子来，最喜欢的也最能表现亲近的是动手去摸孙子的“小雀雀”。这似乎成了一种习惯，且不说这里边有多少人生的深沉的感慨、失望和向往，但现在一见孩子就要去摸简直是唯一的逗乐了。有时手伸了过去时才发现是个女孩儿，手忙停住，又不能暴露尴尬窘相，手就从下面上划了一个弧，变成一种理头发的动作最后摸到了自己的后脑勺上，在这一瞬间喊叹自己老了，头发全稀落殆尽了。这样的场面，往往使做儿子的感到了悲凉，在孙子不成体统地与爷爷戏谑中就要打发自己的儿子，但父亲却在这一刻里凶如老狼，开始无以复加地骂儿子，把积聚于肚子的所所有有的不满全要骂出来，直骂个天昏地暗。

但爷爷对孙子无论怎么地好，孙子却是不记恩的。孙子在初在人儿时实在也是贱物，他放着是爷爷的心肝不领情而偏要做父亲的扁桃体，于父亲是多余的一丸肉，又替父亲抵抗着身上的病毒。孙子没有一个永远记着他的爷爷的，由此，有人强调要生男孩儿能延续家脉的学说就值得可笑了。试问，谁能记得他的先人是什么模样又叫什么名字呢，最了不得的是四世同堂能知道他的爷爷、老爷爷罢了，那么，既然后人连老老爷爷都不知何人，那老老爷爷的那一辈人一个有男孩儿传脉，一个没男孩儿传脉，价值不是一样的吗？话又说回来，要你传种接脉你明白这其中的玄秘吗？这正如吃饭是繁重的活计，不但要吃，吃的要耕要种要收要磨，吃时要咬要嚼要消化要拉泄，要你完成这一系列任务就生一个食之欲给你，生育是繁苦的劳作，要性交要怀胎要生产要养活，要你完成这一系列任务就生一个性之欲给你，原来上帝在造人时玩的是让人占小利吃大亏的伎俩！而生育比吃饭更繁重辛劳，故有了一种欲之快乐后还要再加一种不能断香火的意识，于是，人就这么傻乎乎地自得其乐地繁衍着。唉唉，这话让我该怎么个说呀，还是只说关于父子的话吧。

我说，作为男人的一生，是儿子也是父亲，前半生儿子是父亲的影子，后半生父亲是儿子的影子。前半生儿子对父亲不满，后半生父亲对儿子不满，这如婆婆和媳妇的关系，一代一代的媳妇都在埋怨婆婆，你也是媳妇你也是婆婆你埋怨你自己。我有时想，为什么上帝不让父亲永远是父亲，儿子永远是儿子，人数永远是固定着，儿子那就甘为人儿的永远安分了呢？但上帝偏不这样，一定是认为这样一直不死的下去，虽父子没了矛盾而父与父的矛盾就又太多了，所以就要重换一层人，可是人换一层还是不好，又换，就反反复复换了下来。那么，换来换去还是这么些人了！可不是吗，如果不停生人死人，人死后灵魂据说又不灭，那这个世界里到处该是了幽魂，我们抬脚动手就要撞碰他们或者他们撞碰了我们。不是的，绝不是这样的，一定还是那些有数的人在换着而重新排列罢了。记得有一个理论是说世上的有些东西并不存在着什么优劣，而质量的秘诀全在于秩序排列，石墨和金刚石其构成的分子相同，而排列的秩序不一，质量截然两样。聪明人和蠢笨人之所以聪明、蠢笨，也在于细胞排列的秩序不同。哦，不是有许多英雄和盗匪在被枪杀时大叫“二十年后又是一个 ×××”吗？这英雄和盗匪可能是看透了人的玄机的。所以我认为一代一代的人是上帝在一次次重新排列了推到世上来的，如果认为那怎么现在比过去人多，也一定是仅仅将原有的人分劈开来，各占性格的一个侧面一个特点罢了，那么你曾经是我的父亲，我的儿子何尝又不会是你，父亲和儿子原是没有什么区别的。明白了这一点多好呀，现时为人父的你还能再专制现时你的儿子吗？现时为人儿的你还能再怨恨现时你的父亲吗？不，不，还是民主、和平、仁爱地活着这一世人的为好，好！

关于树

树默默地长着，长得很高。打开窗户，枝条上就会栖有一只美丽的小鸟，鸣啭着，可人极了。逢上细雨蒙蒙，在栅栏前独立，湿气里，那雨正沿了叶尖往下迟迟久久滑动，似无若有的一声坠金。想天地之广大，念人生好匆忙，捡一片飘落下来的枯叶，一根根数着心形般的那些纤纤细脉，几许淡愁，天分明是十分地黑了。

教科书上讲：在这个地球上，有着人，也同样有着兽有着草木。草木似乎是地球的奢侈品了。那么，占一席阴凉，祛那暑热，砍几枝作薪，煮饭烧茶，伐解了，做许许多多家具，倒欣赏那泉状的纹路。这一切皆如此地理所当然，树就是这么个树而已了。

偶尔在一个雪天，心情挺好，望着那黑硬的奇形怪样的枝柯，要突发玄想，树是一个什么样的妖魔从地下冒出？这晚上定会做出许多的噩梦。

圆圆的地球在太空中滚动得太久了，严严实实地封闭了它的精光元气；树为释放地气而存在着，她的每一片叶子就是内气外行的手掌。正正经经的气功师啊！被人爱是树的企望，爱人更是树的幸福，爱欲的博大精深，竟使她归于了无言乃大愚，沉静而寂寞。

× 君，我是你窗前的每日所见的一棵树啊，可你知道我是哪一日长出了地面，又是怎样一日一日地高大吗？

说花钱

中国传统的文化里，有一路子是善于吹的，如中医大夫，如气功师，街头摆摊卜卦的，酒桌上的饮者，路灯下拥簇着的一堆博弈人和观弈人，一分的本事吹成了十二分的能耐，连破棉袄里扪出一颗虱来，也是珍养的，有双眼皮的俊。依我们的经验，凡是太显山露水的，都不足怕，一个小孩子在街上说他是 ××× 大人物，由他说去，谁信呢，人不信，鬼也不信。先前的年里，戴口罩很卫生，很文明，许多人脖子上吊着白系儿，口罩却掖在衣服里，就为着露出那白系儿。后来又兴墨镜，也并不戴的，或者高高架在脑门上，或者将一只镜腿儿挂在胸前衣扣上。而现在却是行立坐卧什么也不带的，带大哥大，越是人多广众，越是大呼小叫地对讲。——这些都是要显示身份的，显示有钱的，却也暴露了轻薄和贫相。金口玉言的只能是皇帝而不是补了金牙的人，浑身上下皆是名牌服饰的没有一个是名家贵族，亿万富翁大概也不会有个精美的钱夹装在身上。

越不是艺术家的人，其做派越更像艺术家；越是没钱的人，越是要做出是有钱的主儿。说句好话，钱是不能说就证明一切，但也不能说钱就不是一种价值的证明，说难听点，还是怕旁人看不起。过日子的秉性是，过不好，受耻笑，过好了，遭嫉妒。豪华宾馆的门口总竖着牌子写着“衣着不整，不得入内”，所谓不整者，其实是不华丽的衣着，虽然世上有凡人的邋遢是肮脏、名流的邋遢是不修边幅之说，但常常有不修边幅的名流在旁人说出名姓后接待者的脸面方由冷清到生动。于是，那些不失漂亮的女子，精致的手袋里塞满了卫生纸，她们不敢进澡堂，剥了华丽的外套，得缩身捂住破旧不堪的内衣，锃亮的高跟皮鞋不能脱，袜子被脚趾捅出个洞。她们得赶快谈恋爱，谈恋爱了，去花男朋友的钱，或者不结婚，或者结了婚搞婚外恋，傍大款，今天猎住这个，明日瞄准了那位，藤缠树，树有多高，藤有多高，男人们“下海”在水里扑腾，她们“下海”了，在男人的船上。社会越来越发展到以法律和金钱维系，有定数的钱就在世上流通，聚聚散散，来来往往，人就在钱上穷富沉浮。若将每一张钞票当一部小说来读，都会有一段传奇的吧。

如果平静地来讲，现在可爱的倒不是那些年轻的女子了，老太太更显得真实、本质，做小市民有小市民的味：头梳得油光光的去菜市，问过了这一摊位的价格，又去问那一摊位的价格，仰头看天，低首数钱，为一分两分与摊主争吵，要揭发呀要告状呀地瞧摊主的秤星秤锤，剥菜叶子，掐葱根，末了要走了还随手捏去几颗豆芽。年轻的女子在市民里仍有个“小”字，行为做事却要充大。越是小，越怕人说小，如小日本偏自称大日本帝国，一个长江口上的滩城偏要叫作大上海。

依一般的家庭，能花钱的都是女人，女人在家庭有没有地位就看是否掌握花钱的权力，如今的“气管炎”日益增多，是丈夫们越来越多地失去了经济独立。事实是，真正的男人是不花钱的。日本的一位首相说过，好男人出门在外身上只装十元钱。他有能力去挣钱，挣了钱就让女人去花吧，看着女人去花钱，是把烦琐的家庭日常安排之任交她去完成了。即使女人们将钱花在衣着上，脸面上，那更是男人的快乐。试想，一个人被他人救过命又救过另外人的命，他是从内心深处不愿常见到恩人而企望被救过的那人常出现在他面前的。不管如何否认和掩饰，今日的社会还是以男人为中心的社会，女人——如张爱玲所说——即使往前奔跑，前面遇到的还是男人。所以，有了自己钱的，做了强人的女人，实指望一切要主动，却一切皆不主动，尤其是爱情。

钱的属性既然是流通的，钱就如人身上的垢痂，人又是泥捏的，洗了生，生了洗。李白说，千金散尽还复来。守财奴全是没钱的。人没钱不行，而有人挣的钱多，有人挣的钱少，表面上似乎是能力的大小，实则是人的品种所致。蚂蚁中有配种的蚁王，有工蚁，也有兵蚁；狗不下蛋，鸡却下蛋，不让鸡下蛋鸡就憋死。百行百业，人生来各归其位，生命是不分贵贱和轻微的。钱对于我们来说，来者不拒，去者不惜，花多花少皆不受累，何况每个人不会穷到没有一分钱（没有一分钱的是死了的人），每个人更不会聚积所有的钱。钱过多了，钱就不属于自己，钱如空气如水，人只长着两个鼻孔一张嘴的。如果这样了，我们就可以笑那些穷得只剩下钱的人，笑那些没钱而猴急的人，就可以心平气和地去完成各自生存的意义了。古人讲“安贫乐道”，并不是一种无奈后的放达和贫穷的幽默，“安贫”实在是对钱产生出的浮躁之所戒，“乐道”则更是对满园生命的伟大呼唤。

说死

人总是要死的。大人物的死天翻地覆，小人物说死，一闭眼儿，灯灭了，就死了。我常常想，真有意思，我能记得我生于何年何月何日，但我将死于什么时候却不知道。一觉睡起来，感觉睡着的那阵就是死了吧，睡梦是不是另一个世界的形态呢？我的一个画家朋友，一个月里总要约我见一次，每次都要交我一份遗书，说他死后，眼睛得献给 ×× 医院，心肺得献给 ××× 医院。过些日子，他又约我去，遗书又改了，说 ×× 医院管理混乱，决定把眼睛献给另一个 ×× 医院的。对于死和将死的人见得多了，我倒有个偏见，如果说现在就业十分艰难，看一个孩子待父母孝顺不孝顺就看他能不能考上大学，那么，评价一个人的历史功过就得依此人死后是否还造福于民？秦始皇死了那么多年，现在发掘了个兵马俑坑，使中国赢得了那么大的威名，又赚了那么多旅游参观的钱，这秦始皇就是个好的。

人怕毛毛虫，据说人是从小爬虫衍变的，人也怕人，人也怕自己，怕自己死。在平日，“寿比南山”的话我们说的很多，“万寿无疆”也喊过，是极少以死来恭维的话，死只能是对敌人最痛恨的诅咒，是法典中的极刑。依我的经验，三十岁以前，从来是不思考到死的，人到了中年，下一辈的人拔节似的往上长，老一茬的人接二连三地死去，死的概念动不动冒在心头。几个熟人凑一堆了，瞧，谁怎么没有来，死了，就说半天关于死的话题。凡能说到死的人，其实离死还遥远，真正到了死神立于门边，却从不说死的。我见过许多癌症病人，大都有三个发展阶段，先是害怕自己是癌症，总打问化验检查的结果，观察陪护人的脸色。再是知道了事实，则拒不接受，陪护人谎说是无关重要的某某部位炎症，他也这么说，老实地配合治疗，相信奇迹的出现。后是治疗无效果，绝望了，什么话也不说了，眼睛也不愿看到一切，只是流泪。人一生下来就预示着死，生的过程就是死的过程，这样的道理每个人在平时都能说一套，甚至还要用这般的话去劝导临死的人，而到了自己将死，却便想不开了。《红楼梦》里的那一段“好了歌”，说的是功名、富贵、声色不能看得通达是人性的弱点，那么，人性里最大的可悲处是不能享受平等。试想，我们作为一个平头百姓，平日里看不惯以权谋私，看不惯不公正的发财，提意见呀闹斗争呀地要平等，可彻底消除贵贱穷富和男女老幼界限的最平等的死到来时，却不肯死，不死不行的，才依依不舍地去了。

为什么不肯死，民间的意识里，死是要到阴曹地府去的，那是一个漆黑无比的地方。几乎谁也没见过鬼，但每个人都认为鬼是青面獠牙，血口长舌的。接触过许多死去了又活过来的人，他们都在讲死的时候，觉得自己一直往上飞，越往上飞越觉得舒服，甚至能看到睡在床上的自己的身子，还听得到医生的话和亲属的哭。这情景真实不真实，我没有经验，但凡见过的病死的人最后咽气的时候脸上差不多都呈现出一丝微笑的。我在陕西的镇安县见过一次葬礼，十几人围着死人敲锣打鼓唱孝歌，其中一段在唱："说一声你死了就死了，亲戚朋友都不知道。亲戚朋友知道了，亡人已过奈何桥。奈何桥七寸的宽来万丈的高，中间抹着花油胶。大风吹来摇摇地摆，小风吹来摆摆地摇。有福的亡人桥上过，无福的亡人被打下桥。亡人过了奈何桥，从此阴间阳间路两条。"这是没办法的，谁都要离开这个人世的，如果人世真是这么的好，你总不能老占着地方不让别人来吧。而且死去有死去的好处，基督教徒们不是说死去要到天堂见上帝吗？我们这些芸芸众生，死了只能去阎王那儿报到，阎王是什么，阎王是监督执行公正平等的长官。

把生与死看得过分严重是人的禀性，这禀性表现出来就是所谓的感情，其实，这正是上天造人的阴谋处。识破这个阴谋的是那些哲学家、高人、真人，所以他们对死从容不迫。另外，对死没有恐惧的是那些糊里糊涂的人。最要命的是高不成低不就的人，他们最恐惧死，又最关心死，你说人来世上是旅游一趟的，旅游那么一遭就回去了，他就要问人是从哪儿来的又要回到哪儿去？道教来说死是乘云驾鹤去做仙了，佛教来说灵魂不生不死不来不往，死的只是躯体，唯物论讲师来说人来自泥土，最后又归于泥土。芸芸众生还是想不通，诅咒死而歌颂生，并且把产生的地方叫作“子宫”，好像他来人世之前是享受到皇帝的待遇的。

不管怎样地美好来到人世的情景，又怎样地不愿去死，最后都是死了。这人生的一趟旅游是旅游好了还是旅游不好，每个人都有自己的体会。我相信有许多人在这次旅游之后是不想再来了，因为看景常常不如听景。但既然阳世是个旅游胜地，没有来过的还依旧要来的，这就是人类不绝的缘故吧。作为一个平平常常的人，我还是做我平常人的庸俗见解，孔子有句话，是“朝闻道，夕死可矣”，当我第一次读到这句话，我特高兴，噢，孔圣人说过了，早上得了道，晚上就应该死了，这不是说凡是死的人都是得了道的吗？那么，这死是多么高贵和幸福，而活得长久的，则是一种蠢笨，不悟道，是罪过，越是拥戴谁万寿无疆，越是在惩罚谁，他万寿了还不得道，他活着只是灾难更多，危害更大。

海明威有个小说，写的是一个人看见妻子在生产，他承受不了人生人的场面，就割破动脉血管而死了。海明威讲的是生比死可怕。我小时候听水磨坊的老汉说过一个故事，一个人夜里独自在家，有鬼来骚扰，这人不理，鬼很生气，闹得更厉害，以死来威胁，这人说了一句：“我对活着都不怕，我怕死？！”这人说得真好，人在世上，是最艰难的事，要吃喝拉撒，要七情六欲，要伤病灾痛，要悲欢离合，活人真不容易的。那些自杀的人，自己能对自己下手，似乎很勇敢，其实是一种自私、逃避和怯弱。

既然死是人的最后归宿，既然寿的长短是闻道的迟早，既然闻道而死去的时候是一种解脱和幸福，对于死应该坦然。而恐惧的人，不能正确地面对死去，也绝不会正确地面对活着，这样的人即使一时还未死，却错误地理解人生，以为人生就是在有限的时间里吃好穿好玩好，要吃好穿好玩好就去掠夺、剥削、欺骗、伤害别人。这样的活着把自己的肚腹变成埋葬山珍海味的坟墓，穿丝挂绸，把身子变成一个蚕，只能是久久得不了道，老而不死，“老死不死则为贼”了。

说孩子

和女人在一起，最好不提起她的孩子——一个家庭组合十年，爱情就老了，剩下的只是日子，日子里只是孩子，把鸡毛当令箭，不该激动的事激动，别人不夸自家夸——她会全不顾你的厌烦和疲劳，没句号地要说下去。人的心是一辈一辈往下疼的，如摆砖溜儿，一块砖撞倒一块砖，不停地撞下去。我曾经问过许多人，你知道你娘的名字吗？回答是必然的。知道你奶奶的名字吗？一半人点头。知道你老奶奶的名字吗？几乎无人肯定。我就想，真可怜，人过四代，就不清楚根在何处，世上多少夫妇为“续香火”费了天大周折，实际上是毫无意义！全然地拒绝生育，当然是对人类的不负责任，但除过那些一定要生儿生女，一定要生儿不生女的人外，现代社会里的夫妇要孩子是一种精神的需要，有个乐趣，如饲猫饲狗，或许为了维系家庭。一个女人曾对我说，夫妻是衣服的两片襟，没有孩子就没有纽扣啊。

有了孩子，谁都希望孩子小时候乖，长大了有出息。结婚生育，原来是极自然的事，瓜熟蒂落，草大结籽，现在把生儿育女看得不得了了，照仪器呀，吃保胎药呀，听音乐看画报胎教呀，提前去住医院，羊水未破就呼天喊地，结果十个有八个难产，八个有七个产后无奶。十三年前我在乡下，隔壁的女人有三个孩子，又有了第四个，是从田地里回来坐在灶前烧火，觉得要生了，孩子生在灶前麦草里。待到婴儿啼哭，四邻的老太太赶去，孩子已收拾了在炕上，饭也煮熟，那女人说："这有啥？生娃像大便一样的嘛！"孩子生多了，生一个是养，生两个三个也是养，不见得痴与呆，脑子里进了水。反倒难产的，做了剖腹产的孩子，性情古怪暴戾，人是胎生的，人出世就要走"人门"，不走"人门"，上帝是不管后果的。

我长久地生活在北方，最愤慨的是有相当多的人为一个小小的官位尔虞我诈，钩心斗角；到位上了，又腐败无能，敷衍下级，巴结上司，没有起码的谋政道德。后来去南方了几趟，接触了许多官员，他们在位一心想干一番事业，结果也都干得有声有色。究其原因，他们说，不怕丢官，丢了官我就去做生意，收入比现在还强哩！这是体制和社会环境所致。如今对儿女的教育何尝有点不像北方干部对待官职的态度呢？人口越来越多，传统的就业观念十分严重，做父母的全盼孩子出人头地，就闹出许多畸形的事体来。有人以教孩子背唐诗为荣耀，家有客来，就呼出小儿，一首一首闭了眼睛往下背。但我从没见过小时能背十首唐诗的"神童"长大成了有作为的人。有人省吃俭用地买钢琴呀，买绘画的颜料笔纸呀，用金钱加拳头要培养个音乐家和画家，结果只能培养出一大批挣便宜钱的半通不通的“辅导”。社会是各色人等组成的，是什么神就归什么位，父母生育儿女，生下来、养活大，施之于正常的教育就完成了责任，而硬要是河不让流，盛方缸里让成方，装圆盆中让成圆，没有不徒劳的。如果人人都是撒切尔夫人，人人都是艺术家，这个世界将是多么可怕！接触这样的大人们多了，就会发现，愈是这般强烈地要培养儿女的人，愈是这人活得平庸。他自己活得没有自信了，就将希望寄托在儿女身上。这行为应该是自私和残酷，是转嫁灾难。试想，你自己都是那样，还苛刻地要求儿女，儿女会怎么看你？儿女的生命是属于儿女的，不必担心没有你的设计儿女就一事无成。相反，生命是不能承受过轻和过重的，教给了他做人的起码道德和奋斗的精神，有正规的学校传授知识和技能，更有社会的大学校传授人生的经验，每一个生命自然而然地会发出自己灿烂的光芒的。

如果是作小说，作家们懂得所谓的情节是人物性格的发展，而活人，性格就是命运。曾经流行过一种测验法，即让你随口说出三个动物来，每个动物又以最少三个词来比喻，第一个动物的比喻词便是你的自我感觉，第二个动物的比喻词是别人对你的看法，第三个动物的比喻词是原来的你。我测过百余人，发觉自我感觉，不管如何变化，总超不出两类，一是良好，如龙，是飞腾的龙，威严的龙，美丽的龙；一是喋喋抱怨，如牛，吃的是草挤出的是奶的牛，一生辛勤的牛，为人耕作的牛。可以说，人是很难认识自己的，这如眼睛看不见眼睛一样。但认识自己，设计自己却是人至关重要的事！天才不是三百年才出现一个两个的，天才是每个人都存在的，关键是是否发现自己身上的天才。遗憾的是很多很多的人至死没有发现和发展自己的天才，所以，伟大的人物总是少，众生才芸芸。

我也是一个父亲，我也为我的独生女儿焦虑过，生气过，甚至责骂过；也曾想，我的孩子如果一生下来就有我当时的思维和见解多好啊。为什么我从一学起，好容易学些文化了，我却一天天老起来，我的孩子又要从一学起？！但当我慢慢产生了我的观点后，我不再以我的意志去塑造孩子，只要求她有坚韧不拔的精神，只强调和引导她从小干什么事情都必须有兴趣，譬如踢沙包，你就尽情地去踢，画图画，你就随心所欲地画。我反对要去做什么"家"，你首先做人，做普通的人。继承了我的秉性，孩子胆小，我的亲戚们让孩子在外要刚硬，谁敢打你你就打他。我说，社会毕竟不是整日打架的社会，学得那么刚硬还像个女孩子吗？小不忍到底要坏大谋的。

我对待儿女的观点，是会被相当多的人反对的，或许将永远落下不称职的父亲的声名。我虽然常常看着小学生、中学生不分昼夜地在书桌前用功，心中充满了悲哀——大人们都在自己的岗位上消极怠工，却把恶果转嫁于孩子——但我也得让女儿去做作业，去复习，去拿回考试的高分。我现在唯一能做到的，是不能忍受着一些女人向我讲述她为孩子设想的伟大而美丽的前景，她不停地在说，使用着连续的逗号，好不容易出现一个句号了，我得赶紧就说："哎呀，差点忘了，×× 要我回个电话的！"我得逃避，我终于学会了逃避。

说家庭

家庭是组织的。年轻人组织家庭从没有想到过它的不测——西方人借钱只借给年轻人，因为年轻人能挣得钱来还——年轻人无所畏惧，所以年轻人去当兵，去唱：我想有个家。是的，人活到一定的时候就要有家，这如同小孩子从没有死的恐惧、当科长的职员虎视眈眈看着处长的位子而做梦也不去篡夺国家主席的权一样。没有家，端一颗热烫烫的心往哪里放？流浪，心只有流浪四方。但是，家庭组成了，淑女一变成佳妇，从此奇男已丈夫，人生揭开了新的一页，新的一页是一张褪色的红纸，惊喜已不产生，幻想的翅膀疲软，朝朝暮暮看惯了对方的脸，再不是读你如读唐诗宋词、看你如看街上流行杂志的封面。我们常常惊叹街上人多如蚁，更惊叹一到晚上，人又到哪儿去了，怎么没有听说谁走错了家门？各自有家庭，想回的回，不想回的也得回，家庭里边有日子。男女组合了家庭，家庭里的男女或许是土金相生，或许是水火相克，一加一或许等于二，一加一或许等于零甚或为负，一件苦恼或许二一分半或许一分为二。姑且不说那如漆如胶的夫妇（往往太热乎的夫妇不到头），广而大之的家庭，日子是整齐地过去，烦恼是无序而来，家家都有了一本难念的经。所谓三十而立，以致四十不惑，五十知天命，便是从三十以后，家庭的概念就是烦恼和责任。烦恼是存在的内容，责任是忍耐的哲学，而这个时候孩子是最好的精神寄托，也是最大的维护家庭的借口。家庭难道没有它的好处吗？不，它的好处诗人们有整本整本的礼赞，且不论对于社会的安定，对于种族的延续，对于长涉人的休息，对于寒冷的人的温暖，爱情即便是有过一年两年，一天半天时，真诚的爱情永不能让我们否认，蜡烛熄灭了，蜡烛确是辉煌过黑暗里的光明。但是，当烦恼的日子变成家庭存在的内容的时候，家庭最大的好处是并不意识到家庭的好处。于是，家庭的负担呀，家庭的责任呀，由此要养老抚小而发生摩擦，因油盐酱醋而产生啰唆，所以，有了家庭后才真正有了佛的意识，神的意识。（我到四川专门去朝拜了乐山大佛，曾书写了一联：乐山有佛，你拜了，他拜；苦海无岸，我不渡，谁渡？）如果做一般人，这样的日子就这么过去了，如牧羊人赶一群羊，举着鞭子不停地拦拦这边跑出队形的羊，拦拦那边跑出队形的羊，呼呼啦啦就那么一群一伙地漫过去了。而要命的偏有心比天高者，总不甘心灰色的人生，要出人头地，要功名事业，或许厌烦这种琐碎与无奈，看到了大世界的精彩，要寻找新的生命活力和激情，那么，种种种种的矛盾苦闷由之而来，家庭慢慢变得是一个阻碍。太年轻的人受不得各种诱惑，已不再年轻的这个时候亦是受不得诱惑。既是诱惑，必是以已有的短比外边的长，长的越长，短的越短。中国的家庭哪里又都是不平凡的男女组合呢？普遍的家庭偏偏是不允许有这种诱惑，家庭在这时就是规矩，是封闭的井，是无始无终的环，是十足真金的锁，是苗圃里的一棵树，已经长大了不许移栽。这样的日子，规划着而发着霉气，夜沉静听着蝉鸣。许多许多人都在有意与无意间哀叹：没有个家多好呀！说这样话的人并不就是存心要撕碎家庭，但如果男女的一方因有事出长差去了，一年或数月不见对方了，都有一种超脱之轻松。且慢，这种暂时的分别与因此而闹成了离婚却是多么的不同！假若真的离婚了，没有这个家庭了，家庭的好处猛地凸现了无与伦比的地位，这如同一个人从甲地往乙地去，因甲地到乙地之间荒无人烟，没有饭店，他是饿了一整天的肚子；他知道了饿肚子的难过，可这种没饭吃的难过毕竟不能类比真正贫困之人吃了这一顿还不知下一顿吃什么的难过。没有了家庭对人的打击是巨大的，失落是残酷的，即使双方已经反目，一时有解脱感，而静定下来，也是泪眼婆娑，一肚子苦楚无以言说。正因为是这种心绪，一般情况下，没有家庭的人是不愿再见到原是一个家庭的人的，有一种怨和恨，他不能回首往事。他即使在时间的销蚀下和新生活的代替下恢复了精神，仍是要在梦里出现那一个故人的美好形象，仍在随时的动作里，猛然地记起那一个而失态发呆。（我在西游四川剑门关时路经唐明皇闻铃处，相传唐王处死杨玉环逃往蜀地，夜宿此地，忽闻杨玉环口叫“三郎”，起床寻觅，以为生还，后才知是驿楼的风铃叮当而误听。听了传说，我抚了那“唐王闻铃处”的石碑，感念到唐明皇是真人！）家庭就是如此让人无法捉摸，一道古老而新鲜的算术，各人有各人的解法，却永远没有答案。世上什么都有典型，唯家庭没有典型，什么都有标准，唯家庭没有标准，什么事情都有公论，唯家庭不能有公论，外人眼中的一切都不可靠，家庭里的事只有家庭里的人知，这如同鞋子和脚。家庭是房子的围墙，如果房子一旦没有了围墙，家庭又变成了没有窗子的房子。现在的社会，不组织家庭的人可能被认作怪人，组织了家庭，人可能正常，正常却亦是俗人，没有了家庭的人却从身到心，从别人到自己都是半残废了。独自坐望东出的日头和西落的日头，孤寂想想，也好，我们不是常常叹息一个人从小学到大学，学呀学呀，一切都成熟了，生命又快结束了，为什么生下孩子，孩子不就直接有父亲的成熟思维呢？如果那样该多好！真要那样，这世界就不是现在的世界，这人也不是现在的人，世界也不必要这么多人。托尔斯泰说过：每个家庭的幸福都是一样的，不幸却是一个家庭与一个家庭不同。人生的意义是在不可知中完满其生存的，人毕竟永远需要家庭，在有为中感到了无为，在无为中去求得有为吧，为适应而未能适应，于不适应中觅找适应吧，有限的生命得到存在的完满，这就是活着的根本。所以，还是不要论他人短长是非，也不必计较自己短长是非让人去论，不热羡，不怨恨，以自己的生命体验着走，这就是性格和命运。命运会教导我们心理平衡。

敲门

人问我最怕什么？回答：敲门声。在这个城里我搬动了五次家，每次就那么一室一厅或两室一厅的单元，门终日都被敲打如鼓。每个春节，我去郊县的集市上要买门神，将秦琼、敬德左右贴了，二位英雄能挡得住鬼，却拦不住人的，来人的敲打竟也将秦琼的铠甲敲烂。敲门者一般有规律，先几下文明礼貌，待不开门，节奏就紧起来，越敲越重，似乎不耐烦了，以至于最后咚地用脚一踢。如今的来访者，谦恭是要你满足他的要求的，若不得意，就是传圣旨的宦官或是有搜查令的警察了。可怜做我家门的木头的那棵树，前世是小媳妇，还是公堂前的受挞人，罪孽深重。

我曾经是有敲声就开门的，一边从书房跑步走，一边喊：来了来了！来的却都是莫名其妙的角色，几乎干什么的都有，而一律是来为难我的事，我便没完没了地陪他们，我感觉我的头发就这么一根根地白了。以后，没有预约的我坚决不开门，但敲打声使我无法读书和写作，只有等待着他们的走开。贼也是这么敲门的，敲过没有反应就要撬门而入，但我是不怕贼的，贼要偷钱财我是没钱财，贼是不偷时间的，而来偷我时间的人却锲而不舍，连续敲打，我便由极度的反感转为欣赏：看你能敲多久？！门终于是不敲了。可过一会儿，敲声又起，才知敲者并没有走，他的停歇或许是敲累了，或许以为我刚才在睡着或上厕所，如此敲敲停停，停停敲敲，相信我在家中，须敲开不可。我只有在家不敢作声，越是不敢作声，喉咙越发痒想咳嗽，小便也憋起来，我恨我成了一名逃犯了。

狡兔三窟，我想，我不如只兔子。这么大的城里广厦千万间，怎么就没有一个别处的秘密房子让我安静睡一觉和读书写作呢？我当然不敢奢想有深宅大院，有门子在前可以挡驾；有那么一小间放张桌子和小床即可，但我不能，以至于我到任何地方去上厕所，都设想有这么个地方，把蹲坑填了，封了天窗，也蛮好嘛。我的房间从来是一室一厅或一室两厅，前无院子，后没后门，什么人寻我，都是瓮中捉鳖。

事实是，我并不是个不需要朋友的人，读书写作之余，我也要约三朋四友来喝酒呀，谈女人，博弈搓麻将，但往往是想念的朋友不来，来的都是不想见的人。我的坚持不开门，挡住了几次我的从老家来的亲戚，他们是忙人，敲几下以为我不在家就走了，过后令我捶胸顿足。我挡不住的是那些要我写条幅去送他的上级的人，是那些有什么堂会让我去捧场的人，或是他们什么事也没有，顺脚过来要解闷的人，他们有的是闲工夫，上午来敲不开门，下午又来敲，今日敲不开，明日再来敲，或许就蹲在门外和楼下。他们是猎人，守在那里须等小兽出来。

明代的陈继儒说过：闭户即是深山。闭户哪里又能是深山呢？

或说，那这是你红火啊。可我并不红火，红火能住这么小的房子吗？如果我是官人家，客来必有重礼，所求之事谈完即走，走时还得说：不打扰了，您老辛苦，需要休息。找我的双手空空，只吸我的烟，喝我的茶。如果我是歌星影星，从事的就是热闹工作，可我热闹了能写出什么文章？又是读陈继儒的小品，陈先生恐怕在世时也多骚扰，曾想去作隐，但他说："隐者多躬耕，余筋骨薄，一不能；多弋钓，余禁杀，二不能；多有二顷田，八百桑，余贫瘠，三不能；多酌水带索，余不耐苦饥，四不能。"我同陈继儒一样，我可能者，也是"唯独处淡饭著述而已"。但淡饭几十年一贯，著述也只是为了生计和爱好，独处竟如此不能啊。想想从事写作以来，过几年就受冲击，时时备受诽谤，命运之门常被敲打，灵魂甚时有过安妥？而家居之门也被这般敲打不绝，真是声声惊心。小儿发愿，愿明月长圆，终日如昼，我却盼永远是在夜里，夜里又要落雪下雨，使门而不被敲打了。

但这怎么可能呢？我还要活的，我还有豪华的志向，还有上养老下哺小，红尘更深，我的门恐怕还是不停地被人敲打。我的命就是永远被人敲门，我的门就是被人敲的命吧。有一日我虽死了，墓碑上是可以这样写的：这个人终于被敲死了！

大洼地一夜

我不敢忘记大洼地的一夜。

那是一九七九年的冬天，我跟着老于去打猎，一直到了秦岭深处。第三天里，一只皮毛极好的狐狸被我们打伤，却不肯倒下，我们便追了半天，黄昏的时候，翻过一座山梁，狐狸竟不见了。不能赶回去，我们便决定到山沟里的树林子去寻些干柴，要在梁畔里取暖过夜了。这当儿，月亮已经上来，雪地上一片白亮，我们一直向林子里走，来到了一块大洼地里。

大洼地的雪比山梁上厚多了，脚踩下去，就没了腿肚，走起来很是艰难。秋天的枯草全倒伏着，偶尔有一撮两撮露出还绣着白毛穗的茎尖，但冰得坚硬，一撞就脆折了。一切树木，几乎都是一搂粗的、两搂粗的百年物，叶已落尽，枝丫如爪一样扭曲，每一截曲处，每一个疤上，都驻着落雪，月光下黑森森地亮着点点白光，像怪兽的眼。枯朽的原木横七竖八地倒在地上，一半被雪埋着，一半斜仄着，满身的木耳和苔叶，茸茸地像长了毛似的。我们站在一棵枯了半边的古木下，不知道这洼地到底多么大，秃树过去，是一片黑黝黝的松柏，呈现着一个挨一个三角形状的小山模样，后边便是一片灰色，再后去，全然一个白色，什么也无法分辨了。

我们小心翼翼地站了一会儿，一时觉得身骨瘦起来，而且特别冷，赶忙就低头寻着干柴。干柴倒容易找，只要拖出一截枯木来，立即就能扳下一堆干枝，雪虽然在埋着，却干得很脆，发出“嘎喇喇”响声。很快集起一个大堆，我们拼足了全部力气，每人扛起了一大捆。站起来，小腿就哗哗地颤，扶定一棵树往上看，望不见树顶，我第一次感到我们太渺小了，简直像一片树叶。低头看洼地这么多干柴，我们尽一切力量，而充其量不过拿走微不足道的一点儿，又觉得像蚂蚁在粮仓里拖走一粒小米一样可怜。

我们开始向前挪步，便发现什么路也没有，也看不见任何走过的痕迹；一切都静下来，像死了一般可怕。这是一块从未有人来过，也从未有人知道的地方吗？难道我们的突然到来，不速之客使这个世界惊讶了？但我们立即恐惧起来，觉得正是这种寂静是有着什么目光在盯视着我们的一举一动；同时便听到了自己的呼吸声和每一脚起落的沙沙声。

霎时间我们全慌了，扛了柴捆急急往出奔走。但糟糕的事发生了！我们一时竟不知了归路，从一棵树下蹚雪到另一棵树下，又到另一个树下……跌了几跤，转来拐去，约莫半个小时过去了，最后发觉又转到刚才转到的树下。“中了迷糊鬼了！”我叫了起来，老于也吓呆了，两个人丢下柴捆，我喊一声“喂！”他喊一声“喂！”

四面便起了“喂喂”的回声。我们再不敢叫，洼地里又死一般寂静了。

“快划一根火柴！”我记得老年人曾说夜里行走会遇到这种迷糊鬼的，只要有火光，就会清醒过来。

老于把火柴划亮了，一团放射的光焰里，一切月色黑影都退却了，洼地里什么也看不清。我们就靠在一起，划掉一根，又划掉一根，十几根火柴划完了，我们冷静下来，终于看清来时的那棵枯了半边的古木，才手拉手从那里爬上山梁了。

回到梁畔，再不觉得冷，只感到离奇。我说还真有迷信呢，老于说，这是精神作用，划了火柴，是自己给自己壮了胆的。他说得有道理，我却晦气起这次出猎了：明明打伤了一只狐狸，但突然追过山梁就不见了！辛辛苦苦又在洼地里寻着了干柴，但却一根也未拿回来！这洼地是什么地方呢，我们常进深山打猎，可这样的洼地从未见过，难道这里是从未开发的元气混沌的天地大自然的真正一隅？！

“大自然于人是多么不可知啊！”我说。

老于却笑了，连声叫起妙来：“知道了大自然于人不可知，正是我们从此可知大自然了。”

“啊，神秘的大自然！”“不，神秘的应该是人呢。”“人？可是，我们在大洼地里什么也没有得到啊！”“但我们的脚印不是从此留在那里了吗？”

白夜

我常常有这么个怪现象：做过的梦，过了不久，便就实现了。今天冒了大雪，从城里去秦岭办事，半夜在山根下了火车，走了十几里路，黎明的时候，赶到这村口。雪是不下了，却觉得这儿好眼熟！想来想去，蓦地记得这似乎是我一个月前梦里去过的地方呢。

那梦里就是这个样子的：没有月亮，没有星星，落了叶的树，黑了枝的线条，睡了的房子，黑墙的三角和斜面；除此都是雪白的了。夜，不是黑的概念了，白得朦胧，白得迷离，是一个古老的童话，一个单纯和朴素的木刻版画啊。

这使我十分骇怕了，不知道这是有了什么神鬼儿作祟，还是所谓的生物电感应所致呢？我裹紧了衣服，再不敢想那梦的事，也不敢在这野外多待一会儿，急匆匆要走进村去，寻一户人家。

村子里静悄悄的，没有一个人影，也没有一只狗咬。从巷道里过去，雪落得很深，一脚踩下去，没了小腿，却没有一点声息。走进一家，院子里平静静的，一直走近门口，门被雪封了半边，只看见那黑色的门环，一动未动，像画上的一般。轻轻一推，门关着，我只好又退出来。反身看去，那脚印却消失了。

再往巷子深处走，两边墙上的雪堆偶尔就掉下来，直埋了我的大腿。绕进一家篱笆，脚下依然没声无息，那门又是被雪封了，严严实实的，推也无法推了。

我退在了巷道里，听见了自己打的嗝儿；倏忽间，头发根根竖起来了：这个山村要被大雪埋掉了！天黎明了，山民们还这么沉睡不醒，是他们的懒惰，还是雪的温暖使他们失去了黎明醒来的本能，而遭了如此的不幸吗？

我无目的地向巷的一头跑去了，感到了孤独，感到了寂寞，感到了恐惧。想这一场大雪，是天上云朵的脱落吗？这么个地方，为什么就要有这么个村庄，这么个村庄为什么偏要住了人呢？！

可怜的人啊，在大自然面前，多么无能为力！我深深地后悔这次夜行，我狠命地跑去，步子却迈不开去，似乎谁在拉扯着我的衣襟，我预感到我已是电影里死前那种慢镜头，很快就要倒下去，埋在雪底，然后是一个平静的雪景……

突然，铃响了。很响的铃声。整个白夜似乎都在颤抖了一下，我兀自站住了，不清楚怎么会有了铃声。我觅着铃的声音，跑了过去。

巷口的那边，一个高地，飘着一丝铃的余韵。跑近去，是一座院落，院前一株老树。门开着，树上垂一根绳索，绳索顶端是一口铃，绳还在摇着，人却是没影的。

我疑惑着，四面看时，就见树远去五米的地上，一个黑色的窟窿边，正弯腰站着一个人，一个很老的人。

“大伯！”我叫着，声音有些发抖了，“铃是你敲的？”

“学校的铃我敲了十几年了。”

“快，大伯！”我说，“你知道吗，村里家家的门被雪封了，人要捂死在里边了。”

老人却哈哈地笑起来了：

“你是外地人吧，雪怎么会捂死人呢？每年冬天都有这天气，大雪下来，常要埋了门窗，人们觉得暖和，就会误了起床。亏得我住得高，在风头上，雪是落不住的。这就是我们这里的白夜啊！”

“白夜？”

“是的，白天的黑夜，黑夜的白天。”

这真是诗意的语言，奇妙的山地。我心松了下来，却还惊惑不解。回望着这白夜下的山村，心有余悸地说：

“这雪太可怕了，把什么都埋住了。”

“那不见得，你瞧这井，不管多大的雪，它能盖住吗？”

老人直起腰来，却提了一桶水，原来那黑色的窟窿竟是一口水井，水并不深，用手就可以拨绳打水了。我走近去，在白夜里，井上腾着丝丝的热气，竟在那井壁口上，看得见长着一个小小的竹笋。

我说：

“这种白夜，会有多少天呢？”

老人说：“断断续续一个月吧。”

“一个月？那人不冻坏吗？”

“不，冻死的只是细菌，只是脆弱的生命。这白夜要是哪年少了，春上人才要害病呢。你知道吗，这个村里人都长寿到八十多岁哩。”

“可这地方，毕竟是太寂寞了。”

“耐过寂寞的，才是伟大哩，同志！”

老人对他的教学的语言，似乎很得意了，那么映着眼诡笑了一下，提了水桶，就蹒跚地向校门走去了。

我站在这白夜里。长久地站着，做着遐想。似乎悟出了几分东西，却还有几分疑惧，便又向村里跑去了。

村巷里，果然有了人走动，有的人家正打开了门，雪却像一堵墙挡在门口，出来不得，便见烧热了锅，那么端着，一下就钻出来了。然后，一家人全站在院下里，乐得大叫：

“好雪，好雪，明年麦子要丰收了！”

看着这白夜的地方，看着这一个个憨厚的山民，原来他们是那么平和，那么乐哉，那么一切无所谓。我突然觉得这是实实在在发生的事呢，还是我又在做着什么梦了。但无论如何，我是感到了脸在发烧。

地平线

小的时候，我才从秦岭来到渭北大平原，最喜欢骑上自行车在路上无拘无束地奔驰。庄稼收割了，又没有多少行人，空旷的原野上稀落着一些树丛和矮矮的屋。差不多一抬头，就看见远远的地方，天和地相接了。

天和地已经不再平行，形成个三角形，在交叉处是一道很亮的灰白色的线，有树丛在那里伏着。

“啊，天到尽头了！”

我拼命儿向那树丛奔去。骑了好长时间，赶到树下，但天地依然平行；在远远的地方，又有一片矮屋，天地相接了，又出现那道很亮的灰白色的线。

一个老头迎面走来，胡子飘在胸前，悠悠然如仙翁。

“老爷子，你是天边来的吗？”我问。

“天边？”

“就是那一道很亮的灰白线的地方。去那儿还远吗？”

“孩子，那是永远走不到的地平线呢。”

“地平线是什么？”

“是个谜吧。”

我有些不大懂了，以为他是骗我，就又对准那一道很亮的灰白色线上的矮屋奔去。然而我失败了：矮屋那里天地平行，又在远远的地方出现了那一道地平线。

我坐在地上，咀嚼着老头的话，想这地平线，真是个谜了。正因为是个谜，我才要去解，跑了这么一程。它为了永远吸引着我和与我有一样兴趣的人去解，才永远是个谜吗？

从那以后，我一天天大起来，踏上社会，生命之舟驶进了生活的大海。但我却记住了这个地平线，没有在生活中沉沦下去，虽然时有艰辛、苦楚、寂寞。命运和理想是天和地的平行，但又总有交叉的时候。那个高度融合统一的很亮的灰白色的线，总是在前边吸引着你。永远去追求地平线，去解这个谜，人生就充满了新鲜、乐趣和奋斗的无穷无尽的精力。

太阳路

小的时候，我们最猜不透的是太阳。那么一个圆盘，红光光的，偏悬在空中，是什么绳儿系着的呢，它出来，天就亮了，它回去，天就黑了；庄稼不能离了它，树木不能离了它，甚至花花草草的也离不得它。那是一个什么样的宝贝啊！我们便想，有一天突然能到太阳上去，那里一定什么都是红的，光亮的，那该多好，但是我们不能。想得痴了，就去缠着奶奶讲太阳的故事。

“奶奶，太阳是住在什么地方呀？”

“是住在金山上的吧。”奶奶说。

“去太阳上有路吗？”

“当然有的。”

“啊，那怎么个走呀？”

奶奶笑着，想了想，拉我们走到门前的那块园地上，说：

“咱们一块来种园吧，你们每人种下你们喜爱的种子，以后什么就会知道了。”

奶奶教了一辈子学，到处都有她的学生，后来退休了就在家耕务这块园地，她的话我们是最信的。到了园地，我们松了土，施了肥，妹妹种了一溜梅豆，弟弟种了几行葵子，我将十几枚仙桃核儿埋在篱笆边上，希望长出一片小桃林来。从此，我们天天往园地里跑，心急得像贪着嘴的猫儿。十天之后，果然就全发芽了，先是拳拳的一个嫩黄尖儿，接着就分开两个小瓣，肉肉的，像张开的一个小嘴儿。我们高兴地大呼小叫，奶奶就让我们五天测一次苗儿的高度，插根记标棍儿。有趣极了，那苗儿长得生快，记标棍儿竟一连插了几根，一次比一次长出一大截来；一个月后，插到六根，苗儿就相对生叶，直噌噌长得老高了。

可是，太阳路的事，却没有一点儿迹象。我们又问起奶奶，她笑了："苗儿不是正在路上走着吗？"

这却使我们莫名其妙了。

"傻孩子！"奶奶说，"苗儿五天一测，一测一个高度，这一个高度，就是一个台阶；顺着这台阶上去，不是就可以走到太阳上去了吗？"

我们大吃一惊，原来这每一棵草呀，树呀，就是一条去太阳的路吗？这通往太阳的路，满世界看不见，却到处都存在着啊！

奶奶问我们："这路怎么样呢？"

妹妹说："这路太陡了。"

弟弟说："这路太长了。"

我说："这路没有谁能走到头的。"

奶奶说："是的，太阳的路是陡峭的台阶，而且十分漫长，要走，就得用整个生命去攀登。世上凡是有生命的东西，都在这么走着，有的走得高，有的走得低，或许就全要在半路上死去。但是，正在这种攀登中，是庄稼的，才能结出果实，是花草的，才能开出花絮，是树木的，才能长成材料。"

我们都静静地听着，站在暖和和的太阳下，发现着每一条路和每一条路上攀登的生命。

"那我们呢？"我说，"我们怎么走呢？"

奶奶说："人的一辈子也是一条陡峭的台阶路，需要拼全部的力气去走。你们现在还小，将来要做一个有用的人，就得多爬几个这样的台阶。虽然艰难，但毕竟是一条向太阳愈走愈近的光明的路。"